爱拼才会赢

王国威 著

中国华侨出版社
北京

图书在版编目（CIP）数据

爱拼才会赢 / 王国威著 .—北京：中国华侨出版社，2018.12
ISBN 978-7-5113-7786-9

Ⅰ . ①爱… Ⅱ . ①王… Ⅲ . ①长篇小说—中国—当代
Ⅳ . ① I247.5

中国版本图书馆 CIP 数据核字（2018）第 254804 号

爱拼才会赢

著　　者	王国威
责任编辑	高文喆　姜薇薇
责任校对	孙　丽
经　　销	新华书店
开　　本	670 毫米 × 960 毫米　1/16　印张 /18　字数 /235 千字
印　　刷	三河市华润印刷有限公司
版　　次	2022 年 2 月第 1 版第 2 次印刷
书　　号	ISBN 978-7-5113-7786-9
定　　价	46.00 元

中国华侨出版社　北京市朝阳区静安里 26 号通成达大厦 3 层　邮编：100028
法律顾问：陈鹰律师事务所
编辑部：（010）64443056　　64443979
发行部：（010）64443051　　传真：（010）64439708
网　址：www.oveaschin.com
E-mail：oveaschin@sina.com

目录
contents

001	第一章	闯荡厦门
010	第二章	初遇是场误会
019	第三章	爱如潮水
025	第四章	合伙开餐馆
033	第五章	父子冷战
046	第六章	开录像厅
052	第七章	武夷山有片美丽的茶园
058	第八章	因为爱情
065	第九章	录像厅风波
073	第十章	从工人干起

084	第十一章	善与善的冲突
096	第十二章	输赢都要拼一场
106	第十三章	看不见的硝烟
113	第十四章	他不是你的亲生父亲
122	第十五章	为父报仇
128	第十六章	错综复杂的家族恩怨
133	第十七章	顺势而为
140	第十八章	鹬蚌相争
159	第十九章	再起波澜
169	第二十章	爱情是个很玄的东西

180	第二十一章	义薄云天
198	第二十二章	兄弟分家
215	第二十三章	恋祖爱乡
221	第二十四章	他一定很爱你
228	第二十五章	共克时艰
238	第二十六章	北京北京
248	第二十七章	你一定要幸福
259	第二十八章	突生意外
266	第二十九章	我在地球的另一端等你
274	第三十章	重归于好

第一章　闯荡厦门

王铁锋刚来厦门那会住在一个叫清水溪的小渔村。

那是1990年的事了。这一年的冬天，王铁锋退伍回到老家枫树岭。枫树岭是一个海拔近千米的古老的客家小山寨，山寨虽然美丽，但由于地处深山，村民们生活得极度贫困。在家里喝了两个月的地瓜干粥，王铁锋实在熬不下去了。那天，他对着夕阳在山坡上坐了很久，最后下了决心：得改变眼下这个穷日子，得离开这片山坳。就这样，当天晚上，王铁锋去了堂叔王满屯的家里。

当听到王铁锋打算离开枫树岭时，王满屯先是一惊，但马上就表示支持，说："走就走吧，外边的世界大得很，年纪轻轻的出去闯荡闯荡，不是坏事。"

王铁锋于是跟王满屯说："叔，那我有一件事得求您，这一走，我最放心不下的是我奶，她年龄大了，没人照看怕是不行，您能不能帮我照看我奶？"

王满屯说："我没有什么大的本事，家里穷，可一个老太太还是养得起的，你只管走就是，你奶奶交给我。"

王铁锋从口袋拿出一沓钱，说："叔，这是我的退伍费，也是我全部的积蓄，你别嫌少，没别的意思，我这一走，我奶奶就交给您了，这点钱您无论如何要收下。"

王满屯一把将钱推开了，说："少扯淡，老话说，在家千日好，出门一时难，这钱我一分不能要，你带着，到了外边用钱的地方多着呢！"

听说王铁锋要走，他的两个发小沈建军和丁国庆跑了过来。沈建军个性有点野，好打架，方圆十里八乡的人都有点怕他，他也从不把谁放在眼里，但王铁锋除外，打小他就听王铁锋的，个中原因，他自己也说不清楚。除了打架之外，沈建军还喜欢赌博，甚至可以说是一种迷恋，并且胃口很大。他看不上寨里人那些小里小气的赌博，觉得没啥意思，他经常到镇上与人赌博，但手气较差，输多赢少，有一次他甚至把母亲让他卖猪的钱都输了，气得他娘大病一场，在床上躺了半个多月。直到王铁锋退伍回到村里后，训了他几回，沈建军才有所收敛。丁国庆这人老实憨厚，比王铁锋小一岁，打小就跟王铁锋玩，上初中那会，几十里的山路，都是王铁锋骑车带着他上学，二人感情甚厚。

沈建军说："铁锋，咱三个打小尿尿和泥，光屁股玩到大，既然要走，我俩跟你一块走，反正一辈子待在这穷山沟里，娶个媳妇都困难。"

王满屯插言道："行，都走吧，趁着年轻出去闯荡闯荡，开开眼界，我要是再年轻几岁，一定跟你们一块走。"说完，又问王铁锋："想好去哪儿了吗？"

王铁锋说："没有，不过天涯海角去哪儿都无所谓，反正这苦日子不能再过了。"

王满屯抽了口烟，托着腮帮子想了想，说："要不，去厦门吧，现在改革开放了，厦门是经济特区，机会多，我有一个朋友叫牛百岁在那儿做茶叶生意，前段时间让人捎话给我，说让我过去跟他一起干，我一直没回他话，你们三个投奔他去吧！"

离开枫树岭的头天晚上，王铁锋奶奶颤颤巍巍地从床头的木箱子里拿出一个小盒子。这么多年，王铁锋从来没见过这东西，不禁好奇。打开盒子，里边竟是只玉镯，灯光下，玉镯光泽圆润，晶莹剔透。老太太说，这个玉镯是我和你爷爷结婚那天，你太奶奶传给我的，你这次出去，带上它，实在困难就把它卖了，以解燃眉之急。听了奶奶这话，王铁锋的心里蓦地泛出一股不可名状的酸楚。第二天天还没亮，王铁锋的奶奶就把饭做好了，这么多年祖孙俩相依为命，对于孙子的这次离家，老太太心里真的有着万千不舍。王铁锋安慰说，奶，您放心吧，到了外面，我会时刻记得您教导我的话，好好做人，好好做事，一定给您争气，在厦门好好闯荡，混出个人样，等有一天赚了大钱，我一定回来把您接到城里，住最大的房子，那房子一开窗户就能看到大海，到那时，孙子一定好好孝顺您，好好伺候您！

王铁锋三个人扛着行李走出村寨的时候，东方刚刚发白。走出好远了，王铁锋一回头，看见奶奶依然扶着院门久久地站着，清晨的山风把奶奶的白发吹乱，那一刻，王铁锋突然发现奶奶是那么的瘦小年迈，心里不由得突地一酸，泪就下来了，于是转过身，又跑到奶奶跟前，扑腾跪倒，嘭嘭嘭给奶奶连着磕了三个响头，说："奶，您要好好保重啊，等着孙子有天回来接您享福。"说完，抹了泪，冲下山岗，带着沈建军和丁国庆拦了一辆过路的拖拉机赶往火车站。

火车启动，一路呼啸南行，傍晚时分驶进了厦门站。

在汹涌的人潮中，王铁锋三个人扛着行李挤出火车站。车站外，各种叫卖声此起彼伏。三人在路边各自要了一碗米线，吃完，叫了一辆摩的，按照字条上的地址去找王满屯的朋友牛百岁。结果到了地方一问，傻了。房东说牛百岁半年前就回老家武夷山了。虽然没找到牛百岁，但日子还得过，所幸牛百岁原来住的那间房子还空着，王铁锋索性就把它给租了下来。房东家是个四合院，都是用石头砌的，狭小的院子里横七竖八地停放着十几辆脚蹬三轮车。每个房间里都住着人，这些人来自天南海北，做什么生意的都有，有卖豆腐的，有卖蜂蜜的，有搞装饰的，有卖海鲜的。整个小院从天明到天黑人声鼎沸，混乱嘈杂。院子的东南角还有个小阁楼，王铁锋他们那个房间三个人睡，实在太小，他想租下那个阁楼，但阁楼已被一个女孩给租了，听房东说，女孩在附近一家职业学校读书。

第二天晚上，王铁锋请房东喝了顿酒，希望房东帮忙，看能不能推荐点什么活干。房东说，我自个开了个豆腐坊，不过规模很小，一下收留你们三个人，怕是不行，最多要一个。王铁锋想一个就一个吧，就让丁国庆跟房东磨豆腐。他和沈建军再想辙。接下来，连着三天，王铁锋骑着跟房东借来的自行车几乎转遍了整个厦门岛。晚上，他跟沈建军、丁国庆二人说了自己的想法：卖水果。卖水果的地点他选好了，在一个隧道口，离隧道口不远，是个学生公寓。每到晚上放学时候，那个隧道口是学生们回公寓的必经之地，但据他观察附近没有卖水果的。

王铁锋说："批发水果的地方他也打听到了，在一个叫林溪的地方，路途稍微有点远，但价格便宜。"

沈建军说："卖水果得需要本钱啊！"

王铁锋说："我手头倒是有点钱，是部队发的退伍费，不过不多，咱就先少批点，等赚了钱，再加批量。"

沈建军说："在枫树岭，咱怎么着也是有头有脸的人，让我现在吆喝卖水果，我张不开口啊！"

王铁锋说："你就是死要面子活受罪，这是厦门，不是枫树岭，行了，你不吆喝我吆喝。"

就这样，王铁锋和沈建军分工，沈建军负责批发，他负责卖。真干起来，发现生意还不错，经常沈建军早上把水果拉回来，当天晚上王铁锋就能把水果全部卖完。

那天，沈建军又去进货，结果车上没拉水果，却拉回了两麻袋衣服。他告诉王铁锋说，差点回不来，把王铁锋吓了一跳，忙问是怎么回事。沈建军清早从批发市场回来，走到半路，被一辆车给撞了，撞他的是一辆石狮服装城的拉货车，要往厦门送货，司机因为连着几天没睡好，太困了，稍一迷糊，货车就刮到了沈建军的脚蹬三轮车，幸亏沈建军人机灵，慌乱中，纵身跳车抱住了一棵大树，人没事，可一车水果被撞翻到一侧的污水沟里。拉货司机当场吓得睡意全无，拉着沈建军好话说尽，最后双方达成协议，拉货司机给了沈建军两包衣服，算是赔偿他的一车水果。

沈建军说："大爷的，太惊险了，现在我的腿肚子还在打战，可惜了那一车水果，全泡臭水沟里了。"

王铁锋说："人没事就好，水果没了，这不是还有两包衣服吗，咱就卖衣服。"

当天晚上，王铁锋扛着两包衣服去了大学路，那儿是片繁华地段，一到晚上，车水马龙，热闹非凡。王铁锋选了一个位置，把包打开，清了清嗓子，开始吆喝。有几个学生模样的女孩闻声围了过来，选中了衣服之后，要跟王铁锋讨价还价，王铁锋说，这样行吗，咱们合作一把，你们几个帮我架架势，推销推销，一会生意好呢，这几件我免费送你们，生意不好，我收你们一半的钱，行吗？几个女生看王铁锋人英俊潇洒，又性格豪爽，索性答应，开始帮着吆喝。结果效果极佳，瞬间吸引了大批路人围拢过来，争相购买。可就在王铁锋忙得不亦乐乎的当口，突然听到有人大喊，工商局的来了，快跑，快跑。王铁锋闻声望去，发现不远处路口冲过来几个戴着大檐帽的人，当下心里不由一紧，他这是无照经营，要让工商局的人给摁住，衣服给没收不说，还得交罚款，那这一晚上可白忙活了，干脆也跑吧。想到这，他拢了地上的衣服，胡乱一裹，扛起来就跑。那几个本来帮他卖衣服的女学生被眼前这突如其来的一幕给惊得半天没回过神，看着王铁锋眨眼工夫人已经在百米之外，几个女生举着手里的衣服喊，哎哎，老板老板，你的衣服。王铁锋头也不回："不要了，不要了，送你们了。"

王铁锋风一般钻进一个胡同，然而刚进去，两个工商局的工作人员脚前脚后便追了上来。正跑着，王铁锋一抬头，发现前面突地有一道强光射了过来，心里不由一紧！情急之下，王铁锋抬眼四顾，发现左侧是一个二层小楼，实在是没有退路了，于是箭步前冲，噌地一下翻过墙头，就跳了进去。二楼东头的一个房间内，还亮着灯。

胡同里，两队工商局的工作人员会合了，却没有发现王铁锋的身影，有些不可思议，一队人疑惑道："人呢？怎么没了？明明看见他往这儿跑的嘛！"

另一队人猜测道："是不是翻墙了？"

听到这话，王铁锋心里又是一紧，便悄无声息地朝亮着灯的那个房间摸了过来，然后以手推门，孰料，那门竟没有锁，一下开了。房间里，一个女孩正在灯下看书。听到动静，女孩蓦然转身，发现眼前竟站着个男的，片刻的愣怔，女孩吓得扯嗓子就要喊。王铁锋箭步冲了上去，用手堵住了女孩嘴巴的同时，冲她直嘘嘘。与此同时，楼下"大檐帽"们的脚步声清晰可闻。就在王铁锋侧着耳本想听听窗外动静的当口，突然感到一阵钻心的痛，一不留神，那女孩子竟在他的手上咬了一口。王铁锋受痛，下意识地将手抽回。女孩抓住机会，嘴巴一张，又要喊。王铁锋实在没辙了，一着急，就直接用嘴巴堵了上去。刚开始，那女孩还拼命挣扎，使劲地往外推他，可王铁锋将她死死抱住，女孩挣扎了一阵，发现死活挣不脱了，那双迷人的眼睛也开始由最初的惊恐慢慢变得迷离起来，身子也渐渐变软，最终，扑通一声，整个人如稀泥般瘫软在床上。楼下的一队人马在苦寻无果之后，终于放弃了搜索，鸣锣收兵。王铁锋一颗悬着的心终于落了下来，然而就在他稍一走神的工夫，那女孩突然发力，照着他的裆部，一膝盖就顶了过来，嗔怪道："人都走了，还不起来，你还有完没完？"

女孩的这一招既狠且准，王铁锋被顶得直倒抽冷气，疼痛难忍，却又不敢喊，只得捂着裤裆原地弹跳。

王铁锋疼得嘴里直咝咝，说："呀，你是不是练过？"

女孩想笑，却又不敢，强忍着，说："小样儿，对付你，还用练吗？"

王铁锋说："你怎么对我下死手啊？这儿能随便顶吗？"

女孩一嘟嘴，说："谁让你占我便宜？坏蛋。"

"我不是坏蛋。"王铁锋感觉自己委屈，回了一句。

女孩说:"不是坏蛋,楼下的警察为什么抓你?"

王铁锋说:"楼下的不是警察,哎,一句两句跟你也说不清楚。"说着,拎起地上的包裹,要走。

没想到女孩噌地一下从床上站了起来,说:"干吗?就这么走了?"

王铁锋一愣:"那你想怎么样?"

女孩说:"嗬,占了便宜,抹身就走,你说得倒轻巧。"

王铁锋说:"我真还有事呢!我跟你说对不起了,好吗?"

"不好。"女孩生气地将头一扭。

王铁锋这下迷糊了,说:"那你到底想怎样?"

女孩说:"不想怎样。"

"那我走了。"王铁锋又要转身。

女孩子语气突然凌厉了起来,说:"你走个试试,你敢迈出这个门,我就喊你耍流氓。"

王铁锋这下彻底没咒念了,说:"好吧,我不走了,要杀要剐,随你吧。"说着,索性就地坐了下来。

女孩在王铁锋的脸上挑衅似的扫了一圈,说:"你是不是经常干这个?"

王铁锋一愣:"哪个?"

"跟我装?"

王铁锋终于回过了味,说:"你说跟女孩亲嘴啊?"

"流氓!"女孩不好意思了。

王铁锋说:"谁流氓啊?你问的不就是这个吗?"

女孩说:"别跟我胡扯,回答问题。"

王铁锋说:"说实话,不经常。"

"不经常?不经常,你这么轻车熟路?"女孩不信。

王铁锋说:"信不信拉倒,真的,我也是实在没办法了才亲的你,我不亲你,你就喊,你一喊,楼下的人就会冲进来抓我。"

女孩说:"你不用跟我解释,有什么话还是跟警察说吧。"

王铁锋一怔,说:"什么意思?你要报警?"

"你说什么就是什么喽!"说着,女孩将眉毛一挑,不再看王铁锋。

王铁锋这下软了,说:"你刚才救了我,我真的一辈子会念你的好,你现在再把我送进去,你说你让我是感谢你还是恨你?"说着,呵呵地笑了,说:"你一定是在跟我开玩笑,我想你不会这么迷糊蛋!"

女孩不高兴了,说:"你才迷糊蛋。"

王铁锋马上认错道:"行行,我迷糊蛋,这样好吗?我送你两件衣服,算是对你的感谢,你身材好,皮肤白,穿这衣服一准好看。"说着,打开包,从包里拿出来两件女式成衣,说:"送给你。"

女孩却扭了头,说:"我不要。"

王铁锋一愣,说:"嫌不好看啊?"

"我嫌太少。"

"那你想要多少?"

"见一面,分一半。"

王铁锋呀了一声,说:"你这也太狠了吧!"

女孩坐回了床上,咯咯地笑了起来,说:"跟你开个玩笑,看你吓得!"

王铁锋哑了。

女孩说:"你这人看起来呆头呆脑的,没想到挺好玩的,好了,不闹了,你走吧!"

不知道为什么,听女孩这么一说,王铁锋突然间有了一种失重感,一时走也不是,不走也不是,最后,顿了顿,说:"能冒昧地问下你名字吗?"

女孩一下警惕起来,说:"你想干吗?"

王铁锋说:"不想干嘛,等把衣服卖了,我想请你吃饭,感谢你今晚的帮助。"

女孩说:"不需要感谢,你走吧。"

王铁锋便不再多问，拎起包，转身走出房间，就在他将门带上的瞬间，女孩却突然开口了，说："我叫苏迪。"

王铁锋说："我叫王铁锋。"说完，下了楼，沿着胡同跑了。

—— 第二章 初遇是场误会 ——

王铁锋回到小石头房的时候，天都快亮了。看到王铁锋，沈建军一骨碌从床上爬了起来，说："你怎么才回来，没出啥事吧？"

王铁锋喝了口水，说："差一点让工商局的把衣服给没收了。我现在是又困又累，得眯一会儿，剩下的这些衣服，你负责卖了。"

沈建军看了一眼地上的衣服，说："晚上出去练摊，都有工商局的检查，现在这大白天出去练，我这不是明摆着往枪口撞吗？"

王铁锋说："吃一堑长一智，我想了一个新招，你扛着这些衣服挨家挨户上门推销，价格要便宜，又送货上门，肯定好卖，但切记，一定要热情，有礼貌，别一上来就粗话连篇。行了，还有吃的吗？拿来垫垫，太困了，我得眯一会儿。"

沈建军起初还是有些不愿意干，扛着个大包，走街串巷，累不说，关键觉得这样有些掉价儿。

王铁锋不耐烦了，说："你是帝王还是将相？现在咱穷得只剩下蛋了，掉价儿？你有什么价儿？我告诉你，这些衣服换不成钱，咱们这个月就得喝西北风！"

沈建军没咒念了，只得扛起衣服出门。

王铁锋啃了几口干馒头，倒头便睡。一觉睡到日头偏西才醒来，刚一睁眼，发现沈建军扛着个空包推门进来。

王铁锋有些意外："衣服都卖完了？"

沈建军脸上挂着掩饰不住的兴奋，说，卖完了。说着，将包打开，一股脑将钱全倒在了桌子上。

二人围着桌子点钱的时候,沈建军说了一件事,王铁锋突然怔住了。沈建军说,卖衣服时他遇到了一个老太太,老太太买了一件衣服,付钱的时候,多给了他一张十块的,老太太没发现,沈建军索性就将这十钱给收下了。

王铁锋听罢,语气坚决地说:"这钱不能要,得送回去。"

沈建军说:"是她自己不小心多给的,我又没偷又没抢,为什么要送回去?"

"没有为什么,不是我们的就不能要。"

沈建军有些赌气:"要送你送,我是不送。"

王铁锋说:"行,你不送,我送,老太太住在哪儿?地址告诉我。"

沈建军说:"这不是有病吗?到手的钱又送回去。"可他看王铁锋执意前往,就把地址说了。王铁锋拿着钱,找到老太太的时候,天都快黑了。那是一家小杂货店,王铁锋将十块钱退给了老太太,老太太感动得都要哭了,说,小伙子,你真是个好人,好人有好报,你一定会交好运的。正说着,从隔壁间走出一个女孩。王铁锋抬头一看,发现竟是苏迪,看样子她是过来买米的。

王铁锋不由一惊:"怎么是你啊?"

苏迪说:"怎么不能是我。"说着将米交给老太太去称,然后,看王铁锋,"我都听到了,这件事你干得不错,值得表扬。"

老太太说:"姑娘,你们认识?"

苏迪点头。

老太太说:"这小伙子心眼好,将来一定有出息。"

苏迪又扭过头笑着看王铁锋,说:"听到了吗?阿婆夸你呢!"

王铁锋有些不好意思了,于是跟二人挥手告别,可刚走出门口,便听到苏迪在后边喊他。

苏迪说:"看来昨天晚上的确误会你了,这样吧,你送我的那两件衣服算我买了,我补钱给你。"

王铁锋说:"都说了是送给你的。"

苏迪说:"衣服不是你一个人的,不能让你为难。"

王铁锋说:"既然这样,那咱们各让一步,这衣服钱我收了,但先放你那儿,什么时候我真穷得没饭吃了,再找你讨要这衣服钱好吗?"

苏迪说:"那好吧,这钱算是我先替你保管着。"

王铁锋笑着点了点头,又看了看周围的环境,说:"你住这附近?"

苏迪说:"对呀,怎么一晚上你就忘记路线了?"

王铁锋说:"昨天情况紧急,再加上黑灯瞎火的,没注意观察地形。"

苏迪说:"对了,有件事跟你商量下好吗?"

"你说。"

苏迪说:"明天下午我搬家,本来约好了一个师傅,可他临时有事说不能来了,不知你明天有没有空,如果有,请帮下我,可以吗?"

王铁锋不假思索地说:"可以,明天我开车过来。"

苏迪有些意外:"你还有车啊?"

王铁锋指了指一侧的三轮车。

苏迪咯咯地笑了起来,说:"行,那明天你来吧!"

就这样,第二天,王铁锋起了个大早,蹬着三轮车去了苏迪住的地方。要搬的东西很多,一趟没拉完。王铁锋让苏迪留下来收拾新租的房间,他一个人去拉剩下的两个箱子。回来的路上,因为堵车,王铁锋便绕道走了另一条路,附近是一片建筑工地,坑坑洼洼的,又刚下过大雨,路面很不好走,后来实在蹬不动了,王铁锋只得推着三轮车往前走。正走着,听到后边有汽笛响,扭头一看,几辆轿车开了过来。路面很窄,王铁锋便将三轮车往路边上推了推,他也是好意,原本想给车队让路,不承想,第一辆白色的轿车呼啸而过,将洼坑里的积水溅了他一身,那可是刚买的牛仔裤,心疼得王铁锋直想骂人,然而,还没等他缓过神来,哐的一下,第二辆轿车又冲了过来,车尾竟刮着了他三轮车的车帮,这一幕发生得太过突然,王铁锋一点防备都没有,下意识地抱了车上的两个箱子,而三轮车却翻滚着栽到了一侧的污水沟里。再看那辆轿车竟没有停的意思,径直开了过去。这下,王铁锋不干了,放下箱子,箭步追了上去,冲到轿车的前头,挡了去路。

车窗摇下,司机探出头,态度极不友好,说:"干什么呢?找死啊?"

王铁锋说:"哥们儿,你眼神不好还是怎么着,撞到人了你没看见吗?"

司机说:"明知有车过来,还故意挡路,撞了你活该。"

王铁锋努力地压了压胸中怒火,说:"要这么说,那咱不废话了,今儿不给个说法,你走不了人!"

司机一看,哟,遇上硬茬了,于是霍地推开车门,走了出来,说:"你想怎么着?"

王铁锋说:"我不愿搭理你,叫你们管事的出来说话。"

司机不乐意了,说:"嘿,小子,你故意找事还是怎么着?"

正说着,打工地上跑过来一伙人,其中一个留着板寸的年轻人问道:"怎么回事?"

司机说:"这孙子故意找事,揍他!"

板寸头看了看王铁锋,说:"哥们,就你啊!"

王铁锋眼都没抬。

板寸头说:"哟,瞧见没,还挺横,兄弟们,上。"

就这样,话不投机,双方就开打了。按理说,以王铁锋当侦察兵的经历,对付这几个人根本不在话下,可他知道,自己现在退伍了,所以,即便双方动了手,一开始他也努力地往里收着,尽量做到不伤人。然而,他对人家客气,人家却不跟他客气,再加上那天他穿着条牛仔裤,根本施展不开,于是几个回合下来,吃了大亏,稍一走神,眼角便挨了一拳,疼得他眼前直冒金星。这下王铁锋急了,我跟你客气,你却跟我下狠手,火一上来,便顾不得什么温良恭俭让了,一边骂着,一边便飞出一脚,踢中对方的小腹,伴着一声惨叫,那哥们便斜着飞了出去,嗵的一声,滚到一侧的水沟里。与此同时,王铁锋听到一声刺耳的撕布声,低头一看,是他的裤裆裂开了,里边的红裤衩露了出来,不过这下抻胳膊抬腿倒自如了。不一会儿,对方的一队人马已被他撂翻了一半。打斗中,那个"板寸头"不动声色地绕到王铁锋身后,瞅了间隙,一闷棍抡在王铁锋的背上,王铁锋受痛,下意识甩出了一个后摆腿,正中"板寸头"的右肋,"板寸头"顿时站立不稳,咯噔噔连退数步,一屁股蹲坐在地上。这一棍打得太狠了,疼得王铁锋直吸冷气,箭步上前,一把卡了"板寸头"脖子的同时,随手从地上抄起一块板砖,抡至半空,骂道:"跟我下狠手,信不信我一砖拍死你?"

"板寸头"吓得呀的一声,双手抱头:"兄弟饶命。"

这当儿,身后有人突然喊道:"住手。"

王铁锋一愣,侧过脸,看见一辆红色轿车的车门被推开,下来一个女孩,女孩身材修长,穿一件米色的风衣,头发盘着,皮肤白皙,面容娇美,透着一种无法言说的典雅高冷。

王铁锋看了看女孩:"这么说,你就是他们管事的吧?"

"板寸头"磕磕巴巴地说:"这是我们柳总。"

王铁锋冷笑了一下,说:"嗬!不愧是老总,你可真能沉得住气,都打成这样了,你才千呼万唤始出来。"

女孩说:"你先把手里的砖头放下,这是厦门,是讲文明法治的地方,舞枪弄棒的,粗鲁!"

王铁锋被女孩的话给噎着了,半天才说:"是你的手下先撞了我,还动手打人,怎么成了我粗鲁了呢?"

女孩说:"还爆粗口。"

王铁锋被对方抓了把柄,自知理亏,于是扔了手里的板砖:"都被你气得。"说着,一低头,看到了自己裂缝的裤裆,里边的红裤衩若隐若现,顿时不好意思了。这副模样如果只是一群男人还行,现在眼前站着这么一位气质高雅的女人,王铁锋再没心没肺,心中也难免会生出顾忌和尴尬,于是不动声色地收了收屁股,努力地把裤裆的裂缝往一块儿挤了挤,脸上却还装出若无其事的样子。

女孩显然也看到王铁锋开了缝的牛仔裤和里边露出的红裤衩,一时间,场面有些尴尬,可高冷的外表让人摸不透她此时内心的真实反应。

女孩说:"说吧,想要多少钱?"

王铁锋像是受了侮辱,嘴角一撇,透出不屑,说:"多少钱?有钱就了不起吗?"

女孩说:"那你想怎么样?"

王铁锋说:"人争一口气,佛争一炷香,跟我道歉。"

一侧的"板寸头"捂着腮帮插话道:"扯淡,让柳总给你道歉?"

王铁锋没有搭理"板寸头"。

女孩说:"这事的确是他们不对,我跟你道歉。"说完,女孩就要转身上车。

王铁锋心中突地生出不甘:"这就完了?"

"你还有什么要求?"

王铁锋指着歪在沟里的三轮车,说:"车圈都瘪了,赔钱。"

"谈钱了,事情就好办,赵秘书,你留下处理,其他人上车,去工地。"说完,女孩再没有一刻停留,转身上车。车从王铁锋跟前开过,女孩的眼睛抬都没抬一下,看得出来,无论事前事后,她压根都没把王铁锋这样一个人放在眼里。王铁锋的内心无疑受到了莫名的打击,实事求是地说,在此之前,他以为自己还是一个挺有魅力的男人,但这个被称作柳总的女孩真真切切地让他体味到一种前所未有的受辱和被轻视感。望着车队走远,那一刻,王铁锋心中一万句"他妈的"飘过。

赵秘书从皮包里拿出钱,放在箱子上,问:"够吗?"

王铁锋没有搭理他,下到沟里拽三轮车。

赵秘书夹着皮包径直走了。

就在王铁锋一个人往外拽车的当口,一个中年人走了过来,帮着王铁锋将箱子装好。聊天过程中,中年人告诉王铁锋他叫孙大旺,带着一个装修队在这个工地上干活,他老婆负责给装修队做饭,他以为王铁锋是送豆腐的,因为他老婆说订的豆腐这个时间会送来。两个人正聊着,王铁锋看见不远处的工地上,那个被喊作柳总的女孩戴着安全帽被一群人簇拥着从会议室走了出来,一个中年男人指着正在施工的大楼向她介绍着什么。

王铁锋说:"旺哥,那女的是干什么的?"

孙大旺说:"柳氏集团听说过吗?"

"没有,我刚来厦门不久。"王铁锋摇了摇头。

孙大旺说:"这女孩就是柳氏集团老总柳修良的千金,叫柳小贝,刚从美国留学回来,别看是个女孩,可了不得,柳氏集团的总部在香港,现在国内的业务都由她负责,这女孩性情高冷,作风强硬,柳氏集团上上下下所有人都怕她。"

王铁锋再次回到苏迪的住处天已是黄昏。

一进屋,苏迪发现王铁锋手腕上有血,血把袖口都渍湿了,吓得大叫:"呀,怎么受伤了!走,赶紧去医院。"说着,拉了王铁锋就要下楼。

王铁锋说:"算了,这么晚了,一点小伤,没事。"

看他执意不去,苏迪冲进卫生间,拿出一条毛巾,用冷水沾湿,敷在王铁锋的淤伤上。

苏迪抬起头:"疼吗?"

"不疼。"

苏迪问他到底怎么搞的?王铁锋便把下午的事说了一遍。

"都怪我。"苏迪哽咽道。

王铁锋说:"这事不怪你,要怪怪我,要不是裤子太瘦,就那几个毛贼,根本伤不着我。"

苏迪这才发现王铁锋裂缝的裤裆,立时破涕为笑,她让王铁锋脱下,从柜子里找出针线帮他缝了起来。

王铁锋问苏迪为什么突然搬家了?

苏迪哦了一声,突然想起了什么事似的,说:"对了,我辞职了。"

王铁锋有些意外,可又觉得问多了不礼貌,于是便只顾低头搬东西,不再说话。

苏迪说:"说说你吧。"

"我?"

"是啊。"

"想听什么呢?"

"什么都可以,说说你的老家,你的家人。我还没听你好好介绍过自己呢!"

接下来的聊天中,王铁锋跟苏迪讲起了自己的过去,讲起了他的家事。王铁锋告诉苏迪,他父亲也是一名军人,十四岁参加革命,在他父亲做了师政委那年,他母亲才怀上他,后来"文革"开始了,为了保护老战友,他父亲受到冲击,被迫害致死。父亲殁了之后,母亲就带着他回到了乡下,可三年后,母亲积郁成疾,也去世了。从那以后,他就跟奶奶相依为命,是奶奶把他养大成人,再后来,他就去了部队,复员后回到老家,可日子实在是太穷了,就带着两个同村的兄弟出来闯荡,但又无一技之长,现在只能靠卖水果为生。

听完王铁锋坎坷起伏的人生经历,不知为什么,苏迪心中竟泛起一种莫名的酸楚,她甚至有些心疼他。

王铁锋抬头看了看苏迪,苦笑了一下,说:"是不是觉得我这人特没出息?"

王铁锋的问话使苏迪蓦地回过神来，于是故作镇静地哦了一下，说："没有没有，相反我感觉你很优秀，真的，天道酬勤，我相信，总有一天，你一定能做出成绩的。"

王铁锋说："谢谢你这么看得起我。"

苏迪说："其实你最应该感谢的是奶奶，都说'父母在，不远游'。奶奶她年纪那么大了，一个人孤苦伶仃地生活在老家，却支持你闯荡，她真的很伟大，为了奶奶，你也得努力！"

苏迪的几句话，说得王铁锋心里瞬间生起一种从未有过的温暖，于是，他冲苏迪重重地点了点头。

那晚两个人聊得兴起，不觉间已凌晨三点，王铁锋要走，苏迪说这么晚了，你干脆在沙发上睡一晚得了，天亮再回去。说着从衣橱里拿出一条毛毯给王铁锋盖，结果等她洗完澡出来的时候，发现王铁锋躺在沙发上竟睡着了。苏迪轻手轻脚用毛毯给他盖好，然后看着熟睡的王铁锋怔怔地发呆，了解了王铁锋的身世之后，不知道为什么，她突然对眼前这个男人有了不一样的感觉，她感觉他像野草一样茁壮，又像被遗弃的孩子一样让人心生怜爱。

第三章　爱如潮水

沈建军后来才知道房东说的那个住在阁楼里的女孩叫叶小倩。

那天黄昏，沈建军正一个人坐在院门口的石凳上喝茶，看见不远处一个女孩背着包走了过来。沈建军搭讪道，你找谁？女孩冷冷地看了他一眼，没有搭话，径直走进了院子。女孩的冷淡弄得沈建军有些小尴尬，小声嘀咕一句，小样儿，还挺有个性。说完，又低头看报纸。忽一抬头，发现眼前站着一个人，竟是刚才那女孩。

女孩说："嘿，哥们，帮个忙行吗？"

沈建军说："怎么了？"

女孩说："我房间的锁坏了，弄了半天打不开，你帮我鼓捣鼓捣？"

沈建军说："我试试。"说着，放下报纸跟女孩上了阁楼。

沈建军将锁略一摆弄，咔嗒一下竟开了。

女孩立时喜上眉梢，说："嗬，行啊哥们，没想到你还会这一手。"

沈建军说："我会的多着呢，你就慢慢发现吧！"

女孩请沈建军到屋里坐喝茶。沈建军也不客气，就进去了，喝着茶，两个人就有一搭没一搭地聊了起来。沈建军这才知道女孩叫叶小倩，在附近一所职业学校读书，前段时间，她妈妈病了，所以请了假，回了一趟老家。

沈建军说："怪不得我来这段时间一次也没见过你。"说着，指了指东北角一个小房间："那是我住的房间。"

叶小倩说："远亲不如近邻，既然同在一个院子里住着，以后咱们多走动啊！"

沈建军说:"没说的,以后有什么需要帮忙的,你就吱声。"

叶小倩问沈建军:"就你一个人住吗?"

沈建军说:"跟我一个哥们,他叫王铁锋,今天他出去了,改天引荐你们认识。"

孰料,还没等沈建军引荐呢,叶小倩就和王铁锋见面了,并且二人第一次见面的场景有些尴尬,也让王铁锋第一次领略了叶小倩的大胆和泼辣。那天,王铁锋卖完水果,等收摊回到家,已经很晚,沈建军都睡着了。王铁锋拿着换洗的衣服轻手轻脚地进了洗澡间。整个院子就这么一个洗澡的地方,是公用的,王铁锋心想都这么晚了,大家都睡了,肯定没谁再进来用了,所以进去之后,也没上锁,只是随手把门一关,就脱了精光。不承想,就在他洗得正舒服之际,门突然被人推开了,竟是叶小倩。叶小倩在学校学的是美容美发,白天上课,晚上就到一家美容店实习,今天来店里理发的客人特别多,直忙到很晚才下班,她原以为这会儿洗澡间肯定没人再用了,没想到,一推门,映入她眼帘的竟是一个男人的裸体。实事求是地说,经过几年部队生活锤炼的王铁锋,论及身材,再加上那张英俊的脸蛋,足以令所有的女孩为之动心。望着眼前裸体的王铁锋,叶小倩的意识和眼神一时间有些迷离。王铁锋发现门被推开,一转身,发现门口站着的是一女孩子,于是下意识地捂住了下体。没想到叶小倩却突然咯咯地笑了起来,说:"别挡了,该看的我全看到了,你继续,用完了,喊我一声就行。"说着,把脸盆放在了池子上,反手将门带上。

望着叶小倩带门离开,王铁锋怔了好大一会儿,才稍稍缓过神,转身一看,发现池子上的洗衣盆里放着的是一件粉红色的内衣和胸罩。自此以后,王铁锋发现叶小倩每次看他的眼神都不大对,总是直勾勾的,有些暗送秋波的意思。于是很长一段时间里,王铁锋心里总是被一种难以言说的尴尬所纠缠。

离王铁锋他们的住处不远,是一片丘陵,丘陵下边是条火车道,有空闲的时候，吃过晚饭，王铁锋他们总是去丘陵的山坡上坐着看夕阳，还有路过的火车。叶小倩从老家回来之后，也加入了他们的行列。那天晚上，几个人又坐在山坡上闲聊，王铁锋突然感到尿急，就起身去了后边的小树林。刚拉开拉链，叶小倩打后边突然冲了过来，故意往王铁锋身上一撞，然后她自己却歪在了一侧的树干上，王铁锋立时去扶她，没想到叶小倩竟嘻嘻地笑着在王铁锋的裤裆里抓了一把，这一举动，把王铁锋吓了一跳，立时警告道："叶小倩，别乱来。"

叶小倩碰了一鼻子灰，很尴尬，回来的路上，她拉了沈建军，小声音嘀咕说："王铁锋这人不好。"

沈建军一愣，说："他怎么不好了？"

叶小倩说："一天到晚高高在上，拽不拉几，不食人间烟火的小样，他以前是不是当过和尚啊？"

沈建军哈哈大笑了起来，说："他就那样，别往心里去。"

叶小倩说："沈建军，我发现你这人其实挺随和的。"

沈建军臊眉耷眼地说："是，主要我这人性格好。"

叶小倩咯咯地笑了起来。

沈建军和叶小倩二人感情的升温在是半个月之后。那天，沈建军又去了水果批发市场，回来的路上要爬一个坡，每次上了坡，沈建军都会坐在路边的一块石头上歇一歇，坡下原来是个小村子，后来被开发，建了很多厂房，挨着这些工厂，开了不少理发店和餐馆。沈建军坐在石头上正看着风景，发现不远处一家理发店走出一个女孩，定眼再看，是叶小倩。沈建军起身刚要喊她，却发现打左侧突然闪出三个年轻人，走在中间的那个男的染着黄头发，穿着一件花衬衫。"花衬衫"喊了一声叶小倩。隔得太远，沈建军听不清"花衬衫"喊的具体内容，只看见叶小倩头也不回，径直往前走。

"花衬衫"看叶小倩不回应，于是一挥手，三个人就扑了上去，一下把叶小倩给围住了，跟着几个人开始拉扯起来。看此情景，沈建军顿时血往上涌，顾不得多想，噌地一下就冲下山坡，跑了过去。叶小倩一眼便看见了沈建军，又惊又喜，大喊："建军，建军。"

发现半路杀出个程咬金，"花衬衫"先是一惊，可等到发现就沈建军一个人时，马上又镇定下来，说："你他妈谁啊？"

沈建军说："我……"

"花衬衫"说："你你，你个小样！滚一边去，别碍老子的好事。"

沈建军不再搭理"花衬衫"，拉了叶小倩转身就走。"花衬衫"气不过，照着沈建军的腮帮一拳就干了过去，沈建军没有提防，结结实实地挨了一拳，疼得浑身一激灵，血顺着嘴角突地一下就流了出来。这下把沈建军彻底惹火了，飞起一脚，踹中了"花衬衫"的肚子，"花衬衫"身体顿时不稳，咯噔噔连退数步，一屁股蹲坐在路边的一个石头上。

接下来，一场大战上演了。

沈建军本来就不是善茬，在老家时大架小架打过无数，对付两三个人不在话下，何况今天的英雄救美之举又给他平添了几分气概与豪情，于是左右开弓，一通混战，对方终于招架不住，被打得落荒而逃。

等"花衬衫"三个人跑远，叶小倩将沈建国拉到一侧的小河边，用纸巾很小心地给他擦洗嘴角的血迹，一双水汪汪的眼睛盯着沈建军，柔声问道："疼吗？"

沈建军说："不疼。"话音未落，叶小倩擦得有点重了，疼得沈建军不由得咝咝地倒抽了两口冷气，惹得叶小倩又咯咯地笑出声来，可眼睛里却有晶莹的泪水在打转，于是又追问了一句："真不疼啊？"

"其实，很疼。"沈建军实在忍不住了，说出实话。

叶小倩再次破涕为笑，说："下了班，我请你喝酒。"

沈建军吐了一口血水，说："这三个哥们干吗的，你认识他们？"

叶小倩说："他们是这附近的村民，经常来我们店里，那个穿花衬衫的是他们的头儿,想和我交朋友,我不同意,所以,这段时间天天在这儿堵我。"

沈建军这才知道,叶小倩之前说她实习的地方就在这儿。于是又朝河里吐了一口血水,说:"以后别在这儿干了,妈的,挣这么个小钱遭这么大罪,不值当。"

叶小倩点点头,说:"本来今天也是最后一天了。"

就这样,当天晚上,叶小倩拉着沈建军找了一个小酒馆,两人一直喝到凌晨三点。

叶小倩说:"不能再喝了,我得走了,明天还有课呢。"

沈建军就起身送她回学校。学校的西边是个胡同,有几个路灯坏了,光线昏暗,路面也不是很好,坑坑洼洼的,刚下过雨,全是积水,叶小倩喝得晕晕乎乎的,深一脚浅一脚的,差点给绊倒,幸亏沈建军及时将她扶住,四目相对的瞬间,二人的心里都禁不住怦然一动。

叶小倩醉眼蒙眬地望着沈建军,沈建军被她看得有点不自在,说:"怎么了?我脸上是不是有什么东西呀?"

叶小倩抓着沈建军的手,说:"沈建军,认识这么久了,我忽然发现,你人特别帅,特好看,真的。"说着,就亲了沈建军一口。

沈建军立时如遭电击,整个人呆住了。

经过这件事后,叶小倩对沈建军变得热情起来。

叶小倩问沈建军在老家有没有女朋友?

沈建军说:"没有。"

叶小倩说:"那从今往后,咱俩就好吧,我做你的女朋友。"

沈建军有些意外,说:"这也太突然了,我一点思想准备都没有,你让我再想想好吗?"

叶小倩说:"你们男人是不是都这个德行,我们女的不主动的时候,你们天天哈巴狗似的跟在后边,怎么我一主动,你反倒端起来了?我不管,反正话我都说出来了，从今往后，我活是你的人，死是你的鬼。"

沈建军更为惊慌，说："这还没怎么着呢，你咋还赖上了呢？"

叶小倩说："那你想怎么着，要不今晚咱俩就上床？我是无所谓，倒是你敢吗？动动嘴你都吓成这样，真动手了，你还不得吓死啊！"

这话吓得沈建军半天不知如何回答。

第四章　合伙开餐馆

那天，王铁锋仰在床上翻看一份报纸。报纸上整个版面都是关于改革开放、发展经济的报道，还配有图片，图片上到处在破土动工，盖楼建厂。还有一篇报道是关于打工潮讨论的，说自改革开放以来，短短几年间，厦门这个昔日名不见经传的小岛现如今已经发展成国际大都市，每年都有数以万计的外来打工者潮涌而来，下边还配着一张火车站的照片，站台上，人潮汹涌，数不清的男男女女，扛着大包小包，场面挤拥不堪。

王铁锋看报纸正看得入神，门突然被推开，沈建军兴冲冲地从外边走了进来，说："铁锋，铁锋，机会来了。"

王铁锋放下报纸："什么机会？"

沈建军说："还记得山东的老张吗？"

王铁锋说："哪个老张？"

"解放路开餐馆的山东老张。"

"哦，老张怎么了？"

沈建军说："他老丈人病了，急着用钱，他想把餐馆给卖了，那个地理位置我感觉还行，如果能把这个餐馆盘下，好好干，肯定赚钱。"

王铁锋顿时来了精神，一骨碌从床上爬了起来，说："走，找老张去。"

半个小时后，两个人找到了山东老张。老张跟王铁锋很熟，之前王铁锋他们常来老张的餐馆喝酒，还帮老张扛过煤气罐，尤其是老张的小姨子跟王铁锋年龄差不多，每次王铁锋帮老张干完了活，老张的小姨子总是给他泡茶喝，泡的都是老张自己平时都舍不得喝的好茶，后来，老张发现了，对他小姨子说，王铁锋就一个卖水果的，你让他喝那么好的茶干啥？老张的小姨子不高兴了，说，姐夫你也太小气了，王铁锋人多好啊，又壮又帅又利索，还经常帮你干活。老张问小姨子说，你是不是喜欢上这个王铁锋了，不知根不知底的，你一个黄花大闺女别让王铁锋这小子给拐跑喽。没想到他小姨子当场回答，他要敢拐，我就敢跟他跑。老张惊得嘴巴大张，半夜跟他老婆诉苦，说，我怎么感觉你妹妹缺心眼啊！他老婆一听就火了，一脚将老张踹到了床下，说，你妹妹才缺心眼，你们全家都缺心眼。

王铁锋将来意和老张说了。

王铁锋说："老张，建军把你想要的价格跟我说了，说实话，不贵，可我手头没这么多钱，你再少一点，行吗？"

老张说："兄弟，认识这么久了，我知道你是个实在人，就再给你少二百块钱，不能再少了，再少一个子儿，我是不卖了。"

王铁锋说："老张，你要把我当兄弟，你就再少点，你这个店我是真想要。"

老张咬了咬牙，说："我最多再给你少五十，再少，真不行了。"

王铁锋说："少一百吧，老张，如果行，我这就给你筹钱去。"

老张想了想，做痛苦状，说："行。"跟着又强调道："兄弟啊，这是看你面子，说实话，赔本给的你，不赔本我是龟孙。"

王铁锋拍了拍老张肩膀，说："啥是兄弟啊，这就叫兄弟，老张，无论如何你给我一天时间筹钱。"

老张想了想，说："好吧，就一天，一天之后，我可卖给其他人了，想买这店的可不止你一家，多了去了。"

王铁锋说："行。"然后带沈建军离开了餐馆，回到了出租屋。王铁峰又叫来丁国庆，三个人开始商议如何筹钱的事。这段时间卖水果虽然也赚了一点钱，但离老张要的价格远着呢。于是商量着跟谁借点，可商量来商量去，三个人一筹莫展，在厦门，三人举目无亲，上哪儿借钱去啊？后来，王铁锋突然想到了离家时他奶奶给他的那个玉镯。于是从床底下的箱子里把玉镯取了出来，这下把沈建军和丁国庆给惊着了，异口同声说，铁锋，你可想好了，这可是你们家的传家宝，也是咱三个在厦门的救命稻草，不到万不得已可不能卖它啊！

王铁锋将玉镯小心翼翼地包好，说："放心吧，这玉镯我不卖，但看来今天得动用它了，你俩先在家等着，我去去就来。"说完，拉开门出去，带着那个玉镯径直去了苏迪那里。

见了苏迪，王铁锋简短地跟她把情况讲了一遍，然后说："虽然盘下这个餐馆，也实现不了咸鱼翻身，但我不想一辈子卖水果，是机会我得抓住，但我现在手头的钱不够，所以才冒昧地跑来找你，苏迪，如果你愿意，咱们就一起合伙经营。"

王铁锋原以为苏迪即便不拒绝，也可能会说让我想想之类的话，却没想到，苏迪竟一口答应了，说："没问题，我手头的钱足够了。"

王铁锋说："苏迪，你是个好姑娘，人漂亮，心地又善良，虽然咱们认识的时间不长，但你却这么信任我，我真得跟你说声谢谢。"

苏迪笑了笑，说："这真的不算什么，其实这段时间我也正琢磨着做点什么生意，现在这不正好是个机会嘛！要说谢谢，我也得谢谢你，有了发财的机会想到我。我这也是沾了你的光不是？真的，这钱算是股份，我出得高兴。"

听苏迪说完，王铁锋从包里拿出了那个玉镯。

苏迪一愣："你这是干吗啊？"

王铁锋说："做生意，我真的不太在行，但我懂得一点，人要讲信义。餐馆虽然算咱们合伙开的，但这钱依然算我借你的，借了你的钱我总得有个表示，可我现在穷光蛋一个，身上就这么个玉镯，我把这个玉镯押到你这儿，既然是借钱，这算是我的一个信誉保证吧，希望你别介意。这个玉镯是我离家时，我奶奶交给我的，怕我外边遇上困难，靠它来解燃眉之急。"

苏迪看了看那玉镯，吓了一跳，说："这么贵重的东西，我可不敢要，何况出这么点钱也不算什么，你这么客气，咱这生意以后可不好做了啊！"

可王铁锋执意不肯，说："我这不是客气，是这次你帮忙把餐馆开起来了，我心里过意不去。"

苏迪看王铁锋一脸的认真样，一时半会拗不过他，于是叹了一口气，说："行吧，这玉镯我先收下，权当替奶奶保管着。"又开玩笑道："等你哪天发了大财，再让你出高价赎回，到时你可别后悔。"

就这样，沈建军和丁国庆第一次见到苏迪。面对苏迪如此漂亮的女孩，两个人激动得心脏怦怦直跳，尤其沈建军紧张得手心都出汗了，活了二十多年，漂亮的女孩他也见过不少，可像苏迪这样令他心潮澎湃、心率加快的，还是第一个。

王铁锋说："盘下餐馆，苏迪是第一功臣，店一开张，她就当老板，我们三个给她打工。"

沈建军和丁国庆一点意见都没有，异口同声地说愿意，心甘情愿。

就这样，王铁锋他们跟老张当晚就进行了交接。接下来就是装修、给餐馆起名，虽然老张的营业执照还在有效期，可由于是个体工商户，营业执照不能办理经营者姓名的变更，只得将原来老张的注销后，王铁锋他们才能重新注册，另外还有税务登记证等一套东西，等一切办理妥当，花了好几天的时间。王铁锋还给餐馆重新取个名字，叫"再回首"，当天晚上，四个人还研究了如何培养固定消费群的问题。

苏迪说："这个地方我大致地看了，客源主要是工人和学生，这就要求我们必须做到物美价廉。"

沈建军说："要做到苏迪说的这些，首要的就是咱们得有两道硬菜。"

苏迪说："我小时候住我外婆家，我外婆做的最拿手的一种汤，叫山药蘑菇煨土鸡汤，味道可谓一绝。"

三个人顿时来了精神，问："是不是属于祖传秘制的那种？"

苏迪点头。

"太好了。"

王铁锋说："我当年在部队时，我们连队炊事班的老班长做的油葱饼也是一绝，我俩关系好，利用平时帮厨的时间，他就把这个绝活教给了我。"

沈建军一拍手，说："好了，一汤，一饼，国庆，你会啥？"

丁国庆说："我会吃。"

"我踢死你。"

几天后，"再回首"正式开业。第一天开业，四个人还没摸清头绪，热情有余，经验不足，一天下来，忙得双脚不打地，但总算没出什么差错，等到晚上打烊，一数钱，不赚，但也能保住本。

沈建军有些失望，说："咱们这是秃子头上盘辫子——白忙活啊。"

苏迪说："毕竟是第一天开张嘛，只要咱们能坚持做好，相信来吃饭的人一定会越来越多。"

接下来的情景，果然如苏迪所说，到了第六天，"再回首"餐馆的生意突然红火起来，来喝汤吃饼的人都排起了队，客人越来越多，实在挤不动了，王铁锋便让沈建军在屋外边又架了几张桌子。即便这样，还是供不应求，很多人实在等不下去了，只得很遗憾地离开。生意好得令人吃惊。那段时间，四个人累并快乐着，每天早晨四点多起床干活，一直忙到晚上十二点关门，然后算账，一算二算，每次算完都已经后半夜了。王铁锋的工作量最大，南方的温度高，面粉发得快，他得早三个人半个小时起床，一天下来，几乎没几个小时的睡觉时间，累得实在不行，每次都是趴在桌子上想抽空休息一下，但一趴就睡着了。沈建军和丁国庆将各自手中的活干完就可以睡觉了，苏迪却是最后一个留下来负责收尾，等彻底收拾干净了，她才将趴在桌子上睡着的王铁锋给叫醒，为他弄好水，让他洗了再躺床上好好地睡。四个人睡觉的地方在操作间的后边，本来是个大通间，用木板给隔开了，隔成了三间，苏迪自己一间，沈建军和丁国庆二人一间，王铁锋自己一间。每天睡意蒙眬中，沈建军和丁国庆总能听到苏迪帮王铁锋倒水的声音。两人心中就会泛出羡慕。

丁国庆说，遇上苏迪这么好的女孩，铁锋这真是祖坟上冒青烟了。说完翻个身就呼呼睡着了。而沈建军却无论如何睡不着，眯着眼睛想心事。其实，沈建军不说，王铁锋和丁国庆两个人不会知道，他之所以不爽快地答应叶小倩，真正的原因是他的心里一直被另一个人满满地占据着，那就是苏迪。他曾无意中将叶小倩和苏迪做过比较，他发现，苏迪身上有种东西是叶小倩无论如何都不具有的，具体是什么，他自个也说不清楚，只是感觉。

沈建军喜欢苏迪，应该是从第一次见到苏迪的那天就开始的。但话又说回来，喜欢归喜欢，真要他主动跟苏迪表白，说实话，他没这个胆儿，他跟叶小倩说话可以直言不讳，无所顾忌，可他不敢在苏迪面前放肆，口无遮拦，这么说，倒不是说他人多懦弱，而是因为一种无形的东西在钳制着他，这种东西是浸在血液里的，苏迪哪怕不说话，只是在那儿静静地站着，她的身上也会散发出一种气息，而这种气息会使沈建军变得莫名地慌乱，心跳加快。

"再回首"的名号越来越响，经常有很多人走上很远的路慕名而来。为了回报新老客户的厚爱，王铁锋每天去市场上买菜时，苏迪都会让他买一些乌梅、山楂、桂花、甘草、冰片糖等材质回来，然后她亲自动手，做成酸梅汤。做酸梅汤的程序相当复杂，但苏迪不厌其烦，每次都做得一丝不苟，每天餐馆一开门，就有一大桶味道极佳的酸梅汤供前来用餐的客人免费喝。有时，苏迪还会在酸梅汤里加入一些蜂蜜、蜜枣和玫瑰花，那些蜂蜜和玫瑰混合的香气在店里袅绕弥漫，沁人心脾，喝进肚里，令人百转千回，回味无穷，弄得很多人大呼过瘾，夸她善良贤惠，会做生意。口碑是最好的宣传，来"再回首"吃饭的人越来越多，其中有一个叫李东山的马来西亚华侨几乎天天来。他告诉王铁锋,他的老家在闽北山区,早些年要饭出身,十岁以前,兄弟三个经常伙穿一条裤子,如果哪天其中一个出门了,那剩下的两个就得光着屁股躺炕上睡觉。后来,他发达了,几十年里,他几乎飞遍了全世界,大鱼大肉吃多了,弄得经常一看见鱼翅燕窝之类所谓的山珍海味就想吐,后来听人说"再回首"的饼和汤做得一绝,就慕名而来,结果一吃,上瘾了。

"再回首"附近一个工地上新来了一队装修工人,每天一下班,他们都会准时来"再回首"吃饭。令王铁锋意外的是,这个装修队的队长竟是孙大旺,就是王铁锋第一次和柳小贝相遇时结识的那个中年人。能和孙大旺再次相遇,王铁锋觉得也是一种缘分,于是对孙大旺格外亲切。孙大旺一帮人也不客气,每次来了"再回首",总是连吃带喝,临走,每个人都会将带来的大水杯灌满酸梅汤,然后打着饱嗝离开。

沈建军实在看不下去了,说:"这他娘的又喝又捎的,谁能顶得住啊?"

王铁锋说:"捎就捎呗。"

丁国庆说:"可那都是钱啊!"

王铁锋说:"算了,他们也不容易。"

沈建军说:"这年头谁容易,咱也不容易啊,起早贪黑的。"

王铁锋说:"少废话,总之,你俩给我听着,只要他们不把装酸梅汤的桶给扛走,你们就不能吭声。"

那天上午,孙大旺拎着一箱啤酒来找王铁锋,他跟王铁锋说这个工地的活干完了,明天就要换工地,他这次来是感谢王铁锋这段时间的照顾的。王铁锋炒了几个菜招待他,俩人边喝边聊,聊着聊着,就聊到了柳小贝。

王铁锋说:"旺哥,你们现在还跟着那个柳小贝干吗?"

孙大旺说:"我这个装修队都是临时的,跟那些建筑公司没有隶属关系,经常是打一枪换一个地方,哪儿有活就去哪儿干。"

谈到了柳小贝,孙大旺告诉王铁锋:"听说,他们柳氏集团最近又争取到一个大的项目。"

就在王铁锋和孙大旺谈论柳小贝的时候,柳小贝正驱车赶往交易中心参加一场竞拍大会。

第五章　父子冷战

柳小贝走进会场时，大厅已人满为患，很多人手里握着竞价标志牌，在交头接耳。

秘书俯在柳小贝的耳边低语道："柳总，参加竞拍的人好多！"

柳小贝没有接话，而是反问了一句："你觉得我们今天的胜算有多大？"

秘书说："柳总亲自上阵，十拿九稳。"

柳小贝却摇摇头，说："没那么简单，我们的对手其实很强悍。"

秘书一怔，说："柳总，你是指金氏集团？"

柳小贝没有说话。

拍卖会开始了。

主持人站了起来，说："各位，拍卖现在开始，今天推出这块地位于林溪九队地段第623号，面积是五万零六百三十七平方米，用途是商住，底价是三百万，每次叫价是三十万，现在开始。"

接下来就是一系列的叫价竞投，一轮血拼下来，柳小贝当仁不让，最终以九百万的天价拍得这块地段。

拍卖会结束的当天下午，金氏集团的副总经理胡玉春坐在沙发上，低着头，挨老总金永年的训。

金永年说："拍卖会开始的前一分钟，你还在电话里拍胸脯，信誓旦旦地跟我保证，这块地段非金氏集团莫属！"

胡玉春有点懊恼地抬起头，说："金总，这次的竞拍，我们真的做了充分的准备，所有的文件也都呈给您看了，当时感觉真的是十拿九稳的啊。"

金永年说:"你少跟我扯这些,我要的是结果,不是过程。"

胡玉春沮丧地耷拉下了脑袋,无言以对。

金永年似乎突然想到了什么,叹了一口气,说:"柳修良有福啊,自己的女儿都已经出来独当一面了,再看看我那个不成器的儿子,天天就知道瞎混。"

胡玉春安慰道:"金总,您想开点,少宇毕竟年轻嘛,现在的年轻人都这样,追求个性解放,喜欢过无拘无束的生活,过了这个年龄段就好了。"

金永年苦笑了一下,说:"我对他其实已不寄予什么希望了,他高兴过什么生活,由他去吧,只要不给我惹是生非,我就阿弥陀佛了。"喝了一口茶,顿了顿,又说:"哦,对了,少宇这段时间有没有给你打电话?"

胡玉春说:"有,前几天还打了电话,让我给他打点钱。"

金永年一皱眉:"怎么又要钱?"

胡玉春说:"少宇说这段时间跟他几个朋友组建了一个摇滚乐队,要买什么爵士鼓、电吉他、电贝斯,音乐这东西我也不懂,反正就是一些乐器,需要钱,数额也不大,我就没给您报告,自作主张先给他把钱打过去了。"

金永年叹了口气,说:"我这个儿子,真的太让人伤脑筋了,从美国回来后,还是不理我,一声不响直接去了北京,我知道,他心里还恨我,恨我当初对他妈妈不好,哎,其实这件事在心里一直折磨着我,对关慧,这辈子我心中有愧啊!"

胡玉春再次安慰道:"金总,这件事你也不要太自责了,当年那也是形势所逼嘛,相信少宇有一天会明白您的苦衷的。"

金永年似乎有些累了,叹了口气,说:"不说了,反正年轻也就这么几年,随他挥霍吧。"

胡玉春说:"唉,那金总您休息吧。"说完,起身与金永年告别。

胡玉春一走,桌子上的电话就响了,保姆桂姨慌忙跑过去接。

桂姨喂了一声，电话那头传来了金少宇的声音。

金少宇说："桂姨，我是少宇。"

桂姨惊讶："呀，是少宇，要你爸听电话吗？"

金少宇说："不要，我不想跟他说话，你跟他说，我的乐队现在要买一些演出服，需要些钱，你让他给我打点钱，嗯……就现在！"

"喂，喂。"桂姨还想再说什么，金少宇那头已经把电话给挂了。

此时，远在千里之外的北京城郊，一座简陋的四合院里，刚刚打完电话的金少宇走了进来。几个留着长头发的年轻人正鼓捣着各种乐器。房子里一片狼藉，地上到处堆放着杂物，各种摆设凌乱不堪，几个吃完饭没有洗的瓷碗在墙根处胡乱地摞着，里边的残羹剩汤似乎都长毛了，墙角的桌子上还放着几个没有啃完的馒头，屋子里散发着一股说不出来的酸臭味。这就是金少宇和他摇滚乐队成员的根据地。熬夜对他们来说是常有的事，一般都在凌晨入睡，一直睡到第二天的日头偏西才会醒来，接着洗漱、吃饭，然后准备器材，赶往驻唱的酒吧，开始灯红酒绿、纸醉金迷但在他们看来却是释放青春、充满激情的夜生活。

吉他手是个瘦高个，留着长发，在调弦。鼓手是个光头，弯着腰正用一本书垫架子鼓的腿，另外两个人肩上扛着毛巾睡意惺忪地从卫生间出来，其中一个是老外，是金少宇美国读书时的同学，叫杰克，俩人在学校时就组建了乐队，后来毕业了，乐队解散，杰克就跟金少宇来了北京。

吉他手李三见金少宇回来了，问："怎么样？"

金少宇说："搞定了。"

鼓手光头说："嘀，还得说是少宇，大学毕业不如有个好爹，这话说得太对了。"

李三说："少宇，其实有件事，我一直想问你来着，可又不好意思问。"

"说。"

李三说："咱们这个乐队，我和光头几个本来就是穷人，来了北京忍饥挨饿也没什么说的，可你不一样啊，生于钟鸣鼎食之家，却要过这种苦行僧式的生活，吃了上顿没下顿的，这是何必呢？"

金少宇面无表情，没有回答。

鼓手说："李三，你丫真是哪壶不开提哪壶，赶紧干活，晚上还得赶场子呢！"

金少宇说："都好了吗？"

"好了。"

金少宇说："李三，推车，装家伙。"

晚上，一间叫"蓝调"的酒吧。金少宇他们正在演出，激光束灯下，几个人又唱又跳，酣畅淋漓，激情四射。台下，人头攒动，场面火爆，强烈的舞曲中，一个女孩儿握着酒杯静静地看着台上的金少宇。女孩的名字叫林曼。金少宇吼得声嘶力竭，对台下的一切视而不见，唱得很投入，完全陶醉在音乐之中。林曼就那样一动不动、很欣赏地看着他。

一曲终了，金少宇抬头，看见了林曼，有些意外，将吉他递给同伴，朝林曼走了过去，脸上有笑，但语气中却缺乏热情："你怎么来了？"

林曼大方地迎着金少宇，说："怎么？我不能来呀？"

金少宇被问噎了。

林曼从包里掏出纸，说："瞧你，一脑门的汗。"说着，要帮他擦。

金少宇却慌忙说："我自己来！"说着接过纸巾，擦了擦额头上的汗："不好意思，上次实在太忙，没能参加你的生日会。"

林曼说："事情都过去了，不提了。"

金少宇说："今晚上你总不会是专门来看我演出的吧？"

林曼笑，说："如果我说是呢？"

金少宇说："那我得说声谢谢！"

林曼说："别总跟我这么客气行吗？让人感觉咱俩好像第一天认识似的。"

正说着，台上有人喊金少宇。金少宇对林曼抱歉道："不好意思，我得上去了，还有两首，今晚上的演出就结束了。"

林曼笑着点头："好，我等你。"

那晚，金少宇回到出租屋，已是凌晨，他卸下装备，疲惫地仰倒在床上，从口袋里掏出皮夹，展开，露出一张照片，照片上是个女孩，正是柳小贝。

那天一早，柳氏集团中层以上的干部便急匆匆地赶往小会议室，参加一个重要会议。

坐在首位的是柳氏集团老总柳修良。

柳修良先看了看众人，然后开口道："各位，在会议正式开始之前，我要向大家宣布一件事，以后柳氏的全部业务正式交由我的女儿柳小贝负责，小贝刚刚从美国读书回来，很多业务不熟，还望大家以后在工作上多多支持她。"

柳小贝站了起来，扫了大家一眼，说："我研究了柳氏这几年的业绩，营业额一直没有进步，我认为这跟我们集团原有的管理模式有关，之前我们一直将目光盯在我国香港地区和新加坡，而忽视了对大陆业务的开拓，可跟大陆相比，我国香港地区和新加坡毕竟是个弹丸之地，且发展空间已经饱和，尤其实行了改革开放之后，大陆的发展前景和潜力不可限量，而现在很多外商已经嗅到商机，捷足先登抢占了部分大陆市场，为了把握住这次难得的战略机遇，我建议将柳氏集团进行改组，重新制订管理方针和发展计划。"

业务部的负责人孙继仁插话道："柳总的意思是？"

柳小贝说："我的意思是对原有的经营结构进行调整，控制规模，对大陆的项目进行集中投入。"

孙继仁说："我同意柳总的总体设想，可具体实施起来恐怕会有很大的困难，若这样做的话，那我们在香港、台湾等地的项目就会受到影响，甚至流产，这个损失到时如何弥补？"

在座的其他人员也纷纷响应，说："是啊是啊，这个问题是挺棘手的。"

柳小贝似乎没耐心听完这些人的抱怨，说："诸位，一些具体问题可以再开专门会议，在此不做讨论，我现在正式宣布，即日起，柳氏集团今后的主要发展计划就是以拓展大陆业务为主，至于其他的计划，都要统统为这个主计划让路，详细情况，到时我会让秘书给你们书面通知，就这样，散会。"说完，柳小贝在众人错愕的眼神中起身离开。

柳小贝的办公室，秘书捧着一杯咖啡推门进来。

柳小贝说："策划部的方案做得怎么样了？"

秘书说："基本搞定。"

柳小贝说："一做完马上送来。"

"是。"秘书点点头，放下咖啡后，小心翼翼地说，"哎，对了柳总，刚才有个电话打进来找您。"

柳小贝说："谁的？"

秘书说："还是那个金先生。"

柳小贝哦了一声，继续埋头工作。她知道，电话是金少宇打来的。与事业心强的柳小贝相比，金少宇简直是一个不务正业的富家子弟，他的父亲金永年因为早年醉心事业，对家庭顾及较少，以致妻子病重去世，弥留之际，都没能看上最后一眼。所以，金少宇对父亲的那份恨都深入到骨子里了，这么多年过去了，金少宇依然无法从幼年丧母的阴影里走出来，他将母亲的病逝完全归罪于父亲，不肯原谅金永年，而金永年对儿子也一直心存愧疚，于是对其宠爱倍加，刻意放纵。在金永年的庇荫下，金少宇自幼养成了叛逆、自我、玩世不恭的性格。然而，就是这么一个在别人眼里整天无所事事的浪荡公子，心中也有他最柔软的一面，那就是柳小贝。

金少宇和柳小贝青梅竹马，两个人的父亲金永年和柳修良早年一起打拼，共同创业，感情笃深。可后来二人因财失义，起了冲突，以致兄弟反目，分道扬镳。父辈的恩怨无形之中影响到了金少宇和柳小贝两人的关系，尤其随着年龄的增长，两人的性格差异亦愈加明显，但金少宇对柳小贝一往情深。然而，落花有情，流水无意，柳小贝对金少宇却毫无感觉，即便是一起在美国读书的时候，柳小贝对他也总是避而远之，这让金少宇备感失落，但金少宇并没有绝望，柳小贝的冷淡反而更刺激了他体内那份与生俱来的倔强，这么多年，他对柳小贝的追求锲而不舍，以至从美国毕业后，二人虽然身处两地，金少宇对柳小贝依然念念不忘，隔三岔五就会打电话给她。可这段时间，金少宇的情绪实在有些高涨不起来了，因为他每次打电话过去，都是柳小贝的秘书接的，并且每次的答案也都相同，"对不起，柳总在开会"。金少宇知道柳小贝这是在故意躲自己，为此，他甚是郁闷，心情一不好，自然就要出事了！那天晚上的演出，金少宇一直不在状态，之前不知道重复练习了多少次的歌词，他竟然唱着唱着就记不起来了。台下看演出的人不满了，开始起哄，一个染着黄头发满脸横肉的青年站了起来，骂道："他妈的，唱的什么玩意，词都弄错了，你们这是糊弄鬼呢？"

吉他手李三马上出来打圆场，说："这位大哥，实在对不起，我们再重唱好吗，别生气。"

黄头发说："滚一边去，你他妈谁啊，你说不生气我就不生气了？把你们老板找来。"

李三说："大哥，让老板知道了，哥几个吃饭的家伙就不保了！我跟您道歉了行吗？"

黄头发说："要道歉也轮不到你道。"说着，一指金少宇，"这个歉得他道。"

金少宇乜斜了黄头发一眼，没有搭腔。

黄头发说："怎么着，还不服啊？我他妈就看不惯你这副德行，留个长头发，装艺术家呢？拿了钱不好好干活，你这完全是不负责的行为，欺骗顾客，今天你必须道歉。"

金少宇心情本来就差，叫这哥们一激，犟劲顿时上来了，说："我要是不道歉呢？"

黄头发冲身边几个同伴干笑了几声，说："嘀，哥几个，瞧见没，北京城还真有不怕事的。"

"揍他个狗日的。"呼啦一下，几个人全站了起来。

刹那间，舞台成了战场。发现有人打架，几个保安冲了进来，但根本拦不住。双方都打红眼了，混战中，金少宇腮帮子上挨了"黄头发"一拳头。这一拳打得他眼冒金星，头脑一热，于是抄起一把吉他，照着"黄头发"的脑袋就抡了过去。伴着咣的一声闷响，吉他音箱当场碎了一个大洞，砸得"黄头发"眼前一黑，扑通一声，一头栽倒在地上。

场面混乱得正无法收拾之际，门外传来了警笛声，跟着就冲进来几个警察，大喊："不许动，所有人抱头，面朝墙蹲下。"

金少宇他们刚一蹲好，救护车就赶来了，将昏迷的"黄头发"抬走了。

金少宇他们被警察押上车的时候，林曼带着两个女孩正好往酒吧走来，一抬头，看见了被警察押上车的金少宇，林曼当时就一愣，刚要追上去，警车却呼啸着开走了。

十天后。海淀区看守所。

胡玉春、林曼在大铁门前站着。

不一会，大铁门被拉开，金少宇走了出来，刺眼的阳光晃得他好一阵眼晕。

看到金少宇，林曼又惊又喜，径直冲了上去，然后一把将他抱了。金少宇回应着林曼的拥抱，但随即又将手松开。

林曼的情绪明显比金少宇高涨得多，挽着他的胳膊，好一阵注视，说："别动别动，让我好好看看……"

胡玉春说："少宇，我已叫人在餐厅订了位置，先吃饭。"

几分钟后，车在一家菜馆前停下。饭菜上来了，金少宇好一阵狼吞虎咽。

胡玉春一直笑眯眯地看着金少宇，看他吃得差不多了，才开口道："吃好了吗？要不，再加几个菜。"

金少宇打着饱嗝，说："不要了，胡叔，您还有事吗？没什么事，我先走了。"

胡玉春一怔，说："你干吗去？"

"回我住的地方啊。"金少宇抹了一把嘴，回应道。

胡玉春苦笑着劝道："少宇，你说你这是何苦呢？父子两个有什么解不开的疙瘩，老话说，打断骨头还连着筋，再怎么说，他是你父亲啊！"

金少宇立时摆了摆手，把胡玉春的话题给打住了，说："胡叔，如果你是替他来当说客的，那对不起，我真得走了。"说着，就要起身。

胡玉春忙将金少宇拉住，说："好好，不说这个了，不说这个了，咱聊点别的，这么久不见胡叔了，咱俩就聊聊天，行不行？"

金少宇眯了眼，又坐了回去。

胡玉春说："少宇，怎么一提你父亲，你就瞪眼，你就真狠下心这辈子不认他这个爹了？"

金少宇说："胡叔，这话你应该问他去，他之前把我当儿子了吗？他配当父亲吗？别人的童年都是金色的，我的童年是他妈灰色的，灰得我现在都回想不起来他这个当父亲的人的脸，您说天底下有这样的爹吗？我妈跟了他那么多年，他有一天好好地照顾过我妈吗？我妈病重的时候，他又在哪儿？他配做个丈夫吗？"

胡玉春叹了口气，劝慰道："说实话，你爸也一直为这事心存愧疚，所以，这么多年，才由着你的性子来，只要你高兴，他对你选择的一切都不加干涉。"

金少宇说:"那又怎么样呢？难道这就能弥补他所有的过错了？你告诉他，让他死了这条心吧，他欠我和我妈的，这辈子都还不清了。"

胡玉春说:"所以这次你一出事，你父亲很是着急，马上安排我来北京处理这事。"

金少宇却不以为然，嘿嘿冷笑道:"得了吧，我不会领他这个情的，这是他欠我的，我就是要给他惹是生非，给他添堵，给他添乱，让他不得安省，让他知道在这个世界上不是有钱就有一切的。"

胡玉春说:"少宇啊，可你要知道，这个世界没钱也同样是不行的，你和你的乐队如果不是你父亲的支持，恐怕早散伙了啊！"

金少宇一愣，说:"胡叔，你是不是有事啊？有事你就直接说。"

胡玉春说:"以前，你跟你父亲无论怎么对着干，他都能接受，可这次出了这么大的事，说实话，你父亲非常生气，来北京之前，他给我下了死命令，必须把你带回去，不能让你再这么在北京漂着了。"

金少宇马上语气坚决地回应道:"不可能，你回去告诉他，让他死了这条心吧。"

胡玉春说:"少宇，我一直觉得你是个懂事的孩子，你这么做，让我夹在中间也很为难啊！"

金少宇说:"胡叔，这事跟你没关系，我也是不故意给你出难题，如果真的给你带来了麻烦，那我只能跟你说对不起了。"

胡玉春说:"少宇，如果你执意不跟我回去，你父亲说了，从此以后，将彻底断绝你的任何经济来源。"

金少宇一怔，旋即冷笑:"嗬，看，这就是他金永年的本事，行，胡叔，你回去吧，回去告诉他，我不怕他跟我来这手，终有一天，我会让他看到，没有他，我金少宇在北京依然活得好好的，甚至更好，对不起胡叔，太晚了，我先回去了。"说着，拉了林曼起身离席，拉开门，真的走了。

胡玉春望着金少宇的背影，一脸的落寞和茫然。

又一个黄昏。一间酒吧里，金少宇和林曼两个人在喝酒。又一瓶啤酒被吹了个底朝天。

金少宇举手喊服务员："再来一打。"

林曼慌忙把金少宇的胳膊压下，对服务生摆手道："不要了，不要了。"

金少宇醉眼迷离，说："怎么不要，为什么不要，再来。"

林曼劝道："你都喝成这样了，还喝？我们回去吧，好吗？听话。"然后，扭头喊服务生结账。

几分钟后，载着林曼和金少宇的出租车在林曼居住的小区门口停下。上了楼，喘着粗气的林曼一手抱着不省人世的金少宇，一手从包里掏出钥匙。进了屋，又费了很大的力气将金少宇放在床上。然后整个人累得几乎虚脱的林曼一屁股蹲坐在地毯上，休息了一会，冲到卫生间拧了一条毛巾给金少宇做了简单地擦洗，又帮他脱鞋，拉了被子给他盖好。

金少宇醉得烂泥一般，意识不清，嘴里却嘟嘟囔囔地喊着："柳小贝，你为什么这么对我？我承认我浑蛋，可我对你是认真的，你为什么就是不信？为什么对我总是摆出一副冷冰冰的样子？为什么我每次打电话，你都在开会开会，我知道，你其实是在变着法地搪塞我，我就不明白了，我喜欢你，我有错吗？这么多年了，你为什么从来不拿正眼看我？"

听了金少宇的喃喃自语，站在床前，手里拿着毛巾的林曼不由得怔住了。

柳氏集团总经理办公室，柳小贝正在埋头处理文件。桌子上的电话响了，柳小贝按下接听键。

电话里传来了林曼的声音："你好，是柳小姐吗？"

"是。"

林曼说："我想和你谈谈少宇的事。"

天近黄昏，林曼又走进了金少宇租住的那个小院。此时的金少宇躺在床上睡觉，蒙着头，没有反应。

林曼定了定神，小心翼翼地问道："少宇，你怎么了？不舒服吗？"

金少宇没有动弹。林曼弯腰刚要拍他，金少宇却突然掀开了被子，语气中充满着愤怨，质问道："谁让你给柳小贝打电话的？"

林曼似乎早有心理准备，说："怎么了？"

金少宇不依不饶："你为什么要给她打电话？"

林曼说："我打电话给她，也是为了你好啊！"

金少宇毫不领情，语气决绝："你的好，我不需要。"

这话真的把林曼给刺痛了，连说话的声音都变了，说："金少宇，你这人怎么这么冷血啊？这个电话我是帮你打的，打这个电话，我是帮你了解柳小贝对你的真实态度的，我这么帮你，难道帮错了吗？"

金少宇说："她的态度，不需要你告诉我。"

林曼说："那好，你既然知道她不喜欢你，你又为何死缠烂打，抓住不放，辛苦自己？"

金少宇说："你管不着。"

林曼说："我怎么就管不着？"

金少宇一愣。

林曼的眼泪下来了："这么久了，难道你感觉不出来吗？我喜欢你，我爱你。"

金少宇又是一怔："林曼，你是不是喝酒了？"

林曼说："我是想喝酒，想用酒精麻醉自己，可我告诉你，我今天没喝，因为我不想像你一样，自己欺骗自己，明明知道你所喜欢的人并不喜欢你，明明知道自己其实和她并不合适，明明清楚你和她之间有条巨大的鸿沟，任凭自己如何努力，却跨不过那道鸿沟，而这一切全是因为你和她根本就是两个世界的人，她的内心所想所需，你根本就一无所知，你不了解她，正如她压根不了解也不想了解你一样。而这一切，你却故意视而不见，视而不见的真正原因是你心有不甘，心有不甘的真正原因是你不够勇敢，相反，因为我了解你，所以我敢争取，我敢对你说，我爱你。"

金少宇彻底愣了，一时无语。

第六章　开录像厅

"再回首"餐馆的名号越来越响,生意也越来越好,但王铁锋几个人的确也很辛苦,尤其是沈建军,在老家时就懒得流油,是那种典型的油瓶倒了都不愿扶的主儿,现在,一天到晚让他受这种累,刚开始还感觉有些新鲜,可新鲜劲一过,便顶不住了。

这天打了烊,沈建军跟王铁锋说了他的想法:想开一家录像厅。

王铁锋说:"这玩意行吗?我感觉一天到晚待在录像厅的人都是些小青年。"

沈建军说:"这样吧,明天,我带你去实地考察下。"

第二天一大早,在沈建军的带领下,王铁锋和他坐了一辆的士去找一个叫巧姐的女人。的士在一个商场的门口停下。沈建军领着王铁锋沿着商场的街道一直往前走,到了尽头,抬头再看,是一个溜冰场,挨着溜冰场两侧尽是些低矮的民房,那些房子的前边都搭着棚子,棚下边放着一排排台球案,那天是星期天,来捣球的人拥挤不动,异常嘈杂。路的对面,依然是类似的建筑,但棚子的下面,一家家门口都放着一张小桌子,桌子上排着一摞摞小方盒子,不时地有人进进出出,那就是沈建军说的录像厅。

沈建军带着王铁锋走了过去,桌子后边站起一个很胖的女人。

女人说:"嘿,阿军。"

沈建军跟巧姐介绍王铁锋,说:"巧姐,这是我哥们,铁锋。"

巧姐看了看王铁锋,说:"怎么样,你们商量好了吗?"

沈建军说:"巧姐,我哥们想进去先看看,他想了解了解再做决定。"

女人说:"那好,你们进去吧。"

拉开门,王铁锋走了进去,屋内的光线很暗,摆放着一排排的连椅,里边坐着上百号人,有的在抽烟,有的在嗑瓜子,那些人的面目不甚清晰,感觉男女都有,空气很不好,透着一股刺鼻的怪味,录相机里正播放着一部美国片,说的英语,叽里呱啦的,也听不懂说的啥,但那些人却一个个看得如痴如醉。

王铁锋在里边站了一会,实在憋不住了,就把沈建军给拽了出来。

巧姐说:"怎么样?"

沈建军说:"还行,巧姐,我跟我哥们回去再好好研究研究,最迟明天给你回话,好吧?"

巧姐说:"好吧,你可抓紧点,要不是我老公非要开什么酒楼,我才舍不得转这个店呢,你也看到了,生意好得不得了,这可真是坐着就能把钱赚啊!"

回来的路上,沈建军问王铁锋,感觉咋样?王铁锋没有说话。回到餐馆的当天晚上,王铁锋召集几个人就盘下录像厅的事开了一个会。

财务一直由苏迪管的,王铁锋首先征询苏迪的意见。

苏迪说:"你如果考虑好了,我支持你。"

王铁锋说:"如果你没什么意见,那就开吧!"

丁国庆说:"盘下录像厅,到时由谁来照看?这一行我是不懂。"

沈建军说:"你不懂,我懂。"

丁国庆说:"那餐馆怎么办,本来人手就少。"

王铁锋说:"明天你把陈阿妹请来,餐馆就苏迪一个女孩子也不是个事,放心,不会让陈阿妹吃亏,到时领工资也行,算股份也行,看她意思。"

陈阿妹就是王铁锋他们之前房东的女儿。在帮房东磨豆腐的那段时间里,丁国庆和陈阿妹朝夕相处,两个年轻人产生了感情,一直在交往。

沈建军说:"对,我觉得铁锋这个意见不错,国庆,把陈阿妹叫来吧,省得你天天深更半夜跑小卖部给她打电话。"

丁国庆小脸一红。

王铁锋转过头问沈建军："叶小倩这段时间怎么样？要不要也把她一起请过来？"

沈建军说："估计不行，她现在毕业了，在一家美容院上班呢。"

中午，丁国庆去请陈阿妹。

陈阿妹说："请我去，是你的意思还是你几个朋友的意思？"

丁国庆说："这有区别吗？"

陈阿妹说："当然有区别，要是你几个朋友的意思，我就不去了，挣工资，我在哪儿不能挣？我家的这个豆腐坊一天挣的赶上你一月挣的，你信不信？"

丁国庆说："吹吧你。"

陈阿妹哼了一声，把脸别了过去，说："那算了。"

丁国庆马上服软了，说："怎么还生气了，是我想请你去的，行了吧？"

陈阿妹用手指在丁国庆脑门上弹了一下，笑道："就冲你这个厚道劲儿，我去。"

就这样，三天后，录像厅开始正式运营。

王铁锋对沈建军是千叮咛万嘱咐，说："光顾录像厅的人，身份复杂，三教九流的都有，你可千万谨慎，别惹出什么事端。"

沈建军说："你就放心吧，没这个金刚钻不揽这个瓷器活，和啥人说啥话，到底怎么弄，我懂。"

就这样，转眼一个月过去了，果然平安无事，录像厅的生意很好，一到晚上，几乎场场爆满。

那天上午，王铁锋刚起床，沈建军就来了，塞给他一个盒子。

王铁锋说："这是什么东西？"

沈建军说："BB机。"

王铁锋说:"要这玩意干什么?"

沈建军说:"铁锋,这可不是你的性格啊,现在是什么社会?信息社会,你没看厦门大街小巷贴的标语吗?'效率就是生命,时间就是金钱。'要想富就要先人一步,想先人一步靠什么?"

"靠什么?"

"信息啊!"

王铁锋在手里把玩了一下BB机,说:"这玩意怎么用?"

沈建军说:"很简单,比如说吧,你要找我,我又不在跟前,那你就可以打电话给传呼台,说请呼多少多少,找沈建军先生,速回电话。跟着我BB机上就会显示你的信息,看到后,我就会立刻给你回电话。这样,就保证了你如果有要紧的事,我第一时间就可以收到,一些重要的商机不至于错失,按你们当初在部队时的话说,就是不贻误战机。"

话刚说完,沈建军身上BB机响了,发出嘀嘀声。沈建军低头按键,看了看显示器,说:"哦,叶小倩呼我,估计有什么事,不说了,我先走了,你如果有什么事,记得呼我啊!"说完,一招手,叫了一辆的士上车走了。

沈建军在一家咖啡馆见到了叶小倩,一见面,叶小倩就哭了。

沈建军说:"好好的你哭什么?到底出什么事了?说。"

叶小倩说:"有个姓关的老板经常来美容院,每次来,都跟我动手动脚,想吃我豆腐,老流氓。"

沈建军一听这话,立时就火了,说:"走,找他去,我弄死他。"

叶小倩吓得一把抓了他,说:"你别冲动啊,他是想吃我这块豆腐,可我没让他吃啊!"

沈建军说:"那也不行,就算你是块豆腐,也不能谁想吃就吃啊!"

叶小倩随即在沈建军耳边低声问道:"那我这块豆腐,你想吃吗?"

沈建军一愣:"说老流氓呢,扯我干什么?"

叶小倩咯咯地笑了起来,说:"哟哟,你就跟我装吧,难道说你真的还看不上我这块豆腐不成,人家可还是块嫩豆腐呢!"

沈建军不再跟叶小倩打情骂俏:"少扯淡,说事。"

叶小倩说:"我不想在美容院干了。"

沈建军说:"那你想干吗?"

叶小倩说:"我想自个开家店。"

沈建军说:"开美容店可不是闹着玩的,你有钱啊?我手头真没钱了,刚买了 BB 机。"

叶小倩说:"没钱开家大的,我就先开家小的,弄个小发廊,怎么样?"

沈建军说:"我哪儿懂啊,你自个决定吧!"

叶小倩点点头,说:"地方我都选好了。"

"哪儿?"

叶小倩说:"你录像厅的对面。那儿一溜门面不都是发廊吗?其实我在美容院这段日子也没白干,学到了很多东西,以我现在的水平,开个小发廊,还是绰绰有余的。"

沈建军说:"你在美容院干了小俩月了吧。"

叶小倩点点头。

沈建军说:"按理说,干了这么久,你手头应该也攒了点钱才对啊!"

叶小倩咳了一声,说:"那个姓关的老板想吃我豆腐没吃着,到我们店长那儿告了我一状,估计我的工资是要不回来了。你就帮我下呗,你哥们王铁锋不是开了家餐馆吗?能不能找他先借点,到时我一定按时还他,还出利息,真的。"

沈建军不耐烦了,说:"扯什么利息,哎,要不你来我录像厅呗,也好帮我盯着点,有时候我一个人还真忙不过来。"

叶小倩说:"我才不去呢,去录像厅的什么人都有,你就不怕我叫谁给揩了油啊?"

一听这话,沈建军来气了,哼了一声,说:"还嫌弃我录像厅,去发廊的不也是什么人都有吗？你就不怕叫谁给揩了油啊？"

叶小倩说："照你这么说，人还做什么生意啊，一天到晚，待在家里算了，你看你，有点事求到你，怎么这么难啊？你帮我问下王铁锋怎么了？他真要不借就算了嘛。"

沈建军叹了一口气，说："真是，女人就是麻烦，我帮你问问吧。"

王铁锋没想到，有了BB机之后，他接到的第一个短讯就是借钱。

沈建军在电话里说："这只是叶小倩的意思，我让她跟我在录像厅干，她不乐意，铁锋，你也别为难，手头有，就借，手头紧，就算，帮她呢，是人情，不帮她，也是本分。"

王铁锋说："说得轻巧，我真不帮她，连你也一块得罪了。"

沈建军说："我真的没事。"

王铁锋说："别扯了，我问问苏迪吧，如果账上宽余，这个忙肯定得帮，出门在外都不容易，能帮一把就帮一把。"

当天晚上，王铁锋跟苏迪说了这事。

苏迪说："前段时间盘那家录像厅用了一笔钱，这段时间又是淡季，餐馆的生意明显受影响，可我还是那句话，你决定吧，你决定了，我支持你。"

王铁锋说："要不，先借她吧，咱现在可以过，可如果不帮她，她这个坎就迈不过去了。"

就这样，叶小倩的发廊如期开张，取名"一剪梅"。

沈建军的录像厅和"一剪梅"理发店仅一路之隔，沈建军可以坐门口跟叶小倩吹流氓哨，打情骂俏，那段时间，俩人的小日子过得很是惬意。

第七章　武夷山有片美丽的茶园

那天，一大早，王铁锋的 BB 机就响了，是沈建军打来的，说是有急事找他，要他赶紧来趟录像厅。王铁锋草草地扒拉了两口饭，就蹬着车过去了。进屋一看，沈建军正和一个五十多岁的中年男人在喝茶。一介绍，王铁锋吃了一惊。原来那人竟是牛百岁。当初王铁锋他们来厦门就是投奔这哥们的，结果事不凑巧，牛百岁回老家了，不承想，今天竟在这儿遇上了他。

沈建军拉王铁锋坐下，说："铁锋，你喝喝这茶。"

王铁锋喝了一口。

沈建军说："怎么样？"

王铁锋点了点头，说："不错，清香，味甘。"

沈建军告诉王铁锋，这茶是牛百岁的。在接下来的聊天中，王铁锋才知道了事情的来龙去脉。原来，昨天晚上，夜很深了，看录像的人都走了，沈建军拎着扫把开始打扫卫生，结果扫到最后一排的时候，发现凳子上却躺着一个中年男人，那人显然睡着了。

沈建军拍了拍中年人，说："嘿嘿，老哥，醒醒，我得关门了。"

中年人醒来，揉了揉眼，说："现在几点了？"

沈建军说："都凌晨两点了。"

中年人说："你这不包夜吗？我就在这睡了，反正我一时半会也没地方去。"

沈建军看那人一脸的沧桑，衣服上都是灰，说："你干吗的？"

中年人说："我卖茶叶的。"

沈建军说："那茶叶呢？"

中年人说："茶叶在车上。"

沈建军说："那车呢？"

中年人说："车在旅店里。"

沈建军说："车在旅店，你怎么跑这儿来睡啊？"

中年人叹了一口气，说："妈的，一言难尽啊兄弟。"

沈建军看那人的确有些可怜，说："得了，出门在外都不容易，你也别躺这儿睡了，我里边还有个小床，上床上睡去吧。"

中年人见沈建军如此古道热肠，也来了兴趣，说："兄弟，一看你这人就是性情中人，遇见就是缘分，来抽根烟。"

接下来的聊天中，那人告诉沈建军他叫牛百岁。

沈建军顿时一愣，说："牛百岁！那你可认识一个叫王满屯的人吗？"

牛百岁也是一愣："枫树岭的王满屯？"

"是啊！"

牛百岁说："我太认识了，那是我的战友啊！"

沈建军便把他和王铁锋、丁国庆三人来厦门的事说了一遍。

牛百岁听了，喜出望外，一拍大腿说："这可真是大水冲了龙王庙，一家人不认一家人。感谢老天爷，没想到让咱们在这儿碰上了。"

沈建军说："老牛，你刚才说的茶叶怎么回事？"

牛百岁说："我家在武夷山一个叫上溪的村子，我们村里的人都是地地道道的茶农，这两年我做点小生意，贩卖茶叶。前段时间，我一个在厦门做茶叶生意的战友打电话给我说要进一批茶叶。我想几十年的感情了，就没让他打预付款，而是先垫钱在当地收购了一批茶叶，可等我一番折腾，把茶叶拉到厦门后，战友却突然告诉我，因为资金问题，他开的那家茶庄已经转手了，而接手他茶庄的那人又不愿接受我的茶叶。这下完蛋了，我这雇人又雇车翻山越岭走了上千里的路，几乎把全部家底都搭进去了，这一车茶叶如果拉回去，砸我手里，那我这辈子也别想翻身了，何况这段时间老家那边又下大雨，山高路滑，即便想回，也不是件容易的事，思前想后，最后我就决定干脆自产自销吧，所以就找了一家旅店先把茶叶卸了，然后每天蹬着三轮车出去吆喝，可一大卡车的茶叶，指望我这蹬着辆三轮车走街串巷吆喝着卖，这他娘的猴年马月是个头啊！这几天我吆喝得嗓子冒烟，但是效果不大。实在太累了，我今天也跟自己放了个假，出来看看录像，也感受感受厦门的夜生活。经过这番折腾，我想好了，如果谁给现金，我这些茶叶可以半价出售。"说到这儿，突然看沈建军，"对了，兄弟，你有没有兴趣，如果你愿意接手这批茶叶，我再给你便宜点，啥也不为，就为咱们这个缘分。"

听了牛百岁的叙述，沈建军从最初的惊疑中清醒过来，觉得这桩生意不错，但考虑到这不是件小事，不敢擅作主张，于是马上通知了王铁锋。听完整个事情的来龙去脉，王铁锋问牛百岁："你的茶叶现在在哪儿？"

牛百岁说："都在旅店里堆着。"

"带我去看下。"

"行。"

于是三人赶到旅店。牛百岁打开其中一包茶叶让王铁锋看了看。直觉告诉王铁锋，这些茶叶的质量不错，于是当场决定买下这批茶叶。王铁锋的举动连沈建军都感到有些太过武断了，于是劝他说："这可不是一笔小钱，是不是得三思而后行啊？"

王铁锋说："不用，我相信这批生意亏不了。"

就这样，当天晚上，王铁锋把钱如数付给了牛百岁。

苏迪问王铁锋："接下来怎么办？"

王铁锋没有立刻回答。

丁国庆说："要不要也像老牛那样走街道串巷地吆喝着卖啊？"

沈建军说:"我操,你快拉倒吧,要卖你卖,我是不卖,我还得照顾录像厅的生意呢。"

王铁锋说:"这事你们都不用管,该干吗干吗,我来想辙。"

第二天天一亮,王铁锋让苏迪把他的那套西装和黑色的皮包给拿了出来,苏迪还帮他打了领带。真是人凭衣裳马凭鞍,原本就气度不凡的王铁锋,再加这身行头,越发英气逼人。一切收拾利索,王铁锋出门了,他告诉苏迪要去找一个人,而这个人就是之前常来他餐馆吃饭的那个叫李东山的马来西亚华侨。自打来餐馆吃饭,二人认识之后,经过一段时间交往,李东山跟王铁锋已成了无话不谈的朋友。李东山好几次都邀请王铁锋什么时候有空了去他公司玩,王铁锋餐馆的生意太忙,实在是抽不开身,便没有成行。而今天王铁锋突然造访,李东山又惊又喜,很热情地把王铁锋迎到自己的办公室。

王铁锋开门见山地说:"李总,我是无事不登三宝殿,你是大忙人,时间宝贵,有事我就直接说了啊!"

于是便不再绕弯子,直截了当地把此番来意说了。

听王铁锋把来意说完,李东山说:"铁锋老弟,恕我直言,这件事我帮不上你,但我可以给你推荐一个人。"说着,从抽屉里拿出一个名片,递给了王铁锋,王铁锋接过一看,名片上边写了很多头衔。

李东山告诉王铁锋,名片上这个人叫崔道基,韩国人,在厦门做生意多年,与李东山素有来往,此人精通茶道,如果他对这批茶叶感兴趣,那这批生意就成了。就这样王铁锋谢了李东山,直接去找崔道基。没想到,崔道基喝了王铁锋带去的样品茶,一连喊了三声好。

崔道基说,这正是他朝思暮想纯正的中国传统手工茶。这种茶到了韩国,会瞬间被抢购一空。说着,抓了桌子上的电话,唧里呱啦地跟对方交代了一通。接下来,事情发展得出奇的顺利,等王铁锋带着崔道基看了全部的茶叶之后,崔道基当场答应买下这批货。

王铁锋后来算了一下，一进一出，这批茶叶让他足足赚了两倍。通过这件事，王铁锋也从中悟到了做生意的某种启示，于是跟崔道基商量，我们是否能将这种茶叶生意做成持续性的，而不是一锤子买卖？

崔道基说："只要你能保证茶叶的质量，我很乐意跟你一直保证生意往来。"

听了崔道基的回答，王铁锋马上就打电话给牛百岁。听了王铁锋的想法，电话里，牛百岁又惊又喜，说："铁锋老弟，如果真能这样，我求之不得啊，我们这儿地理受限，交通不便，所以每年都为卖茶叶的事发愁，但我们生产的茶叶质量那可是绝对上乘，因为我们这里的茶一年只产一季，这一季茶叶可以说是吸天地之灵气，取日月之精华。如果不信，你可以亲自来一趟，都说耳听为虚，眼见为实。等你实地考察之后，咱们再签合作协议不迟。"

事不宜迟，说干就干。就这样，王铁锋买了当天的车票，一路风尘，于午后时分到了当地一个叫清平的小县城。到了才知道，这里的交通的确不便，从县城到上溪村还有一段距离，道路也越发变得崎岖。一路上，王铁锋先坐车，后又坐船，在一个叫小凉河的渡口见到了牛百岁。牛百岁开着一辆机动三轮车来接王铁锋。二人在渡口吃了一碗当地的特色小吃——紫溪粉，然后，沿着一条山间小路返村。坐在车厢里，放眼四周，皆是崇山峻岭，但风景如画，泉水叮咚，满山遍野的绿，空气中似乎都弥漫着淡淡的茶香。黄昏时分，到达上溪村。在夕阳的余晖里，牛百岁带着王铁锋参观了他们村的茶田。吃过晚饭，王铁锋便让牛百岁把全村二十几户茶农给召集了起来。大家就合作的事项进行了协商。茶农们一致表示，很高兴跟王铁锋合作，但最后提出了一个条件：用来年的茶叶收入做抵押，要求王铁锋付定金。

王铁锋看着眼前茶农们那一张张风吹日晒、沧桑质朴的脸，稍微一犹豫就答应了，说："行，我理解大家的心情，不过，我这次来得匆忙，没带那么多现金,这样,咱们先签合同,三天后,我把定金如数打给你们。"

茶农们看王铁锋为人如此爽快,于是一个个脸上绽放出灿烂的笑容,高高兴兴地在合同上签字画押。

—— 第八章　因为爱情 ——

柳小贝这段时间心情有些郁闷。一个月前,她看上一个项目,这个项目投资虽然不算太大,但意义非凡,因为这是她接掌柳氏集团后全权运作的第一个项目,最初她是志在必得。孰料,她运气不佳,跟她竞争的是金氏集团。金氏集团的掌舵人是金永年。金永年商海厮杀多年,大风大浪见多了,柳小贝这样的小字辈儿和他竞争,岂是对手?所以毫无悬念,最后金氏集团取胜。

项目合同签订的那天下午,金永年把胡玉春叫到了他的办公室。

金永年说:"玉春,这次公司购买现房的事,其他董事是不是背后有不同意见?"

胡玉春说:"的确是有些不同意见。"

"那你怎么看?"对此,金永年似乎早已料到。

胡玉春说:"金总,我鞍前马后跟了您这么多年了,我对您的眼光和能力从来没有怀疑过,这次也一样,不过,就这次购买现房的事,实事求是地说,价格的确有点高,但既然是投资,哪能没有风险呢?"

金永年叹了一口气,说:"其实搞建筑是我的老本行,从意愿上来说,我还是想做自己擅长的事情,而不想去做资本运作,可没有办法,这段时间,公司资金运转紧张,所以做这个决定也是无奈之举,资本运作嘛,风险肯定是有的,但我有信心!"

胡玉春附和道:"我对金总更有信心。"

金永年端起茶杯喝了一口水,忽然又想到了什么,说:"柳氏集团那边有什么反应？"

胡玉春说："还算平静。"

金永年叹了一口气，说："这次，柳修良更是把我恨死了。"

胡玉春安慰道："金总，这事，你也别太介怀，'生意场上无父子嘛'！"

这句话一下提醒了金永年，顿了顿，于是哦了一声，说："对了，少宇这段时间有没有音信？"

胡玉春摇了摇头，说："没有。"

金永年长叹了一声："哎，看来这个兔崽子是真狠下心不认我这个爹了。"

金永年不知道，此时的金少宇正坐在北京三里屯一间叫"桥元"的酒吧里闷着头喝酒。

林曼急匆匆地从酒吧门口走了进来。

显然，金少宇已经等了好久了，他眼前的烟缸里扔满了烟头。

林曼笑着落座，说："不好意思，今天公司事儿特多，一直忙到现在，你吃东西了吗？"

金少宇说："吃过了。"说着，猛烈地咳嗽了起来。

林曼夺过金少宇手里的烟头，嗔怪道："提醒你多少回了，别抽那么多烟，怎么就是不听呢？"

金少宇说："烦。"

林曼心疼地问道："到底出什么事了？"

金少宇说："乐队可能要散伙了。"

林曼感到意外，说："为什么呀？好好的，为什么要解散？"

金少宇说："没办法，尤其过了年以后，我们乐队演出的次数越来越少，李三的父亲前段时间病了，需要动手术，可根本拿不出来那么多钱，他的家人想让他回老家，不让在北京这么漂着了，他姐说像李三这个年龄，在他们村里，别人家的孩子都会跑了，可他还是老光棍一条，这让他们的家人在村里很没面子，李三拗不过家人，马上要回老家了。"

金少宇又道:"另外,杰克的父亲也催着他回国。"

林曼说:"那你呢?有什么打算,实在不行,就听你爸的,回厦门吧!"

金少宇头都没抬,脱口道:"不可能,这个,你不用劝我。"

"那你想干什么啊?"看金少宇回答的语气如此坚决,林曼也犯难了。

金少宇叹了口气,说:"说真的,除了搞音乐以外,我现在都不知道自己还能干什么了,所以,才把你找来,帮我参谋参谋,以后做些什么好呢?"

林曼稍一沉思,突然想到了什么,说:"哎,对了,我爸一个香港的朋友前两天给我打电话,说想在北京开一家娱乐城,可他本人在东南亚还有生意,所以想找个懂行的人帮他经营,打理北京的业务。"

金少宇一听,立时来了精神,说:"这哥们人现在哪儿呢?"

林曼说:"就在北京,这段时间一直在考察市场。"

金少宇说,"你马上打电话给他。"

林曼一愣:"现在啊?都这么晚了。"

金少宇却按捺不住地激动,说:"对,就现在,这件事如果他交给我打理,我一准能给他赚钱。赚钱的事,什么时候找他,他不高兴?就现在,你赶紧打电话给他。"

令金少宇高兴的是,电话里,这个香港姓叶的老板爽快地答应了。俩人约好明天上午面谈。第二天,金少宇起了大早,在林曼的陪伴下到了"华都商厦"买了一身很上档次的西服,还理了个新的发型,那一头所谓的艺术家才有的飘逸长发也剪掉了,经过林曼一番精心收拾,连金少宇自个都不敢认识自己了,跟换了个人似的,之前那个低迷颓废的浪荡公子不见了,取而代之的是一个干净清爽的男人。更令金少宇高兴的是,他跟香港叶老板的见面,出奇的顺利。

金少宇紧紧抓住这个香港老板想在内地捞金这一命脉,大谈在北京投资的机遇和前景,畅谈完机会,畅想完前景,金少宇接着谈自己有如何能抓住这个机遇和实现前景的能力。

金少宇说："叶总，我过去曾和同学组建过乐队，经营娱乐城，对我来说，可以说是专业对口，驾轻就熟。同时我又在酒吧驻唱过，对娱乐业的运作程序可以说了如指掌，虽然我是头一回做生意，但我毕竟在这一行摸爬滚打了多年，对这一行可以说是门清，同时，我人年轻，有工作热情，态度积极，肯干，又负责，所以，叶总，如果您信得过我，就把这个业务交由我来负责，我保证一定会让你在最短的时间里赚到最多的钱。"

叶老板看金少宇一脸的认真和虔诚，说得头头是道，于是不住地点头，表示愿意继续听他讲下去。在得到对方初步的认可后，金少宇开始和对方讲他也刚刚明白的很多娱乐业的商业术语，什么主题啊，什么概念啊，如此种种，把那个叶老板听得一愣一愣的，虽然一时半会也搞不准金少宇说的这些新名词，但隐隐约约中能感觉到这个年轻人说的挺是那么一回事，或许他讲的正是一种先进流行的文化方式，或许这就是大受内地青年欢迎的一种艺术潮流。就这样，经过一个下午的交流，见面的结果就是：叶老板决定投资娱乐城，业务交由金少宇负责打理。

大功告成，金少宇当天晚上就请林曼吃饭，以表感谢。金少宇建议林曼干脆从原来的公司辞职，以后跟他干算了，反正他也需要一个得力的助手，而这个人选也正适合林曼来做。

林曼说："我辞职不辞职都没关系，以后你遇到了什么问题需要我帮忙了，随时通知我，我肯定第一时间到。"

一个月后，娱乐城开业。

在林曼的倾力相助下，金少宇把娱乐城的生意经营得红红火火。

一转眼，三个月过去了。

那天，叶老板突然把金少宇约到一家咖啡厅。

叶老板一脸忧郁地问金少宇："你有没有兴趣接手我的娱乐城？"

金少宇一愣，说："叶总，您的意思是？"

叶老板说："前段时间，我在新加坡投资了一桩生意，被几个老外给坑了，上千万的资金打了水漂，我现在是债台高筑，急着用钱还债呀！"

金少宇说："所以，你打算把娱乐城转给我？"

"对。"

金少宇说："可我一下拿不出这么多钱啊！"

叶老板叹了口气，说："那没办法了兄弟，你如果愿意接盘，念在我们兄弟一场的分上，娱乐城我可以便宜点转给你，如果你不打算接盘，我就得卖给其他人了。"

金少宇想了想，说："叶老板，你能不能给我三天的时间，到时买不买，我一定给你个准信。"

叶老板点了点，说："好吧，就三天，我可过期不候啊。"

告别叶老板，从咖啡厅一出来，金少宇站在一棵柳树下徘徊了很多，最后，似乎下了决心，拨通了胡玉春的电话。

胡玉春在电话里听金少宇把事情说完，说："少宇，这不是个小事，我得先给你爸汇报下，晚上给你电话。"

胡玉春挂了电话就跑到金永年的办公室，一五一十将事情讲了。金永年根本没有听胡玉春把话说完，就大手一挥，打断了胡玉春，说："我上哪儿一下给他弄这么多钱去？你又不是不知道，前段时间刚购买了现房，所有的钱都砸进去了。"越说越生气，最后不耐烦了，说："你赶紧给少宇打电话，就说如果他还认我这个爹，就马上回厦门，帮我打理公司，我都这么大岁数了，还能活几年？公司这么大一摊子的事儿，万一哪天我死了，总得有个人替我照看着吧！他一直在北京这么漂着算什么事？你看看人家柳修良的女儿，跟他同岁啊，人家一个小女孩都已经出来挑大梁了，可他呢？整天给我胡混，我的老对头柳修良都已经退休享清福了，我这一把老骨头还在这儿硬撑着，有这么一个儿子，我这张老脸都丢尽了。"

胡玉春不敢再多言，出了金永年的办公室，就打电话给金少宇，将金永年的话复述了一遍，说："少宇，真不行，听你爸的，赶紧回来吧，你爸毕竟年龄大了，公司是得有个人替他盯着啊。"

金少宇听完了，没有说话，虽然他并没有表现出激烈的反对，但从他的神情可以看得出来，他似乎并没把金永年的话往心里放，而是挂了胡玉春的电话，直接去了林曼的公司。

金少宇把林曼约到一家餐馆，将事情跟林曼一一讲了。

林曼说："那你打算怎么办？"

金少宇说："我打算把这个娱乐城给接了。"顿了顿，又说："不过，这事，看来你得帮我了。"

"需要我做什么？你说。"

金少宇说："这些钱，你能不能先帮我跟你爸借下？"

"行。"林曼不假思索地回答道，然后从包里掏出了电话。

此时远在千里之外的厦门的林炳元正在办公室听取他的助理王大发汇报公司最近的发展情况。

听到桌子上的电话铃响，王大发一接，马上满脸堆笑，把电话交给了林炳元，说："林总，是小曼打来的。"

听到是女儿的电话，林炳元脸上原有的严肃表情瞬间一扫而光，随之而来的是灿烂的笑容。

电话里，林曼先问候了一下林炳元的身体情况，然后，把打电话的主要用意讲了。

林炳元说："你有没有把握吗……不，不是钱的事，我是担心你太年轻啊。"

林曼说："有没有把握，我也不知道，可我想试下。"

林炳元说："好吧，既然你想做，那老爸就支持你，什么时候要？"

"现在就要。"电话里，林曼语气直截了当。

"行，我马上让财务给你办。"林炳元对女儿的话言听计从。

林曼笑了，说："谢谢老爸。"然后，又交代了几句要林炳元保重身体之类的话，就把电话挂了。

放下电话，林炳元冲着王大发摇了摇头，苦笑道："没办法，谁叫我就这么一个宝贝闺女呢，不就一些钱嘛，只要她高兴，随她折腾去吧，哦，对了，刚才说到哪儿了，咱们接着聊。"

林曼将电话放进包里，冲着金少宇一笑，说："搞定。"

金少宇一腔的感激无以言表，举起酒杯对林曼说："你放心，你这人情我一定会还的。"

林曼举起了酒杯，说："这人情，我不要你还。"说着，将酒杯往前一推，碰了金少宇的酒杯，然后，一双水汪汪的大眼睛深情地望着金少宇，"我要你一辈子欠着我。"

第九章　录像厅风波

　　王铁锋没想到半年前他跟茶农们签订的茶叶生意注定要泡汤了。

　　这年冬天，福建北部遭遇了近五十年来罕见的大雪和霜冻。这次冻害给当地的茶农造成了巨大的经济损失，但牛百岁在电话里安慰王铁锋，说："铁锋兄弟，你也别难过，靠天吃饭，遇上这样的年景谁也没辙，既然是自然灾害，那这损失不能让你一个人来承担，年前咱们签合同时，你给我们村付了定金，但咱们的合同上只说茶叶丰收了怎么分成，并没有说遇到了自然灾害所有损失由你来承担，你的钱也不是大风刮来的，既然是做生意，都不容易，这样吧，我马上把大家召集起来开个会，做通他们的工作，把定金退给你。"

　　牛百岁的好意，王铁锋拒绝了。王铁锋觉得于他而言，再不容易，这次损失的也就是那些定金，再说了这些定金本来就是他从茶农们和崔道基中间赚的利润，现在收不回了，一进一出，算是扯平了，也算是取之于民、用之于民吧。要说有什么损失，无非是辛苦了他那几番厦门与武夷山之间的往返折腾，可对于茶农们就不一样了，那些茶树可是他们养家糊口的活命钱，这个时候，他要再把定金收回来，那可真成了伤口撒盐见死不救了，这样做不是他的性格，也会让他于心不忍。

　　听了王铁锋的话，牛百岁被感动得一塌糊涂，电话里直夸王铁锋真是好人，是义商。

　　王铁锋说："老牛，你过奖了，我也是个平头百姓，能力有限，若说给大家帮了什么忙，但也只能帮到这儿了，我的这些钱也是杯水车薪，更多的还得依靠你带着全村的人自力更生，共渡难关。"

牛百岁说："好兄弟，这已经让我不知道说些什么好了，千言万语汇成一句话，我代表我全村的村民谢谢你了。"

王铁锋不收回定金的决定，得到了苏迪、沈建军、丁国庆等人的一致认可。于情于理，这个时候拿出点爱心，做出点牺牲是完全应该的。但晚上吃过饭，在跟苏迪的聊天中，王铁锋这才知道，这次茶叶生意造成的损失对于他来说，虽不是致命的，但绝对不是无关痛痒可以忽略不计的。

苏迪告诉王铁锋，现在他们账户上的钱已经所剩无几，这段时间又赶上淡季，餐馆的生意并不好。此外，根据沈建军的反馈，现在录像厅的生意也好不到哪儿去。按苏迪的说法，她原本想无论如何先撑过这段时间再说，过了年，淡季一过，加上茶叶生意到时再多少赚点，日子肯定会变得好起来。可现在看来，她这个财政部长得采取收紧银根的政策，大家要过点紧日子了。

王铁锋听罢，沉吟了良久，但他还是很乐观地安慰了苏迪，说："向前看，困难都是暂时的，只要餐馆还在，一切都会好起来。"

话虽这么说，可王铁锋没想到，接下来发生的事情，让他连餐馆都开不成了。

那段日子，沈建军负责的录像厅，生意虽然不如以前那样火爆，但仍然还能维持。

那天，沈建军正在里边换录像带，忽听得外边一声尖叫，心里不由一紧，掀了帘子跑出来一看，发现叶小倩在店里正对着两个青年大喊。

其中一个瘦高个的青年说："你喊什么呢？"

叶小倩说："不要脸，臭流氓！"

另一个胖的青年说："谁他妈流氓啊，我流你哪儿了？我流氓！"

发现情况不对，沈建军拨足冲了进来，说："怎么回事？"

叶小倩说："这两个流氓摸我屁股。"

"敢在这儿耍流氓。"沈建军一听就火了，骂着，一把拎了板凳腿，照着两个家伙就抡了过去。

三个人立时扭打一团。

打斗中，那两个家伙吃了大亏，鼻子都流血了。

有人报了警。不一会，警察赶来，才把三个人拉扯开。

一场风波就这么平息了，沈建军怎么也没想到，得罪了这两个家伙也就为日后埋下了祸根。

从拘留所出来后，瘦高个青年说："他妈的，太丢人了，这事不能就这么完了。"

胖青年说："得想个办法弄沈建军一下，此仇不报，誓不为人。"

于是两人密谋了半夜，最后终于想出一个点子。

又一天，沈建军正在门口招揽客人，对面走过来三个年轻人。

沈建军说："嘿，哥几个，进来吧，好片，成龙的最新作品。"

三个年轻人走了过来，掀开门帘子朝里边看了看，说："老板，人不多啊！"

沈建军说："现在是吃饭时间，过一会就上人了。"

其中一个年轻人说："我看不是因为饭点的问题啊！"

沈建军说："那是因为什么，请兄弟直言。"

那人警惕地四下看了看，然后，趴在沈建军耳边低语，说："老板，实话跟你说吧，录像厅你得备两本带色的带子，才会招引人啊！"

沈建军吓了一跳，连忙说："这可不敢啊，警察天天在巡逻！"

那人切了一声，说："直脑子，你不会后半夜放啊！"

沈建军似乎有所开窍，低声道："关键是，我没货啊！"

那人说："这有啥难的，货我都带来了，就看你敢不敢放了，你要敢放这种带子，我保证生意好得能把你这个房子挤塌。"说着，那人从怀里掏出一盘录像带，上边的封面不堪入目，还是外国的。

沈建军愣怔了片刻，但终于狠下了心，点了点头，低语道："成，可是，哥几个要跟我保密，别到了外边乱说啊。"

几个人很猥琐地笑："靠，我们傻啊！"

沈建军说："好吧，那哥几个先进去吧，别急，时间到了，我就换带，好吧？"

三个人进去了。

转眼到了后半夜，屋里开始有人喊："老板，老板，换带子，换带子，提提神。"

沈建军握着那盘黄色录像带小心翼翼地起身走到屋里，快速地换了带，他都没敢瞅上一眼，就赶紧出来了。他得盯着外边，万一警察来了就麻烦了。

沈建军正提心吊胆地四下瞅着，一个人打里边出来了。沈建军一看，是刚才那三个年轻人中的其中一位，于是问道："怎么出来了？"

那人说："想尿尿，厕所在哪儿？"

沈建军朝左指了指。

那人走了。

不一会儿，又有两个人出来了，还是刚才倡议播黄带子的年轻人。

沈建军说："怎么了？"

两个人说："尿尿，啤酒喝多了。"

沈建军说："西边是厕所。"

两个人说："老板，这带子带劲不？"

沈建军说："还行。"

两个人说："就说嘛，这带子一上，生意肯定会好，行了，尿完回来再说哈！"说完，两个人走了。

沈建军坐在桌子后边，心里一直七上八下的，左等右等，却不见三个人回来，沈建军忽然意识到不对劲，刚要起身，一辆警车呼啸着赶了过来，车一停，几个警察就冲了下来。

沈建军吓得一愣，转身就往屋里跑，因为惊慌，扑腾一下被门槛给绊倒了，等他再想站起，已被两个警察给摁住了。

警察冲着屋里的人大喊："警察，都不许动。"

录像机里还上演着肉搏大战，这下，人赃俱获，沈建军有口难辩，被警察拧着胳膊推进了警车。

听到沈建军因为放黄色录像被警察抓走的消息，王铁锋气得跺脚大骂："呀！呀！建军这狗日的，净给我丢人现眼啊！"

丁国庆说："说实话，当初这个录像厅就应该让我去打理，要是换了我，肯定出不了这种事。"

王铁锋说："行了，既然事儿都出来了，别说其他的了，到哪儿说哪儿吧，你赶紧去录像厅先照看着，我去看守所问问，这事到底怎么个处理法。"

就这样，当天下午，王铁锋到了看守所，负责接待他的是个女警察，弄得王铁锋都不好意思开口打听了。

女警察翻了翻桌子上的材料，说："这人是怎么进来的？"

王铁锋脸一红，很尴尬，吭吭哧哧憋了好半天才答道："听说是播黄色录像。"

女警察说："叫沈建军是吧？"

王铁锋点点头："对。"

女警察说："你是他什么人？"

"我是他哥！"

女警察看了一眼王铁锋，说："你这弟弟真够可以的。"

这话弄得王铁锋脸上直发烫，恨不得有个地缝钻进去，好一会儿才又小心翼翼地说："警察同志，我想请教下，像他这种情况，严重吗？"

女警察说："具体的我也不好说，这要等我们的相关部门对录像带进行鉴定的结果报告。"

王铁锋说:"平时遇到这种情况,你们一般会怎么处理?"

女警察说:"不一定,这当然也要视情况而定,有治安拘留处理的,也有被逮捕劳教的。"

听了这话,王铁锋吓得一愣怔,说:"这么严重啊!"

女警察抬起头看了王铁锋一眼,说:"你以为呢,传播淫秽音像书画制品,扰乱正常的社会公共秩序,这是闹着玩的吗?"

王铁锋说:"那我能见见沈建军他人吗?还有一些日用的东西交给他。"

女警察说:"见人肯定不行,东西我们会转交他本人,行了,你先回去吧,等有了处理结果,会第一时间通知你。"

王铁锋吃了一个闭门羹,将东西留下,就回来了。

不一会,丁国庆也回来了,向王铁锋报告:"录像厅开不了了。"

王铁锋说:"怎么了?"

丁国庆说:"门上都贴上封条了。"

王铁锋怎么也想不通,人一旦走了背字,日子怎么会变得如此不顺,并且经常是祸不单行,一出事就是一波接着一波。因为沈建军刚进去不久,苏迪那天突然感到胃疼,起初苏迪一直忍着,孰料,越来越严重,最后,疼得她大汗淋漓,王铁锋发现情况不对,抱着苏迪就往医院跑,结果到了医院一检查,医生说病人得的是急性胃穿孔,需要马上住院动手术。

刚开始苏迪还执意不住院,对王铁锋说:"现在哪儿还有钱住院啊?"

王铁锋说:"这都什么时候了,还在乎钱,有命就有一切,没命了,没你这个人了,我还挣那些钱干什么?别说了,听医生的,马上手术。"

那段时间,王铁锋几乎没白天没黑夜地在医院和看守所之间,一天一趟往返跑。看守所连着跑了好多趟,事情终于有了结果。警察告诉王铁锋,事情调查清楚了,沈建军的确是被人陷害。但警察又说,沈建军本人明明知道这种带子违法还播,主观上就有违法动机,所以,相应的处罚是免不了的,人可以放,但要罚款,并且是重罚。

丁国庆跟王铁锋抱怨说:"这个时候,尤其是建军的这事,叶小倩不能袖手旁观,明天我就找她去,这个罚款得让她负担一部分。"

第二天一大早,丁国庆就去了叶小倩的发廊,可到了一看,傻了,叶小倩的发廊竟然大门紧锁。丁国庆跟旁边几个理发店的人打听,大家都摇头,说,不知道,好几天没看见她人了。

丁国庆的心当时就凉了,回来跟王铁锋发牢骚,说:"他妈的,这个叶小倩太不厚道了,没事的时候,天天黏着建军,一出事,竟弄个脚底下抹油,溜之大吉了。"

其实,丁国庆冤枉叶小倩了,叶小倩在沈建军被抓的当晚就去了公安局,可在门口蹲了一宿,也没见着人,后来,警察劝她别在这儿死磕了,先回去等消息吧。叶小倩又困又饿,看这么傻等下去也没有结果,于是就先回出租屋去了,可当她迷迷瞪瞪回到租的小屋时,一上楼,发现门口躺着个人,走近一看,竟是自己哥哥叶国宾。叶国宾三十多了,还没娶上媳妇,这在他们当地是个要命的事情,他老爹便想了一个歪主意:跟隔壁村有个姓李的人家换亲。李家有个男的跟叶国宾同岁,智力上有点问题,也没娶媳妇,这个男的下边也有个妹妹,叶国宾的老爹就想着,把叶小倩嫁过去,以此作为交换,让对方把自己的女儿嫁给叶国宾。可叶小倩死活不同意,她在厦门生活了这么多年,是个见过世面的现代女孩,怎么能接受这种封建落后的婚姻方式呢!所以毕业后,她就一直待在厦门不回去,不跟家里联系,这可急坏了叶国宾,叶国宾想娶媳妇都想疯了,后来实在憋不住了,就跑来厦门找叶小倩。

叶国宾说:"这一回,无论如何你得跟我回家把亲结了,否则老叶家就要断种了。"

叶小倩当然不会答应叶国宾的要求,于是,就想了一招,说:"哥,你感觉厦门好不好?"

叶国宾说:"那还用说吗?当然好了,有高楼大厦,还有大海。"

叶小倩说:"那你就干脆别回去了,咱家那个穷乡僻壤的小山沟有什么好的,只要你听我的,在厦门好好干,我保证不出三年,攒一笔钱,一准给你娶个城里的花媳妇。"

叶国宾听了,喜出望外,就答应了,可当他得知了沈建军的事后,又马上犯愁了,因为他发现这个沈建军跟他是此消彼长的,妹妹手中的钱若花在沈建军身上,那留给他叶国宾的自然就少了,所以他坚决不同意叶小倩和沈建军交往,为了彻底把叶小倩和沈建军之间的关系斩断,叶国宾还让叶小倩干脆关了发廊,到别处去干。叶小倩起初不同意,叶国宾就一天到晚地在发廊门口坐着,他那模样邋里邋遢的,弄得没一个人敢进来理发。迫不得已,叶小倩只得暂时先把门关了,另想办法来安抚叶国宾。

找不到叶小倩,一时半会筹不到钱,王铁锋只得将餐馆低价转让给了一个江西人,一部分钱为苏迪交了医疗费,另一部分为沈建军交了罚款。

沈建军从看守所被放出来的当天晚上,吃过饭,丁国庆跟他发起了牢骚,说:"建军,叶小倩这人不怎么样?"

沈建军说:"她人怎么了?"

丁国庆说:"前几天,我去找过叶小倩,没想到发廊竟关了,我一打听,周围的人都说在你被抓走的第二天叶小倩就消失了,我又去她原先住的地方找,结果,房东说,叶小倩跟一个男的几天前就搬走了。建军,你说说,这个叶小倩怎么这么现实啊!没事的时候,天天缠着你,你一落难,她马上就又找了另一个男人,真他妈的不是个东西!"

沈建军没有言语,只是静静地听,一直闷着抽烟。

第十章　从工人干起

那天,一大早,王铁锋草草地吃了一些东西就出发了。他要到一个叫小石巷的地方找孙大旺。

孙大旺正带着一队人在搞粉刷,听到有人在楼下喊他,便匆匆下楼,远远地看见楼下站着的竟是王铁锋,孙大旺又惊又喜,慌乱将手上泥在衣服上胡乱地搓了搓,跟王铁锋握手,说:"铁锋兄弟,你怎么来了?"

王铁锋说:"旺哥,我投奔你来了。"

孙大旺一愣,说:"你跟我开什么玩笑!"

王铁锋说:"真的,实在没辙了,才来打扰老哥你。"接着就将事情的来龙去脉说了一遍。

孙大旺有些激动,说:"兄弟啊,你这个时候找我,是看得起我孙大旺啊!你什么时候来,我随时欢迎。"

王铁锋说:"旺哥,如果来,可不是我一个人。"

孙大旺说:"没事!有几个来几个。"

就这样,当天晚上,王铁锋几个人便移师工地。分工如下:王铁锋和沈建军、丁国庆跟孙大旺学装修,苏迪、陈阿妹协助孙大旺的老婆负责后勤。真是隔行如隔山,进装修队没几天,王铁锋便发现搞装修并不是一件容易的事情,什么图纸识辨、家装设计、水路、电路改造,等等一系列问题,每一项都是一门学问,复杂得要命。每个环节都要从基础学起。于是那段时间,王铁锋隔三岔五就会请孙大旺喝酒,向他请教关于装修方面的技能。孙大旺也是知无不言,言无不尽,倾囊相授,手把手地教王铁锋。

那天，王铁锋又请孙大旺喝酒。俩人边喝边聊，孙大旺说："铁锋，说实话兄弟，以你的条件，干装修真的屈才啊！"

王铁锋说："那旺哥的意思，我适合干什么？"

"适合当老板。"孙大旺喝了一盅酒说道。

王铁锋笑了起来，然后放下酒杯说："旺哥，说实话，以前我跟你的想法一样，总感觉自己天生就是干大事的料，可经历了这么多事，我终于明白了一个道理：万丈高楼平地起。一个人如果这辈子真想干成点事情，最终还得回到脚踏实地上来。"

孙大旺听得有些愣怔，抻出大拇指说："铁锋，就冲你这股踏实劲，在厦门，有一天你非闯出一片天地不可。"

工地上的生活也挺有意思，一大群来自天南地北的人们共用一个临时搭建的简易棚，棚里的一侧是一排用木板拼成的大通铺，一侧是一些小木头桌子和凳子，上边放着工人们的洗漱用品，每天下了班，工人们围坐在一起，要么打牌，要么吹牛喝酒，要么三五成群结伴上街，坐在马路边上看人唱卡拉OK。日子过得累并快乐着。可没过多久，王铁锋发现了一个问题，这些搞装修的工人虽然都是出门在外不容易，但也并非一团和气，组和组之间常因为一些小事发生矛盾。孙大旺他们这组人数较少，再加上孙大旺胆小怕事，弄得谁都敢欺负他。尤其有个叫鲁大贵的，也是个队长，仗着手下人多，在工地上吆五喝六的，把谁都不放在眼里，经常把孙大旺呵斥得跟三孙子似的。

那天，王铁锋一进工棚，发现孙大旺正躲在角落里抹眼泪，四周围着的工友们一个个却大气不敢喘。

王铁锋看气氛有些不对，问孙大旺怎么了？孙大旺说自己的床铺被人占了。王铁锋扭头一看，果不其然，孙大旺的铺盖被移到了一个角落里，占他铺的那人正是鲁大贵。看到这一情景，王铁锋当场就火了。

孙大旺有些怕事，拽住王铁锋的胳膊，说："兄弟，别闹事，能忍再咱就忍，什么事忍忍就过去了。"这事孙大旺能忍，可王铁锋哪里能忍，于是安慰孙大旺说："旺哥，这事你不用管。"说着胳膊一甩，朝鲁大贵走了过去。

大贵依然没事人似的躺在床铺上。

王铁锋说："哥们，怎么回事啊？"

鲁大贵不耐烦地翻了下眼皮，爱搭不理地说："什么怎么回事？"

王铁锋说："你躺的这是我兄弟的床。"

鲁大贵又翻了一下白眼，说："你哥们的床？那让你哥们过来叫它一声我听听，看它答应吗？"

"你要这么说就没意思了！"王铁锋压着火，尽量让自己的语气放平和。

鲁大贵说："那你说怎么才有意思？"

王铁锋说："我说你得给我起来。"

鲁大贵一脸的不屑，冷哼了一声，说："我要是不起来呢？"

王铁锋终于失去了耐心，一把抓了鲁大贵的衣领，呼地一下将他提溜了起来，跟着用力一推，大贵顿时站立不稳，咯噔噔连退数步，扑通，一屁股蹲在了地上。这下可捅了马蜂窝了，平时净是大贵揍人，什么时候见过谁敢揍鲁大贵啊，这还了得，于是鲁大贵的一帮同乡呼啦一下全围了上来。

一看对方要打群架，沈建军、丁国庆他们呼啦一下也冲了上来，刚要动手，却被王铁锋给拦住了。

王铁锋说："你们都站着别动，我一个人就行。"

大贵捂着屁股忍痛站了起来，恼羞成怒地大喊："他妈的，敢在太岁头上动土，哥几个，给我上。"话音刚落，十几个年轻人饿狼似的朝王铁锋全扑了上去。

孙大旺一把拽住大贵，说："哎，大贵兄弟，大贵兄弟，看我面子，放我兄弟一马行吗？"

大贵一把甩开孙大旺，说："看你面子？你算个毛啊？滚开。"然后一挥手:"兄弟们,给我上,照死揍。"

孙大旺被摔了一鼻子灰,爬起来,又去护王铁锋。王铁锋却一把将他挡开,说:"旺哥,没你事了,站门口去,别一会溅身上血。"

接下来,大战上演。

工棚里本来空间有限,可王铁锋闪转腾挪,上蹿下跳,左右开弓,眨眼工夫,已放翻了一片,然后,改变战术,对其他人不管不顾,只摁着鲁大贵一个人猛揍。打斗中,王铁锋扯下一条床单,三下五除二缠了鲁大贵的脖子,跟着将他的脑袋往怀里猛地一提,鲁大贵立时被勒得喘不过气来,一张脸憋得跟猪肝似的,双手徒劳地在地上直拍,连连哀求:"大哥大哥,饶命饶命!"

王铁锋说:"叫他们停手,否则,我他妈勒死你。"

鲁大贵干呕着举起手,所有人都吓得退到墙角。

王铁锋手一松,鲁大贵鼻涕似的瘫软在地,不动弹了。

一个家伙惊喊:"呀,死个球了!"

众人大惊。

王铁锋说:"别管他,死不了。"

这场架打过之后,孙大旺请王铁锋喝酒,整个晚上全是感谢的话,说到最后,都哭了。

孙大旺说:"兄弟,这口气压我心里多少天了,不敢说,不敢提啊,现在好了,这口气你帮我出了,我咋谢你啊兄弟?我想好了,以后,这个队长,由你来当,我跟你干。"

王铁锋说:"旺哥,你是不是喝多了?当初,我是投奔你来的,要不是你收留我,说不定,我现在已经睡大街上了,我是跟你干的啊,我怎么能当队长呢?"

孙大旺说:"铁锋,让你来当队长,不光是我一个人的意思,也是兄弟们的意思,大家感觉跟着你心里踏实,干活带劲,再说,你人聪明,又勤学,这段日子，装修方面的很多东西你已经掌握了，于情于理，你都应该当这个队长，真的。"

孙大旺说完，在座的众人皆举起了酒杯，劝王铁锋接受这个请求。盛情难却，再推就有点故意拿架子了，王铁锋想了想，便答应了。

几天后的一个早晨。工地上，突然来了几辆小轿车，项目部的经理和几个管理人员早已在大门口恭候。中间的那辆黑色小车一停，项目部经理就快步跑了过去开门。门一开，打车内下来一个五十多岁的男的，戴着眼镜，背头，头发有些少，但一根根往后梳得有条不紊，气场十足，很有范儿。

王铁锋带着兄弟们正在楼上忙活着，隔着窗户，把大门口的一切看得清清楚楚，扭脸问身侧的孙大旺："这人谁啊？"

孙大旺说："总老板，林炳元。"

林炳元在众人的簇拥下进了工地的临时办公室。不一会，项目部经理吹起了哨子，通知工地上各队的队长到办公室开会，说是林老板有要事相商。到了办公室王铁锋才知林炳元此番召集他们的原因。原来，由于前段时间下暴雨，致使现在这个项目的施工进度非常缓慢，照这样下去，整个工期得延迟两个月，果真如此的话，按照合同，林炳元得付给甲方一笔数额巨大的赔偿金。现在林炳元把各位队长召集起来就是要集思广益，求得一个解决问题的办法。会上，林炳元通报完情况之后，开了条件：值此紧要关头，若有谁能贡献良策，敢受命于危难之间，将工期提前，他必有重赏，但挑战与机遇并存，若不能保证工期，与重赏相对的则是重罚。听林炳元把话说完，整个房间寂静一片。现在这个情况谁都知道几乎是一个不可能完成的任务，接下这个军令状无疑是接下一个烫手的山芋，就是自己找罪受。

王铁锋四下瞅瞅，发现没人说话，犹豫了一会，举起了手。他的这一举动惹得众人皆惊。

林炳元的目光落在王铁锋身上，问道："贵姓？"

"王铁锋。"

"几队的?"

"六队。"

"如果我给你三个月的时间,你可有把握?"

王铁锋说:"我没把握,但我想试试。"

林炳元说:"你有什么条件?"

王铁锋说:"若规定时间内完不成任务,我认罚,但若规定时间内完成任务,你所谓的重赏,得在你刚才说的基础上翻倍。"

林炳元略一沉吟,便点点头,说:"好,我答应你。"

王铁锋说:"此外,我还有一个要求。"

"请讲。"

王铁锋说:"从现在开始到完工,这期间,工地上所有装修队的所有人要归我统一指挥。"

听了这句话,林炳元不由得看了看身侧的项目部经理,然后,又看了看王铁锋,语气坚定地回答道:"行,从今天起,你就是总队长。"

就这样,当天晚上,王铁锋就把所有的小队长召集在一起,开了个讨论会。虽然接下这个任务,王铁锋没有百分之百的把握,但他也不是完全赌徒式的在冒险,严格来说,他之所以敢这么做,是建立在这段时间以来他在工地上认真学习、刻苦钻研、全面总结的基础上的。王铁锋在组织方法和工作时间上进行了改革,将原来分散的所有小分队统一起来,组成一个混合工作队。这就像将不同兵种优化组合成一个集团军,协同作战,其战斗力可想而知。在王铁锋的带领下,工作队效率超强,进展神速,工期比原来预想的整整提前了一个月。听到这个消息时,林炳元几乎不相信自己的耳朵,直到让司机驱车带着他亲自去工地检查之后,彻底被眼前的现实给震撼住了。由此,林炳元深深地记住了这个叫王铁锋的年轻人,问王铁锋来工地干活之前是干什么的。

王铁锋说:"来厦门之前,在部队当兵。"

这引起了林炳元的极大兴趣,问王铁锋在部队当的是什么兵种?

王铁锋说:"侦察兵。"

林炳元似乎为自己一直以来的困惑找到了答案,爱才心切的他索性劝王铁锋直接跟他干得了,但遭到了王铁锋的婉言谢绝。林炳元想了想,便不勉强,只得说:"好吧,人各有志。"不过,为了表示感谢,在工期结束时,林炳元特意安排项目部经理多给了王铁锋他们一些工钱,并且明确表示,以后生活中遇到了什么问题,可以随时来找他,他办公室的大门随时为王铁锋开着。

时光飞逝,转眼工期结束了。按常理,接下来,大家就要相互说声再见,各奔前程了,可孙大旺他们却不愿意离开王铁锋。

孙大旺说:"铁锋,老话说,路遥知马力,日久见人心。这些天来,兄弟们跟着你干,心里踏实、高兴。如果解散了,大伙还得重打鼓另开锣,不好。这样吧,咱们这个装修队就别解散了,你还来当队长,领着大家一起干,今后无论是井是崖,兄弟们都追随你。"

这段话不仅是孙大旺一个人的心声,其他兄弟也表达了同样的愿望。能带领兄弟们一起在厦门打拼,这也是一种缘分,于是王铁锋就爽快地答应了。王铁锋知道,带着兄弟们搞装修,就跟带着部队打仗一样,得首先有个根据地,于是就从自己的工资中拿出些钱叫沈建军在附近租了一间很大的仓库。离开工地的第二天,大家就搬了进去。仓库很大,显得有些空旷。苏迪和陈阿妹帮着孙大旺的老婆做了一条帘子,把仓库从中间分开,分为东西两头,王铁锋他们一伙男人睡西头,苏迪她们三个女人睡东头。所有人一律打地铺。王铁锋还做了分工,苏迪管账,并由她和陈阿妹跟孙大旺老婆负责后勤,而他带着沈建军他们每天一早就拎着家伙到附近一座叫金沙滩的石拱桥上去揽活。在王铁锋的记忆里,那段时间,真是累并快乐着,每天都会有接不完的活,常常加班加点到深夜,然后拖着一身泥水回到仓库，吃过饭，大家就围着一张小石桌聊天，每次都聊到尽兴，方才上床睡觉。尤其每逢发了工资，王铁锋一准带着大家出去下馆子，扯开了喝，一帮人嗨到后半夜，又喊叫着回到仓库，倒头就睡，一直睡到第二天中午，起了床，接茬揽活。

　　王铁锋他们也是赶上了改革开放的好时光，那时的厦门早已不是那个曾经名不见经传的小渔村了，而已一跃成了国际性的大都市，"厦门速度"在全国来说早已成了家喻户晓的字眼，这种速度在建筑行业更是被体现得淋漓尽致，一座座高楼大厦，经常几天后不久，就会拔地而起，真是"忽如一夜春风来，千树万树梨花开"，给人一种沧桑巨变之感。伴之而生的，就是装修行业的兴起，所以，那段日子里，王铁锋带着兄弟们经常是上一个活儿还没做完呢，下一个活就来了，生意好得不得了。但这种生意兴旺并不是无缘无故的，究其原因，关键就在于王铁锋一直秉承并且一再告诫兄弟们要牢记住的一句话："信义放中间，利字摆两边。"他告诉大家，咱们的老祖宗早就说过，"人而无信，不知其可也"的道理，所以，做生意跟做人一样，任何时候都要言必有信，信而必守；言而无信，信而不守，一个人就走不远了。这些话讲完，把沈建军、丁国庆他们一屋子的人听得一愣一愣的，大家似乎听懂了，似乎又没听懂，但不管听懂听不懂，以他们对王铁锋的信任，只要一些事王铁锋说了这么做，他们照做就是，肯定没错。

　　为了更好地拓展业务，不久，王铁锋买了一个"大哥大"。"大哥大"丁零零地一天到晚响个不停，全是联系业务的。人都这样，随着自己接触的人越多，路子越宽，思维就越活泛，何况是天生爱思考的王铁锋呢，手头的钱一多，在他心里，又有了新的想法。

　　那天，吃过晚饭，王铁锋把众人召集了起来，说是有特大事情商议。众人聚齐，席地而坐。

　　沈建军说："铁锋，咱们要商量什么大事情？"

王铁锋说:"我想成立公司。"

真是一语激起千层浪,这下大家可热闹开了。

听到要成立公司,没想到沈建军竟第一个赞成,说:"铁锋,我早想跟你说这事了,对,就要成立公司,咱也过段时间赚了钱,再由公司出钱,买辆小轿车,时不时绕着环岛路兜上两圈,看看大海和海鸥,在厦门咱也浪漫浪漫,风光风光。"

孙大旺却有些担心起来,说:"铁锋,成立公司可不是闹着玩的,真金白银的,那可是需要钱的啊,这些钱哪来?再说,一提公司,我总感觉心里不踏实,过山车似的,高一下低一下,万一哪天赔了咋办?以我看,还是咱们现在这样子好,老老实实地干活,旱涝保收,岂不更好?"

丁国庆也表示了类似孙大旺的担忧。

沈建军却烦了,说:"你俩这胆儿也太小了,闽南有句老话叫'爱拼才会赢',要是不敢拼,我劝你俩还是趁早打铺盖回老家生孩子吧!"

丁国庆立刻提醒沈建军道:"建军,你说话注意点好不好,这还有女同志呢?"

王铁锋马上也提醒丁国庆,说:"你也好不到哪儿去,你俩说说,我都交代你们多少回了,来了厦门就是半个城市人了,要注意言行举止,要做文明人,不要讲脏话,怎么就是记不住呢?"

苏迪却笑了,说:"没事,我和阿妹都习惯了。"

丁国庆有些不好意思了,说:"我这都让建军这狗日的给气着了,平时我挺文明的啊。"

"你看,又来了,"王铁锋都气乐了,说,"好了,都别吵吵了,说正事,"说着,用"大哥大"挠了挠头,说,"刚才说到哪儿,我都让你俩吵断篇了。"

孙大旺说:"说到钱了。"

王铁锋哦了一声,说:"对,旺哥,下边我就你提出的问题来做个答复。第一,我先说下成立公司的理由。是,旺哥说的没错,咱们这样干得确也挺好,可以我当兵的经历来说,咱们现在的这种情况有点像游击队,打的是游击战,而一旦成立了公司,就不一样了,一切都会制度化规模化正式化起来,这也就从根本上保证了咱们生意的稳定,同时也建立了有条理的商业秩序。这是第一,第二呢,当然,既然是公司,实行股份制,就建立在大家自愿的基础上,愿出钱入股的,欢迎;不愿入股的,依然是公司员工,都没事,兄弟们可以视自己的情况而定,不做强求。"

孙大旺心中的顾虑依然存在,这么多年的打工经验使他就认准了一个理:钱难挣,屎难吃。挣钱不容易,花钱别大意。有了钱捂到口袋里才算自个的,再说其他的都是扯淡。所以,打心眼里说,孙大旺是不肯投钱,可王铁锋都把话说到这份上了,又不好意思拒绝,只得说:"那好吧铁锋,成立公司我不反对,到时公司赚得多了呢,你就多给我点工资;亏了,算我白干。"

王铁锋笑了,说:"行,尊重旺哥的意愿,公司成立后,你就来当施工队队长。"

会议结束,苏迪把王铁锋约到仓库外边的大槐树下。

那晚的月亮特别大,月光如水一般,把整个世界照得朦胧一片。

苏迪说:"铁锋,你都想好了?"

王铁锋点点头,说:"苏迪,我做这个决定有些突然,没跟你提前沟通,你不会怪我吧?"

苏迪笑了笑,一笑露出洁白的小碎牙,月光照在她的脸上,使那张本就俊俏的脸蛋更加显得妩媚动人。

苏迪说:"我怎么会怪你呢,还记得我曾经跟你说过的话吗?只要你决定的,我会永远支持你。"

王铁锋说:"这下好了,公司一成立,咱们这支队伍也算是鸟枪换炮步入正轨了。"

苏迪被他逗得咯咯地笑了起来。

王铁锋说:"苏迪,其实对于做公司,我真的是抱着擀面杖当笙吹——一窍不通。你在这方面是内行,以后,就得辛苦你了。"

苏迪点了点头,说:"其实最辛苦的肯定还是你,公司成立了,你就是顶梁柱,我是个女孩,充其量,也就帮你打理打理一些烦琐的事务,大的决策和主外的事还得靠你来撑,到时肯定会遇到一时预想不到的困难,这一点,你可要有心理准备。"

王铁锋说:"是,这个心理准备我有。苏迪,公司一开张,人手少,你就辛苦下,到时公司财务和行政这一块都由你来负责吧!"

"没问题。"苏迪捋了捋被风吹乱的头发。

王铁锋似乎一颗心终于放了下来,长吐了一口气,说:"谢谢你,苏迪。"

苏迪咦了一声,说:"你看,又来了,你什么时候才能不跟我这么客气?"

王铁锋笑了,说:"行,以后客气的话我不说了,你放心吧苏迪,终有一天,我一定会以实际行动回报你。"

苏迪却说:"我不要你还。"

王铁锋一愣:"怎么了?"

苏迪说:"只要你心里有,我就心满意足了。"

王铁锋一下子无语,不知如何回答苏迪的话才好。接下来,两个人便不再说话,就那么并排坐着,静静地看着月亮出神。

仓库门口,出来抽烟的沈建军看见了树下聊天的王铁锋和苏迪,脸上立时泛起了复杂的神情。

第十一章　善与善的冲突

不久，公司注册成功。王铁锋将公司的名字定为"九鼎"，喻一言九鼎之意。接下来，公司便进入了实际的运转之中。由于王铁锋秉承"义、利"的商业理念，公司的业务越来越多，生意相当红火，"九鼎"的名号也越来越响。

那天，沈建军冲进王铁锋的办公室，带来了一个令人振奋的消息：柳氏集团在招标。

王铁锋说："柳氏集团！他们的老总不就是那个柳小贝吗？"

沈建军说："对，就是她。怎么，你们认识？"

王铁锋说："谈不上认识，有过一面之缘。"

沈建军来了精神，说："既然你俩认识，那么由你出面，代表'九鼎'参与柳氏集团的这次招标，肯定是十拿九稳。"

王铁锋说："如果我出面，事情估计更难办。"

沈建军一愣："为啥？"

王铁锋将他和柳小贝之前的那次不愉快的相遇说了一遍。

沈建军听罢，立时蔫了，说："靠，这么说，还是真难办了。这说明她对咱们早有成见啊！"

王铁锋摇了摇头，说："也未必。"

沈建军说："怎么，你有妙计？"

王铁锋说："你马上通知苏迪，召集大家开会。"

王铁锋把大家召集起来开会的议题就是研究如何在柳氏集团的这次招

标中胜出。由于是公司成立后的第一个大项目，会上，大家的热情度很高，各抒己见，畅所欲言，很快就一些重要的问题达成了共识。最后，王铁锋说："柳氏集团这个工程对咱们公司来说，意义非同寻常，要举全公司之力拿下这个项目，但我跟这个柳氏集团的老总柳小贝之间曾经闹过一次不愉快的误会，所以这次竞招就由建军出面，由他全权负责，希望大家全力配合。"

沈建军看王铁锋信心满满，志在必得，心里也有底了，于是对王铁锋立下军令状，说："好，只要你发话了，我就有信心把它拿下。"

会后，王铁锋又把沈建军留下，着重交代道："俗话说，背靠大树好乘凉，跟柳氏集团的这次合作若能成功，即便到时赚不到钱，意义也非同寻常，有了柳氏集团这个项目做案例，以后咱们就有了最好的名片，一句话，这个机会无论如何都得抓住。"

这也是公司成立后，沈建军第一次立下军令状，是其大展身手的好机会，他当然是意气风发，信心十足，于是带领着公司各个部门，全力以赴，亲自参与到标书制作的整个流程及所有细节，真的做到了一丝不苟。不久，柳氏集团的招标会如期举行。功夫不负有心人，一番激烈的角逐之后，"九鼎"果然击败所有的对手，成为最后的赢家。接下来，项目就进入了实质性的施工阶段，尤其是前期，工程进行得相当顺利，无论是工程进展抑或是施工质量，甲乙双方都很满意，眼瞅着就要收尾了，可一个意想不到的事情发生了。

那天，苏迪突然打电话给王铁锋，说："柳氏集团的副总经理段青山来了，说有重要的事要谈。"

王铁锋说："让他进来。"

不一会，苏迪就领着段青山走进了王铁锋的办公室。

王铁锋从段青山的表情里已预感到了有什么事要发生。果不其然，对方连基本的寒暄都没有，一开口就直奔主题。

段青山的语气冰冷，说："王总，我这次来，是代表我们集团的柳总向你们公司提出严重抗议的。"

这番话确实让人感到突然，但王铁锋马上意识到不管到底发生了什么事情，这个时候他要做的就是安抚，否则任何一句过激的话都可能是火上浇油。于是，定了定神，说："段总，别动怒，到底出了什么事，你先坐下来，喝口茶，咱们慢慢说。"

在王铁锋的再三劝说下，段青山才极不情愿地在沙发上坐下，强忍不快将事情的来龙去脉说了一遍。不听则已，一听，王铁锋也火了。

沈建军又惹事了。

原来，自从"九鼎"公司和柳氏集团签了合同之后，柳氏集团方面负责跟沈建军接洽的是一个叫杜大成的项目经理。杜大成为人很豪爽，碰上沈建军呢，也是一个热爱交朋友的人，俩人脾性相投，一来二往，就熟络了。工程前期进展得很是顺利，二人的合作也很愉快。可那天傍晚，负责材料采购的丁国庆突然跑来跟沈建军报告说："工地上的涂料用完了。"

沈建军说："涂料用完了，你就进货嘛，你不就是负责这一块的吗？"

丁国庆说："废话，有货我能不进吗？关键是生产厂家都断货了。"

沈建军这下紧张了，这眼瞅着合同上要求的工期要到了，工期一到，柳氏集团就会派人来验工，若到时因为材料断货而延了工期，那可不是闹着玩的，于是便连夜打电话给杜大成，把杜大成拉到一家餐馆喝酒，喝到高兴处，沈建军跟杜大成把事情说了，意思是请杜大成帮忙想想辙。

杜大成说："还真是巧了，今天下午我一个朋友打电话给我，说他手头有一批涂料，让我帮忙给他卖了。不过，估计有一点小小的遗憾，我记得你们公司当初跟我们集团签订的那份合同的第二条材料供应的第三款，就明确写道，如果原来的材料缺货，乙方有权更换相同型号的材料。但我朋友的这批涂料跟你们之前用的不是一个品牌，型号不一样。"

沈建军说："质量一样吗？"

杜大成说："质量一样，价格也一样。"

沈建军说："杜兄，经过这段时间接触，你觉得我沈建军人咋样？"

杜大成说："你人品那是没的说，所以我才把你当成好朋友。"

沈建军端起了酒杯说："杜兄，你知道，这是我们公司成立以来第一个由我全权负责的项目，这个项目成了，对于我个人来说，是我对大家这么看得起我的一个交代，这个项目如果黄了，这叫头一炮没打响，那我以后在公司就没法活人了。所以，杜兄，既然你把我当成了兄弟，既然你代表的是柳氏集团，那就帮帮我，把你那个兄弟的涂料先拉过来，让我应应急。反正这两种涂料质量一样，价格也一样，只是型号不一样，到时你在集团的董事会上帮我做个解释和说明就行了。"

杜大成想了想，最后点了点头，说："好吧，谁叫咱兄弟俩投缘呢，你这个忙我帮了。"

沈建军一颗悬着的心瞬间落地，说："杜兄，太多感谢的话不说了，所有的情谊都在酒里了，我先干为敬，你随意。"说着，举起了酒杯，一饮而尽。

就这样，第二天一大早，新的涂料就拉了过来。沈建军原本想着，等杜大成到时在集团董事会上一做解释，他这边一交工，这个由他全权负责的项目就算大功告成。然而，沈建军怎么也没想到，涂料这事还没等杜大成跟柳小贝报告，柳小贝却提前知道了，于是大为恼火。

等段青山把事情的来龙去脉讲完，王铁锋连哭的心都有了，真是怕啥来啥，当初把这个活交由沈建军负责时，他是千叮咛万嘱咐，就怕沈建军捅了什么娄子，想不到，还是惹祸了，可当着段青山的面，王铁锋又不便发作，于是强压着心中的怒火，拼命地赔笑，不停地跟段青山道歉，可谓好话说尽。

段青山说："王总，你跟我说这些没用，个人感情是个人感情，但现在的问题是这个事情的性质已经变了，你们公司已经违背了合同约定，咱们公事公办，我这次来，只是通知你一下，这样吧，咱们到时法庭上见吧！"段青山一边说一边起身，表示要告辞了。

王铁锋起身要送，段青山竟头也不回，径直走了。

王铁锋气得脸色铁青，冲着一侧的苏迪大吼，说："沈建军呢，马上把他给我找来。"

沈建军接到苏迪电话的时候，心里咯噔一下，挂了电话，马上去找杜大成，一见面，劈头盖脸地就骂了起来，说："老杜，这回你可把我害惨了。"

杜大成也是一脸的无奈，说："建军，你消消火，我也没想到会出这种事啊，这个大贵平时挺靠谱的一个人，这回怎么办出这么掉链子的事呢？"

沈建军一愣："你这哥们叫啥？"

杜大成说："大贵啊，怎么了？"

沈建军说："是不是鲁大贵？"

杜大成一愣："是啊，你怎么知道？"

沈建军说："这哥们是不是也干装修的？"

杜大成更加纳闷了，点点头："是啊，这么说，你们认识啊？"

沈建军气得跺脚步，说："我们太认识了，烧成灰，我都认得他，我们曾经在一个工地上待过，还打过架，他什么时候卖起涂料了？"

杜大成便把鲁大贵为何卖涂料的事前前后后跟沈建军讲了一遍。沈建军这才知道，发生这件事，原来大贵也是个受害者，于是懊恼地一屁股坐在了沙发上，说："这叫什么事啊！"

原来，自打那次和王铁锋发生冲突之后，没过不久，大贵就带着他的装修队离开了工地。大贵和王铁锋两个人也是不打不相识，打过那次架之后，二人竟成了好朋友。离开工地的那天晚上，大贵请王铁锋喝酒。

大贵说："锋哥，以前兄弟的确太浑了，你大人大量，别跟我计较。"

王铁锋说："俗话说，在家靠父母，出门靠朋友。咱们这帮人来自天南地北，都是为了生存，在外边打拼，都不容易，能聚在一起，更是一种缘分，理当相互理解，相互帮忙才对，而不能以强凌弱，欺软怕硬。"

大贵说："是是，我知道错了。"顿了顿，又说："锋哥，我冒昧地问下，你以前是不是练过？"

王铁锋说："来厦门前，一直在部队。"

大贵一下来了精神，说："怪不得出手这么利索。锋哥，人海茫茫，能认识你，是我的福分，以前多有得罪，我自罚一杯，算是跟锋哥道个歉。"

就这样，大家一直喝到凌晨，才上床睡觉。第二天，一大早，大贵就带着他的装修队离开了。后来，大贵在南普陀寺进香时遇到了杜大成。他和杜大成俩人是初中同学，他乡遇故知，二人是又惊又喜。大贵初中毕业后就来了厦门打工，杜大成又读高中，再考大学，学的土木工程专业，毕业后进入了柳氏集团。喝酒的过程中，大贵跟杜大成说，柳氏集团是个大公司，如果有了什么好的项目一定要记得帮我推荐和争取啊！杜大成告诉大贵，他现在正负责着一个项目，腾不出手帮他，但可以给他引荐一个同事，叫刘东风，也是一个项目经理。几天后，大贵见到了刘东风，刘东风看大贵也是个实在人，就跟大贵说，他现在的确在运作一个项目，但还需要董事会研究，集团的决策层最后拍板，但据他估计，这个项目肯定八九不离十。大贵感觉这是个大生意，得先下手为强，下手晚了，就会花落别家，为了保险起见，于是跟刘东风提前草签了一个工程合作协议。大贵觉得以刘东风在柳氏集团的名望，这份协议一签，合同就算生效了，于是便马不停蹄地做起了施工准备工作，并且还先自己垫资进了一部分材料。孰料，意想不到的事情发生了。那天，刘东风突然找到大贵，说，他要从柳氏集团辞职不干了。这话听得大贵犹如晴天霹雳，说："刘总，这好好的，你为什么要辞职啊？"

刘东风说："我决定离开柳氏集团也是实在没有办法的办法，真的，柳小贝是个很强势的女孩，人很难相处。"

大贵说："刘总，这可万万使不得呀，千万千万不要意气用事，为了这工程，我已自己垫资提前进料，你这一走不当紧，我个人倾家荡产成了穷光蛋不说，可我手下那几十号人怎么办，那可是几十张嘴，他们得吃饭啊！"

刘东风思考了一会，说："这样吧，工地的仓库囤着一批涂料，这是经我的手进的货，真不行，你就把这些涂料拉走吧，算是对你的补偿，说实话，我现在也只能帮你到这儿了，也请你能够谅解。"

最后，大贵实在没办法了，只得接受刘东风的建议，把那些涂料拉过来抵债。然后又找到了杜大成，让杜大成帮忙找找下家，将这批涂料尽快卖掉。事也凑巧，正赶上沈建军的工地断货，杜大成就随手搭了这个桥。那天一大早，涂料被拉走后，大贵发现仓库里还落下了几袋，于是就借了辆三轮车准备拉走。不承想，等他蹬着装着涂料的三轮车刚走出仓库，一辆红色轿车便迎面开了过来，开车的竟是柳小贝。当时大贵正撅着屁股全身心地蹬车，也没有注意到她，于是出了仓库大门，一拐弯，上了一座石拱桥。

看到大贵车上的涂料，柳小贝顿时预感到了什么，稍一沉思，便停了车，悄悄地进了仓库，到里边一看，发现仓库里竟空空如也，一下全明白了，于是便开车追了上去。为不打草惊蛇，起初柳小贝一直与大贵保持着一定的距离，跟了一阵子之后，发现大贵拐进了一条胡同，几分钟后在一家院墙上写着卖涂料字样的大门前停住。约莫又过了十几分钟，大贵蹬着空车从胡同里出来，直接去了路对面的一家餐馆，要了瓶酒，自斟自酌地喝了起来。柳小贝这才下了车，悄悄进了胡同，不一刻便从胡同出来，开始打电话。

此时的大贵在小酒馆里正喝得起劲，突然听到外边有警车响，不由好奇，扭头一看，发现门外一辆警车开了过来。车一停，两个警察径直冲了进来，就在大贵稍一愣怔的工夫，两个警察就将他摁住了。

大贵一口酒咽肚，说："嘿嘿，你们干吗呀？"

两个警察并不搭他话。

这时，柳小贝从外边走了进来。

一个警察说："是他吧？"

柳小贝点头。

两个警察一人挎了大贵一条胳膊，说："得了，那就别装了，走吧！"

大贵说："去哪啊？"

警察说："少废话，先上车，到了你就知道了。"

就这样，由大贵开始，顺藤摸瓜，柳小贝很快就知道了整个事情的来龙去脉，于是马上派她的副总段青山向王铁锋提出严重抗议。

出了这档子事，沈建军再没心没肺，也不由得紧张起来，其他的人他可以不在乎，可王铁锋不行，俩人打小光屁股玩到大，兄弟情义自必不说，关键是，活了这么大，沈建军几乎没服过谁、怕过谁，但王铁锋是个例外，他服王铁锋，怕王铁锋，王铁锋从来不会张牙舞爪地去表现怒，但他的身上有股不言怒而自怒，不言威而自威的气势，或许应该叫霸气更合适，而这种霸气是与生俱来的，装不出来。

沈建军思前想后，不敢见王铁锋，索性便躲了起来。可这事一出，就不仅仅是沈建军一个人的事了，而是"九鼎"公司和柳氏集团之间的商业矛盾了，王铁锋作为公司的负责人，一下子就被推到了风口浪尖，可他又没办法，谁叫沈建军是自己的兄弟呢。思前想后，王铁锋最后决定硬着头皮去找柳小贝，想当面向柳小贝赔礼道歉，说到底还是想留住这档生意，都干了这么久了，别说黄就黄了。

就这样，第二天一大早，王铁锋就去了柳氏集团。当秘书把王铁锋带进来的时候，柳小贝正坐在班台后边看文件。

秘书说："柳总，这位王先生说有重要的事找您。"

柳小贝放下文件，抬起头，一眼便认出了跟前站着的这个人。说实话，王铁锋留给她的第一印象很不好，再加上柳小贝又属于高冷性格的人，于是，只看了王铁锋一眼，便冷冷地问了一句："你有什么事吗？"

这种直怼似的问话使现场的气氛有些小小的尴尬。

王铁锋看了看身侧的秘书，那意思是跟柳小贝建议，当着其他人，你能不能不这么直怼，能不能给我留点面子？

柳小贝转过脸对秘书说："你先出去吧。"

秘书应了一声，带上门，走了。王铁锋这才把事情的来龙去脉跟柳小贝讲了一遍，然后，语气诚恳地说："柳总，这件事，说一千道一万，错在我们，所以，我今天来是真心真意地给您道个歉。"

柳小贝似乎不为所动，语气依然冷冷的："你今天找我，就是为了这件事？"

王铁锋点点头，说："是。"

王铁锋以为，他这次登门道歉，或许会有些作用，却没想到，柳小贝根本不给他面子。

柳小贝说："王先生，既然你辛辛苦苦跑了一趟，那我有什么话就直接跟你说了，我觉得有必要跟你提醒的是，我这里是现代化企业，是大公司，不是草台班子，所有业务的开展和运营都有着严格的规章制度和规范的操作流程。你的公司既然跟我有合作关系，签订了具有法律效力的合同，那我们之间发生了任何纠纷都必须按合同上规定的条文来处理。"

王铁锋说："是，柳总，您的意思我理解，您放心，我肯定会按合同处理，可咱们现在这不是……"

柳小贝似乎对王铁锋接下来的话不再感兴趣，于是摆了摆手，说："对不起，我还有工作，恕不奉陪，总之一句话，马上无条件终止合同，有什么事找我律师谈，到时法庭上见吧！"说完，就叫秘书送客。

王铁锋就这样被请出了柳氏集团。

回来的路上，王铁锋的心里憋了一肚子怨气，觉得这个柳小贝也太不近人情了。

几天后，孙大旺带着施工队搬了回来。又过了几天，王铁锋接到了法院的传票。

丁国庆说："铁锋，柳小贝有律师，不行咱们也找律师吧！"

王铁锋说:"找什么律师,还嫌丢人丢得不够啊?明天出庭,我一个人去,我就是我自个的律师。"

苏迪说:"铁锋,这样行吗?人家可有律师,你又没打过官司。"

王铁锋说:"有理行遍天下,无理寸步难行,既然是咱们错在先,那法庭怎么判,咱们就怎么执行。"

这场官司输赢的结果可想而知,根本没有悬念,王铁锋输得很彻底,赔情不说,还得赔钱。

回到公司,王铁锋问苏迪:"建军呢,他这几天去哪儿了?你打电话给他,让他马上回来,他这么躲着准备躲到什么时候?你问他到底还想不想干了?不想干,就给我趁早滚蛋,少在这儿恶心我。"

苏迪吓得一声不响地退了出来,跑到走廊上,压着声音给沈建军打电话。

沈建军在电话里小心翼翼地问:"铁锋真不生气了?"

苏迪说:"你们是什么关系还用我说吗?他还能真生你气啊?"

沈建军叹了一口气,说:"好吧,苏迪,到时铁锋万一跟我瞪眼,你可得帮着我点啊!"

苏迪说:"好了,好了,铁锋又叫我了,你赶紧回来吧!"

挂了电话,沈建军快速收拾了衣服,准备回公司,结果,刚一拉开门,发现门口竟站着一个人,抬头一看,吓了一跳,竟是大贵。

沈建军立时气得不打一处来,脱口骂道:"大贵,我正想找你呢,你还敢来?真是上天有路你不走,入地无门你自来投。"

大贵说:"建军建军,你先别骂了,有吃的吗?我都快饿死了。"

沈建军看大贵一脸的菜色,再怎么着,两人也是在一个工地干过的工友,何况后来关系一直不错,于是从厨房端出半碗咸菜和几个吃剩的馒头。大贵一阵狼吞虎咽,风卷残云般将桌上的饭菜一扫而光,又咕咚咕咚喝了一大杯热水,脸色这才慢慢变得红润了起来,最后打了一个饱嗝,说:"建军，你是不知道啊，我都一天一夜没吃东西了。"

"到底怎么回事？"看大贵的模样实在可怜，沈建军心有不忍，可语气里依然夹杂着埋怨。

大贵于是把事情的原委一五一十地说了一遍，然后又跟沈建军再三解释，说："我真不知道杜大成把涂料卖给了你，更不知道锋哥就是'九鼎'公司的老总，如果知道，我早找你们去了，真的，建军，我对不起你，更对不起锋哥。"

沈建军说："行了，别的话就不要说了，警察怎么把你给放了？"

大贵说："其实，这件事上，我也是个受害者啊，在看守所我一五一十地跟警察都交代了。后来，警察发现我说的全是实话，就把我给放了。"

沈建军说："那你怎么跑我这儿来了？你原来带的那帮工人呢？"

大贵叹了口气，咳了一声，说："树倒猢狲散，我这一走背字，工资都发不出来，所以手下的那帮人全打铺盖回老家了，我现在穷得是叮当乱响，浑身上下摸不出一个子儿了！"

沈建军说："那你下一步有啥打算？"

大贵说："我想跟锋哥干，你说他能收我吗？"

沈建军说："够呛，这回是把铁锋真气着了，他都差点让我滚蛋。"

大贵说："不管了，锋哥收不收留我，我都得跟你去见他一面。"

当大贵出现在自己面前时，王铁锋的确有些意外。

大贵说："锋哥，千错万错，都是兄弟的错，希望你不计前嫌帮我一把，如果你再不收留我，我真的无路可走了。"

王铁锋被大贵的一席话说得顿时没了脾气，心也软了，于是，叹了口气，说："行了，你哪儿也别去了，就留在公司吧。"

经此一劫，对生意刚刚步入轨道的"九鼎"公司来说，真的是大伤元气。除去搭进去的材料费不说，工人的工资还得照开，毕竟孙大旺带着兄弟们没日没夜地在工地上干了那么久了，虽然孙大旺当初也说了，公司他不入股，到时赔了，算他白干，可在王铁锋看来，话虽然这么说，事却不能真的这么做，于是，王铁锋跟苏迪交代，工人的工资照发。苏迪却面露难色，她告诉王铁锋，公司账上的钱已经所剩不多，当初为赢得柳氏集团这桩单子，设计师都是他们从北京请来的，仅此一项，已花去了"九鼎"公司不少费用，还有一些材料都是跟人家赊的，现在再开出工人工资，那公司账上就空了，接下来的日子就没法过了。

王铁锋有些犯难了，将"大哥大"在桌面上轻轻地敲了几下，最后依然口气坚定地说："兄弟们的工资还是先发，剩下的事，我来想办法。"

苏迪说："你有什么办法？"

王铁锋说："暂时还没想出来，船到桥头自然直，别问了，照我吩咐的先做，想打胜仗，就得先稳军心，工资一旦不发，军心就乱了，乱了军心，这接下来的仗就没法打了。"

孙大旺他们的工资最终如期发放。这下，公司的账上真的就空了。王铁锋心再大，口袋里没钱了，还有那么一大家子人在他后边等米下锅吃饭呢！王铁峰急得头发都挠少了。然而，天无绝人之路，就在王铁锋一筹莫展之际，一个峰回路转的机会出现了，而带来这个机会的人竟是叶小倩。

第十二章　输赢都要拼一场

前段时间由于叶国宾的干预，叶小倩虽然不得不关了发廊，搬离了原来的租屋，可她实在对沈建军放心不下，于是就开始跟叶国宾斗智斗勇。

那天，正吃着饭，叶小倩突然一阵恶心，然后，马上捂着嘴冲到厕所吐了起来。

叶国宾以为叶小倩病了，便问道："怎么了你？"

叶小倩支支吾吾地说自己怀孕了。

叶国宾一听就跳了起来，说："我的亲娘啊，看来这厦门是真不能再待了，你一个黄花大闺女，怎么会怀孕啊？这要搁从前，按老家规矩，得被沉潭啊！"

叶小倩说："你瞎吵吵什么呢？这都什么年代了，你的思想怎么还是封建保守的那一套？"

叶国宾被叶小倩的话呛得直犯愣怔，半天才缓过神，说："那你告诉我，这孩子谁的？"

叶小倩说："沈建军的。"

叶国宾更为吃惊，说："你跟那小子都上床了？"

叶小倩说："废话，不上床能有孩子吗？哥，跟你说实话吧，现在我怀了沈建军的孩子，这辈子生是他的人，死是他的鬼。"

对叶小倩的话，叶国宾一百个不理解，说："那你想怎么样？"

叶小倩说："我想找他去。"

叶国宾这下蒙了，说："你去找他，那我呢，我怎么办？"

叶小倩说:"你自个看着办,我自己现在已是泥菩萨过河,真的顾不上你了,哥,我现在肚里怀着孩子呢,如果你还心疼我这个妹妹,你就别再在厦门给我添乱了,我把所有的积蓄给你,你赶紧回老家,用这些钱,找个媳妇,好好地过日子吧。"

叶国宾想了想,也实在找不出再留在厦门的理由,何况叶小倩答应给他一笔钱,于是,便拿了钱,连夜坐着火车回老家去了。

打发走叶国宾,叶小倩先去了录像厅,发现被封了。她又赶到"再回首"餐馆找沈建军,却发现餐馆早没了,那些房子都拆掉了。连着又找了好几天,也没打听到有关沈建军的任何信息。最后实在没办法了,叶小倩只得去找原来打过工的那家美容院,到了才发现,那个姓马的老板生意做得越来越大,不但做美容业,还进军了房地产业。叶小倩的到来让马老板又惊又喜。

马老板对叶小倩大为赞赏,说:"小叶,你来得真是时候,这段时间我正为找个帮我打理美容店的负责人发愁呢,既然你回来了,那你就来做这个负责人吧,我每年从美容院的收入中抽百分之五作为对你的奖励,你看如何?"

叶小倩一时无处可去,就答应了。后来,店里来了一个客人,就是杜大成。再后来,杜大成又带来了另外一个客人,竟是沈建军。沈建军一看这家美容店的负责人是叶小倩,脸一黑,抹身就走。自打那次放黄色录像被抓进去之后,又听了丁国庆的牢骚,沈建军就打心眼里恨死叶小倩了,发誓从此跟这个女的一刀两断,永不再往来。

可哪曾想,沈建军刚一转身,叶小倩就从后边一把把他给抱住了。

沈建军一脸的冰霜,说:"你谁啊?咱们认识吗?"

叶小倩说:"建军,不管你信不信,为了找你,我把整个厦门都找遍了,之前,我觉得咱们之间有误会,我想找到你,把误会解释给你听,我一找二找,找了你那么久,却找不到你,你知道吗,建军?当时因为找不到你,我甚至连想死的心都有了，可我又不能死，要死也得找到你把话说开了再死，真是老天有眼，现在我终于找到你了，可我突然什么都不想解释了，因为，我觉得这辈子我能再见到你，就够了，所有的委屈和误会都不重要了。建军，如果你还恨我，你就骂我，打我吧，我绝对没有半点怨言，只要你别再生气。"

看着叶小倩那副哭得稀里哗啦的可怜模样，又听她说的这些肺腑之言，沈建军心中原有的怨恨之冰开始松动了。

叶小倩说："建军，我不希望你马上原谅我，但求你相信我，相信一句话，这段时间，我没有一天不想你，不担心你的，可现在，终于能见到你了，吃多少苦，担多大的心，我就俩字：值了。"

听了这话，沈建军不再执拗，懊恼地一屁股坐在了沙发上。

打那以后，叶小倩知道了沈建军他们干活的工地，几乎天天往工地上跑，沈建军刚开始对她还是爱搭不理的，可后来架不住叶小倩的软磨硬泡，毕竟都是年轻人，时间一长，二人渐渐又和好如初了。但沈建军始终觉得他跟叶小倩之间有种说不清道不明的隔膜，产生这种隔膜的根源是因为苏迪。沈建军有时甚至想，他之所以跟叶小倩来往，或许只是他排遣孤独寂寞的一种需要，又或许他只是把叶小倩当成了苏迪的影子，而叶小倩只是弥补了他一时得不到苏迪的某种空白而已，有时这么想着，沈建军就感觉自己挺王八蛋的。

那天，一大早，叶小倩赶到"九鼎"公司，给王铁锋带来的意外信息就是：马老板手里有幢楼盘亟待转让。

王铁锋说："到底怎么回事？"

叶小倩说："这个马老板是个生意油，美容，房产，服装，什么都干，可除了美容挣钱外，其他的都弄不好，都赔钱，前段时间还玩起了期货，结果又看走眼了，赔了个底儿朝天，这下公司的资金就出现了巨大亏空，合作方已经向法院起诉他了，窟窿再不补上，他就有坐牢的危险，所以，为了筹钱，马老板只得将手里的几幢楼盘卖掉。"

王铁锋一听，顿时来了精神，对叶小倩说："你马上联系这个马老板，安排我俩见面。"

沈建军说："铁锋，你想干啥？"

王铁锋说："接手他的楼盘。"

王铁锋哪里会想到，当他打电话过去的时候，马老板正在和柳小贝喝茶。马老板想要转售大楼的消息，柳小贝第一时间就知道了。马老板这片大楼的位置，柳小贝已做了考察，绝对是有巨大潜质的地段，如果经营得好，赚钱那是必然的，可柳小贝是何等精明之人，她已经捏准了这个马老板的命脉，名义上约他喝茶，其实是一场看不见硝烟的谈判。一番交锋之后，因为被柳小贝掌握了底牌，马老板只得就犯，最后答应以最底价将楼盘转手给柳小贝。

柳小贝笑了，跟马老板握手告别，说："马老板，回公司后，我马上让人将合同发给你。"

接到叶小倩的电话时，马老板刚把柳小贝送走。

半个小时后，王铁锋的车到了马老板的办公楼下。

马老板有了柳小贝这个买家做后盾，心里有底了，说："王总，实不相瞒，我手里的楼盘已经有买家了。"

王铁锋心中顿时一紧，但依然云淡风轻地说："已经谈妥了？"

马老板点头："妥了。"

王铁锋在商海中厮杀了这么久，察言观色的能力还是有的，于是说话的语气依然不徐不疾："合同签了？"

马老板被问得稍一愣怔，瞬间笑了笑，说："合，合同那就是一张纸的事了。"

王铁锋说："马老板，买家是谁，能否告诉兄弟？我也好帮你参谋参谋，可别让对方把价格压得太低喽！"

马老板支吾了一下,说:"王总,这,这个属于商业机密,不方便透露吧!"

王铁锋却很洒脱地笑了笑,说:"那算了马老板,兄弟不问了。"喝了一口茶,又道:"没事,马老板,咱今天就谈到这儿,生意不成情意在,来日方长,有机会,咱们再合作,那我就打扰了。"说着,就要起身。

马老板这下心虚了,说:"哎,那个,王总,王总,时间还早着呢,别急着走啊!"

王铁锋说:"马老板,恕我直言,我一直看不到您的诚意,这天咱们真的没办法聊啊!"

马老板说:"我一直有诚意啊,真的,王总,坐下来,喝会茶,咱兄弟俩好好聊聊,你先坐下来行不行?"

王铁锋又坐了回去。

马老板说:"王总,你准备给个什么价?"

王铁锋喝了一口茶,说:"对方给你多少?"

马老板不动声色地比画了一下手指。

王铁锋说:"马老板,那你还是卖给他们吧,是个机会,说实话,你那楼盘的位置,我看过了,如果对方真能给到这个价,换成我,绝对立马签合同,真的,你已经赚了。好了,马老板,不打扰了,告辞。"说着,又要起身。

马老板心里暗骂:"这个王铁锋,看上去年纪轻轻,怎么他么老奸巨猾!"于是马上强颜欢笑道:"哎,王总,王总,不要急着走嘛,坐下坐下。"说着,亲自给王铁锋把茶满上,说:"王总,我看你是个直爽的人,这样,咱们也不兜圈子了,一句话,你准备开到什么价?"

王铁锋说:"算了,我这人最大的优点就是喜欢成人之美,既然对方愿意出这么高的价儿,你还是给他们吧!"

马老板这下坐不住了,唉了一声,说:"王总,来都来了,怎么着,你也给个价嘛。"

王铁锋早已胸有成竹，做了一个手势，说："我最多给你这个数。"

马老板心里咯噔一下，很明显，这已经超出柳小贝给出的数目了。

观察到马老板脸上的变化，王铁锋又马上补充道："不过，我有个条件。"

马老板说："请讲。"

王铁锋说："你必须给我一天的时间。"

马老板心中暗喜，看来大鱼上钩了，差不多了，不能再忽悠了，再忽悠，鱼一跑，就鸡飞蛋打了，于是答应道："没问题。"

当王铁锋回到公司，把谈判消息给沈建军、苏迪众人一通报，所有人都傻了，说："天啊，一时三刻，咱们上哪儿给这个马老板弄这么多钱去？"

说实话，一下如何拿出这么多钱，王铁锋也没有答案。沉默了一会，对众人说："都出去工作吧，让我一个人静会。"

王铁锋这一票玩得太大了，连干事从来不讲后果的沈建军都有些犯怵了。所以临带上门之前，沈建军还有些不放心地提醒王铁锋道："铁锋，这笔钱数额太大了，你得三思啊！"

王铁锋说："我知道，你也别劝我了，我都想好了，赚了算大家的，赔了，这个雷我一个人顶，是赚是赔，就这一锤子了。"

沈建军说："在老家时，我每次赌博就是你现在这种心态，可那都是些小钱，输了也就输了，跟这次不一样，这笔钱数额太大了，真输了，那咱们这回可真是连裤子都得当了啊！"

王铁锋没有说话。

沈建军与王铁锋一起光屁股玩到大，这么多年了，他知道王铁锋的脾气，凡是决定了的事，除非你弄死他，否则，这事他就会干。沈建军知道，这个时候劝也没有用，于是叹了一口气，带上门出去了。

几分钟后，一个想法在王铁锋的脑海里形成了，于是他拿起外套，拉开房间门，叫了车直奔林氏集团。当初王铁锋在工地上搞装修的时候，林炳元曾经跟王铁锋说过，以后如果遇到了什么困难，可以随时找他。而现在，对王铁锋来说，是真的遇上困难了。

王铁锋的突然造访，令林炳元颇感意外。王铁锋知道林炳元的时间宝贵，说多了，反而惹对方反感，于是直奔主题，将马老板的事情简明扼要地说了一遍。

王铁锋说："林总，说实话，我手头现在一下拿不出这么多钱，所以，就想到了您，如果这个项目您愿意一起干，那咱们就三七开，我出三成，您出七成，如果您不干，也没事，我这就告辞。"

林炳元盯着王铁锋的眼睛看了一阵，说："直接点儿，这个项目，赚钱的把握你到底有几成？"

"十成。"王铁锋斩钉截铁地说道。

林炳元将烟头往灰缸里一摁："那就干。"

王铁锋强压着内心的兴奋，说："林总，那我这就回公司，马上叫人把方案报给您。"

走出林炳元的办公室，王铁锋火速赶到公司，马上把众人召集起来，将事情一说，众人的嘴巴皆拢成了O形，看来，"九鼎"公司的成败存亡在此一举了。

接下来，王铁锋交代苏迪："你马上动手，在最短时间内将方案做完。"

苏迪说："什么时候要？"

"下班前。"

"已经下班了。"

"那就加班。"

中午饭都没顾得上吃，几个小时后，苏迪将文件真的就做了出来，王铁锋看了一眼，说："就这样，你马上去找林炳元。"

苏迪不敢怠慢，抱着文件直奔林氏集团。很快，苏迪打来电话，告诉王铁锋，林氏集团的账款已经打过来了。就这样，没出一天，王铁锋便将马老板的这单生意给拿了下来。

当柳小贝得知马老板已将楼盘卖给了其他人的消息时,大吃一惊,满腹疑惑地问跑进来跟她报告的秘书:"买家是谁?"

秘书说:"王铁锋。"

柳小贝更感震惊,吩咐秘书马上联系马老板,表示愿意在原来价格上抬高一倍,接到这个信息,马老板后悔得肠子都青了,可王铁锋已和他把合同签了,白纸黑字,再说什么都已经晚了。

柳小贝一脸懊恼地坐在了沙发椅上,气得咬牙,喃喃自语:"这个王铁锋,真的太讨厌了。"

然而,柳小贝似乎铁了心看上了马老板的楼盘,思前想后,觉得一块肥肉就这么让王铁锋给抢走了,心有不甘,于是派她的秘书来"九鼎"公司跟王铁锋谈判,谈判的大意是:想入股,打算和王铁锋一起来开发这片楼盘。孰料,没等柳小贝秘书把话说完,这个诉求便被王铁锋一口回绝了。

王铁锋对柳小贝的秘书说:"回去告诉你们柳总,这事门儿都没有。"

王铁锋的举动让秘书有些意外。

见柳小贝的秘书有些迷瞪,王铁锋说:"怎么着,没听明白?"

柳小贝的秘书点点头。

"好,那我就跟你说得更直接些吧,我烦你们的老板柳小贝,烦她这个人,听明白了吗?"

柳小贝的秘书不卑不亢,点了点头,说:"好,这回我听明白了,但王总,我想多问一句,你为什么烦我们柳总呢?"

王铁锋说:"我跟她有仇,行了吧?"

柳小贝的秘书依然不急不恼,说:"行,就算你跟我们柳总两个人之前有过节,有怨,有仇,可你不会也跟钱有仇吧?"

王铁锋一愣:"你什么意思?"

柳小贝的秘书说:"王总,实不相瞒,我这次来就是代表我们柳总跟你谈合作的，我们柳总说了，你这个人不错，实在，仗义，但就是有点小气。"

王铁锋不高兴了，说："她说谁小气，我啊？"

柳小贝的秘书说："是，我们柳总说了，生意是生意，恩怨是恩怨，一个出色的商人，是不会把这两者混为一谈的，可现在看来，你却把个人情绪带到了生意中来，王总，恕我直言，您这么做，可是犯了商业大忌啊！如此看来，您不能算得上是一个出色的商人。"

这话说得王铁锋心里咯噔了一下，心道，柳小贝这个小秘书行啊，巧舌如簧，釜底抽薪，步步紧逼，一招比一招狠，明明知道她这是激将法，可又句句说得在理，叫你不得不就范。

一番唇枪舌剑，王铁锋内心已"萧瑟秋风今又是，换了人间"。于是，再开口，语气显然有了变化，说："那你们柳总到底什么意思？"

"我们柳总的意思是，这个楼盘如果王总不愿一起开发，那我们柳氏集团愿意买下你们全部的现房，价格上，王总可以随便提，多少都可以商量。"

这下王铁锋不再置气了，将"大哥大"往桌子上一放："买下我全部的楼房？"

"对。"秘书点头，语气坚定。

王铁锋眯了一下眼，说："咱这样，你先回去，跟你们柳总汇报下，就说，她的意思我们会认真考虑，会尽快给她个明确的答复。"

送走了柳小贝秘书，王铁锋马上又把沈建军一干人召集了起来，将柳小贝的意思跟大家通报了一遍。

沈建军一听，当时就变得兴奋起来，说："铁锋，这真是拾麦子打烧饼——净赚，这种好事天下难找。既然这样，还有什么犹豫的，马上跟她柳氏集团签合同，一转手就有钱赚，这种好事，咱们没理由拒绝啊！"

王铁锋说："召集起大家就是想讨论下，如果没有疑义，那这笔生意咱们就做。"

众人都举手表示同意。

王铁锋说:"苏迪,你马上找会计师进行核算,下午把数据报给我。"

下午一上班,苏迪便把报表送到了王铁锋的办公室。

王铁锋看过报表,说:"这个柳小贝,我一来厦门就遇上了她,我的三轮车一个车圈都让她给怼瘪了,她不道歉不说,还听信她那个司机的谗言,说我是碰瓷儿的。以我对她的了解,此人不是个善与之辈,按理说,这次本该狠狠宰她一刀,可既然这次她主动登门求生意,又是个女子,我王铁锋也不能太坐地起价,否则真成了她说的那种小器之人了。"说完,仿佛气也消了,于是抬头跟苏迪交代:"成交的价格就这么着吧,但要备注上去,这个价格一分都不能少了,少一分钱都不要谈了。"

令王铁锋没想到的是,合同发过去的第二天,柳小贝就回复了,说,没问题,并且强调说是一次性全部买下。

签订合同的第三天,柳氏集团的钱如期到账。

王铁锋和林炳元第一次联手做生意,便赚得盆满钵满。接下来,赚到了钱的王铁锋又开始了更新、更为大胆的想法,他已不再满足于自己的公司仅仅做装修生意,而是利用手中这笔钱扩大自己的经营范围,将业务拓展到建筑行业。与此同时,他开始认识到,随着改革开放的逐步深入,文化知识和高水平的专业技术对于一个公司的发展将越来越重要。为此,他把丁国庆送到了大学进修,此外,还与侨星大学土木工程学院建立了校企合作关系,吸引更多的建筑专业的高层次人才进入他的公司。

第十三章 看不见的硝烟

那天，王铁锋又接到林炳元的电话。林炳元说是有件重要的事情谈，希望王铁锋能到他公司来一趟。见了面，简单的寒暄之后，便切入正题。林炳元问王铁锋这段时间有没有关注到政府出台的"海上花园"这个城市建设规划？王铁锋点点头。林炳元又问王铁锋想不想参与这个项目？

王铁锋说："参与肯定非常想参与，可在建筑领域，我是个新人，我有这个心，却没这个能力啊！"

林炳元不同意王铁锋的看法，摇了摇头，说："你有这个能力，对于政府这个规划，我们集团很有兴趣，可前段时间 L 段工地在消防安全检查中出了点状况，没能达标，被要求自查整顿，受此影响，集团现在不方便出面竞标，所以，我想以你'九鼎'的名义去参与这次的竞标，说直白一点，我就是想借你之力，打个翻身仗。"

王铁锋说："可我的公司现在没有这个实力啊！"

林炳元说："这个你放心，到时林氏集团会给予你全力的支持。"

王铁锋沉默，不知道如何答复林炳元。

林炳元似乎已看穿了王铁锋的心思，语气变得越发委婉了起来，说："铁锋，我希望你不要拒绝我，我之所以做出这个决定，出于以下几点考虑，一，'海上花园'这个项目，我已经关注并且酝酿了很久，不想就这么放弃掉。二呢，如果咱们能合作成功，对你来说也是机会，你年轻，有能力，有魄力，只是缺乏施展的机会，我可以负责地说，现在'海上花园'这个项目就是你大展身手的机遇和平台，我真的希望你能够抓住它。铁锋，我相信你也知道，很多时候机会只有一次，并且稍纵即逝，一旦失去了，就再也没有了。"

王铁锋犹豫了。

林柄元看了看手表，说："该吃饭啦，走，到餐厅吃饭去，咱们边吃边聊。"

吃饭的过程中，林炳元又对王铁锋晓之以理，动之以情，语重心长地谈论这次二人再度合作的价值和意义。

一番沉思过后，王铁锋最终答应了和林炳元的再度合作。

临分手，林炳元将一份文件交给王铁锋，说："这是'海上花园'的规划书，你拿回去好好研究研究，有什么想法，随时告诉我。"

当天下午，王铁锋回到公司，将他和林炳元的谈话内容跟沈建军众人通报了一遍。

沈建军说："我觉得这是件好事啊！有林氏集团这么个财大气粗的老板的支持，咱们怕什么，我赞成和林炳元的合作，到最后，无论成功与失败，对咱们都没有什么实际的损失，既然这样，咱们还有什么可犹豫的。铁锋，听我一句，干吧！"

王铁锋又看苏迪。可没等王铁锋开口，苏迪先反问了一句王铁锋："你自个儿有什么想法？"

王铁锋说："说实话，这件事我真没什么把握，所以才把大家召集起来，讨论一下。"

沈建军说："我感觉，林炳元说的没什么不对，于情于理，我想他也没必要坑咱们，再说了，就咱们这点家底，他林炳元还能看在眼里？"

王铁锋说："我倒不担心这些，我担心的是这件事或许并不像表面看上去那么简单，而是背后隐藏着什么更深的玄机。"

沈建军咳了一声，说："依我看，没那么复杂，别本来没什么事，咱自个儿吓唬自个，错失良机，铁锋，真的，这次就听我的，干吧！"

王铁锋想了想，说："这份计划书，大家拿回去先看下。"然后，又交代苏迪："如果感觉没什么问题，就做个可行性报告给我，林炳元那边还等着我的回话。"

三天后，大家一致同意和林炳元合作。当天下午王铁锋和林炳元再次见面，双方达成共识：以"九鼎"公司的名义参与"海上花园"的竞标。

接下来，就是紧锣密鼓地制订一系列作战计划。等到真正参与进来，王铁锋才发现，原来对"海上花园"这个项目感兴趣的公司竟如此之多，并且参加竞标的每一家公司似乎都志在必得，群雄逐鹿，大有血战到底之势。不过，经过排查，王铁锋发现对他来说，感觉真正强劲的对手也就那么几家，一家是柳氏集团，主将是柳小贝，盟军很多，来者不善，不可小视。另一家就是金氏集团，主将是金永年，其盟军实力几乎跟柳氏集团不相上下，也是信心满满，来势汹汹，可以说是王铁锋他们这次参与竞标的最大对手。

那天，金永年将集团的中上层干部悉数召集了起来，开会研究这次竞标的具体方案和策略。会议要结束的时候，金永年让助手胡玉春向在座的各位成员通报了收集到的最新情报：这次竞标中，金氏集团最大的竞争对手林氏集团因为上次的消防大检查不达标，被勒令自查整顿，受此影响，估计林氏集团这次是没戏了。听了胡玉春的通报，金氏集团上上下下信心大增。

会议结束，大家相继散去，金永年回到自己的办公室，突然感觉到胸部有所不适，于是慌忙从抽屉里拿出了药，放在嘴里，端起水杯，刚喝了一口水将药送下，听到有人在外边敲门。

门一开，胡玉春进来了。

胡玉春一脸的沉重，给金永年报告说："金总，刚才医院打来电话，看来桂姨的病情不容乐观啊！"

金永年的眉头不由得一皱，说："到底什么情况？"

胡玉春压低声音,说:"医院的检查结果出来了,说是肺癌,晚——期。"

听了这话,金永年惊得手里的茶杯差点没脱落,不安地问道:"怎么会这样?有没有弄错?"

胡玉春回答道:"不会弄错,我请的是全厦门最优秀的专家给桂姨会诊。"

金永年一时无语。要知道,桂姨对他们老金家是有恩的。桂姨是侍候了金家数十年的保姆,金永年的妻子去世后,金永年忙于事业,抚养金少宇的重任就落在了桂姨的身上,桂姨任劳任怨把金少宇当成自己的亲生儿子来养,金少宇也一直把桂姨当成自己的母亲看,后来,金少宇长大了,桂姨也老了。再后来,金少宇出国读书,毕业后,一直待在北京,他和父亲虽然冷战多年,老死不相往来,可对桂姨却是尊敬有加,隔三岔五就会打电话问候她的身体状况。

胡玉春小心翼翼地问:"金总,你看,桂姨这事,要不要告诉少宇呢?"

金永年点了点头,说:"当然要告诉他,当年因为他母亲去世的事,他一直恨我,现在桂姨又得了重病,再不告诉他,那他这辈子可能真就不认我这个爹了。"

按照金永年的交代,出了办公室,胡玉春马上给北京的金少宇打电话。金少宇在电话里刚开始听到桂姨病情的那一刻,根本不相信这是真的,他以为自己的耳朵出毛病了,直到胡玉春一字一顿又把事情说了一遍,金少宇如遭雷击,整个人都傻了。

电话那头,胡玉春喂喂了很久,金少宇才缓过神,说:"胡叔,医生怎么说?"

胡玉春说:"医生说,病人最多还有三个月的时间。"

金少宇强压悲伤,声音哆嗦,说:"这不可能,胡叔,你把桂姨送北京来,我要在北京给她找最好的医生,桂姨把自己的一辈子都奉献给了我们老金家,她现在老了,病了,我一定要救她。"

胡玉春说："少宇，听说现在你的娱乐城生意越做越大，你哪有时间照顾桂姨啊？"

金少宇不耐烦了，大声喊道："这个时候，还什么生意不生意的，跟桂姨的命比，再大的生意都不算什么，别说了，你马上把桂姨送北京来，明天，就明天，坐飞机，明天一早，我开车去机场接你们。"

胡玉春不敢怠慢，按照金少宇的吩咐，第二天，天不亮，就派专人护送桂姨坐飞机去了北京。几年不见，桂姨人老了很多，再加上病魔的摧残，人已经憔悴得都不成样子了。见到桂姨的那一刻，金少宇泪如雨下，抱着她，失声痛哭，一个劲地跟桂姨道歉，说都怪自己太任性，没有尽到照顾桂姨的责任。当天，金少宇就将桂姨安排到了全北京最好的医院，请来了最有名的专家为桂姨会诊。

金少宇不知道，就在他忙着组织医生挽救桂姨生命的同时，王铁锋带着"九鼎"公司上上下下的一干人在千里之外的厦门，正和他的父亲金永年进行着一场没有硝烟的战争。

林炳元指示王铁锋，"海上花园"计划的这次竞标，只需成功，不许失败，无论财力，还是人力，林氏集团都将会无条件地给予支援，换句话说，就是不惜一切代价，也要击败最为强劲的对手金永年。

那天，王铁锋正在办公室看一份文件，大贵却火急火燎地跑了进来，顾不上说话，端着桌子上茶杯咕咚咕咚喝了一阵，然后抹了一把嘴，跟王铁锋报告了一个意外的消息。

大贵说："锋哥，金氏集团的老总金永年患有严重的心脏病。"

王铁锋一怔："什么病？"

"心脏病。"大贵压着声音道。

"你怎么知道的？"听了大贵这话，王铁锋更感意外。

大贵说："今天上午，我胃不舒服，就去了医院，结果在取药的时候，冷不丁地看见几个护士推着一个病人往急救室跑，后边还跟着几个人，其中一个是我朋友杜大成。"

"杜大成不是在柳氏集团吗?"王铁锋满脸疑惑地问道。

"前段时间跳槽了。"大贵解释道。

"然后呢?"王铁锋追问道。

大贵说:"我当时感到蹊跷,就把杜大成拉到角落里问他怎么回事?杜大成悄悄地告诉我,刚才推进抢救室的那人是他们集团的老总金永年。听了这话,我当时也是吓了一跳,就问他,金永年得了什么病?杜大成说,心脏病。杜大成还说,其实,金永年患有严重的心脏病已经好多年了,只是这个消息被封闭得紧,除了集团几个核心骨干外,没有其他人知道。完了,杜大成还交代我千万不能告诉任何人。锋哥,你想想,金永年这么大年龄了,摊上这么个病,这人的命说不定什么时候就交待了,这个消息万一走漏出去,是不是一枚重磅炸弹?整个厦门的股票市场是不是得炸锅?"

王铁锋听得也有些迷瞪,沉默了好大一会,将手里的文件丢在桌子上,然后抬起头很严肃地交代大贵道:"事关重大,这件事到我这儿为止,千万不能再对其他人讲。"

大贵一愣,似乎一时半会没回过神。

王铁锋提高了声音:"听到没有?"

大贵吓了一跳,马上打了个立正,说:"听到了。"却又一头雾水,还想跟王铁锋再请教点什么,却被王铁锋给打断了。

王铁锋说:"别问那么多了,我怎么交代,你就怎么做,行了,还有其他的事吗?"

"没了。"大贵被王铁锋的反应弄得大脑一时半会转不过弯儿。

"那就先出去吧。"王铁锋拿起了桌子上的文件。

大贵有些丈二和尚摸不着头脑,他原本想着费了九牛二虎之力挖到了这么大一个新闻,报告给王铁锋,肯定会得到表扬呢,没想到王铁锋却一脸严肃，如临大敌。大贵便意识到事情可能不是他原来想象得那么简单，于是便不敢再多言，哦了一声，小心翼翼地退了出去。

王铁锋一连抽了好几根烟，盯着窗外看了很久，似乎终于做出了什么决定，于是站起身，拿了衣服，拉开门，走下楼去。半小时后，王铁锋坐在了林炳元的办公室，将大贵的话原原本本地跟林炳元复述了一遍。

王铁锋之所以做出这个决定，他的本意是，这件事毕竟非同小可，作为战略合作伙伴，于情于理，他都得跟林炳元通报一下这个情况，然后听听对方的意见。可王铁锋无论如何也没想到，在今后的岁月里，他注定要为这个错误的决定背负良心债了。因为，他怎么也没料到，金永年患病的消息竟会成为林炳元达到个人目的的一个砝码，而王铁锋本人竟也从此稀里糊涂地卷入了一场多年来纠缠不清的家族恩怨之中，并且注定了要为此付出巨大的代价。

第十四章　他不是你的亲生父亲

金少宇虽然为桂姨请到了北京最好的医学专家，可桂姨的病情还是急剧恶化。

眼瞅着桂姨人一天比一天变得憔悴。金少宇难过得心如刀绞，对林曼自责道："我真没用，眼瞅着桂姨一天不如一天，我却无能为力。"

林曼便耐心地劝金少宇，可一劝二劝，劝多了，林曼也不知道说什么了，只得搂着金少宇，轻轻地拍拍他，说："只要你尽力，相信一定有奇迹出现。"可这话似乎对金少宇已起不到安慰作用，因为桂姨每天昏迷的次数越来越多，并且每次昏迷的时间越来越长，医院已经发出了病危通知书。

那天，一连昏迷了三天三夜的桂姨突然醒了，一醒来就喊金少宇的名字。护士不敢怠慢，马上通知金少宇，金少宇当时心里就一紧，他有一种不好的预感，难道这就是传说中的回光返照吗？于是，带着林曼疯了般冲进病房，一把抓了桂姨的手。

桂姨嘴角嚅动，示意金少宇在床头坐下。

金少宇帮桂姨整了整鬓角的头发。

桂姨终于说话了，叫了一声少宇。

金少宇紧紧抓着桂姨的手，哽咽着点头，说："桂姨，我在。"

桂姨呼吸困难，用颤巍的声音说："少宇，我这次一病，怕是不行了。"金少宇激动地安慰桂姨，说："不会的桂姨，不会的，您放心，我已请了北京最好的大夫，一定会把您的病看好的。"

桂姨笑着摇了摇头，说："傻小子，生死有命，我知道我这病是好不了了，人活百岁终免不了一死，我不怕，真的。"

金少宇的眼泪哗地就流了下来，他拼命地攥着桂姨的手，那情景仿佛是他如果稍微抓得不紧，桂姨就会离他而去。

桂姨却突然话锋一转，说："少宇，桂姨对不起你，有一件事我一直瞒了你二十多年，从没有跟你说起过，现在我人不行了，我不想带着这个遗憾离开人世，所以，在没有闭上眼之前，要说给你听！"

金少宇心中一悸，说："桂姨，什么事？您说。"

桂姨说："在把这件事说给你听之前，桂姨有个请求，答应我，你原谅你爸爸好吗？你爸爸其实很不容易，真的！"

金少宇一时不置可否。

桂姨说："少宇，你知道吗？其实，你们不是亲生父子。"

桂姨此言一出，金少宇如遭雷击，脑袋当时就嗡的一下，半天才回过神，情绪更是激动，声音颤抖，说："桂姨，到底怎么回事啊！你说的是真的吗？"

桂姨微微点了点头，接下来，随着桂姨的讲述，一件隐藏了二十多年的事情真相便浮出了水面。

原来，二十多年前，金永年和柳修良在内地的一个小县城一起工作，二人既是同事，又是好哥们。然而，后来"文化大革命"开始了，两个人受到冲击，被打成了现行反革命，就在被抓的当夜，两个人趁着夜色，翻了院墙，逃了出去。老家没法待了，二人便准备偷渡去香港，可后来由于蛇头要价太高，偷渡没有成功，而此时，两个人身上的钱已经花光，就在二人饥饿难当之际，当地一个姓关的木匠收留了他们。就这样，两个人就跟着关木匠学手艺。

关木匠有个女儿，叫关小慧，年方十八。小姑娘长得漂亮，尤其是那双大眼睛，极其水灵，跟会说话似的。金永年见到关小慧的第一眼，就喜欢上了人家，可郎有情，妾无意，关小慧对他压根没那个意思，二人本就是两个不同世界的人。关小慧那时在省城读书，回家的次数很少，有时候即便回家，也待的时间极短，长则五天，短则三天，就又回城了，那时的关小慧在金永年的眼里就像一只蝴蝶，美丽但飘忽不定，看得见，却抓不到，弄得他整个人神魂颠倒，夜不能寐。

后来，柳修良看出了金永年的心思，就劝他，说："实际点吧兄弟，人家关小慧那就是小天鹅，咱们就是那癞蛤蟆，癞蛤蟆想吃天鹅肉的事的确是有，可你看到过有哪个癞蛤蟆真吃到天鹅肉的吗？"

金永年不服气，说："你就是吃不到葡萄，说葡萄酸，看我想追关小慧了，你急眼，才这么说？"

柳修良气得直跺脚，说："我这也是为你好，你知道吗？你怎么分不出饭香屁臭呢？"

金永年赌气说："我偏不信这个邪，即便我是癞蛤蟆，那关小慧这个小天鹅的肉我也得啃上一口，气死你。"

话虽然这么说，可小天鹅就是小天鹅，天鹅的世界永远是癞蛤蟆无法理解的，因为接下来发生的一件事彻底让金永年的心死了。那天，从学校回家的关小慧竟带着一个男的，那男的穿着中山装，英俊高大，鼻子上架着一个眼镜，留着长头发，还向后背梳着，一看就是一个高级知识分子，金永年和柳修良二人跟那男的一比，简直相形见绌，自惭形秽。

金永年问柳修良："这男的是谁啊？"

柳修良说："你真缺心眼还是跟我装呢？这你难道还看不出来吗？这是关小慧的男朋友呗！"跟着，又问了一句："永年，关小慧这块天鹅肉你还吃吗？"

金永年没有吭声。这还用说吗？还吃什么啊！有这么一个风流倜傥的青年才俊在，他这个土老帽还吃个屁啊！再后来，关小慧回家的次数越来越少，听关木匠说，关小慧和那个男的不久就要结婚了。听了这话，金永年心里真的对关小慧的事不再抱任何幻想了。他知道，或许从此以后，关小慧在他的心里就真的只能作为一个美丽的传说而存在，剩下的只有回味了。然而，不承想，两个月后的一个黄昏，关木匠却突然把金永年叫进了自己的房间，关了门，关木匠劈头盖脸就问了一句话："永年，这里就咱师徒俩，没有外人，你跟我说实话，是不是喜欢我们家小慧？"

看师父一脸的严肃，金永年吓了一跳，竟扑腾一下给关木匠跪下了，说："师父，我对不起您，我错了，我对不起您的救命之恩，我王八蛋，我心里不该对小慧存有非分之想。"说着，就要抽自己的耳光。可手刚举到半空，却被关木匠一把抓住了。

关木匠说："行了，你小子，有点出息行不行？我没有埋怨你这个。"

金永年这下愣了，说："师父，那您的意思是？"

关木匠叹了一口气，说："我想把我们家小慧许配给你，你愿意吗？"

这也太意外了。

金永年根本一点心理准备都没有，太阳打西边出来了？否则怎么会有这等好事，这简直是天上掉馅饼啊！可金永年马上就感到了事情的蹊跷，于是小心翼翼地问一句，说："师父，小慧妹妹不是都要和那个很有学问的男的结婚了吗？"

听了这话，关木匠不由得长叹一声，却一时不知道如何开口，看那样子似乎有难言之隐，纠结了好久，终于还是把事情的来龙去脉说了。

金永年这才知道，原来跟关小慧谈了很久恋爱的那个男的有一个姑姑在新加坡，前不久，他的姑姑寄来了一封信，让他过去继承家产，没想到这个男的竟是个现代版的陈世美，一朝变富，竟置他与关小慧两个人几年的感情于不顾，一个人去了新加坡，奔他的美好前程去了。这还不算，更要命的是，那男的走后，关小慧发现自己竟然怀孕了，这可要了关木匠的命了。眼瞅着关小慧的肚子一天天变大，纸里包不住火，这样下去，事情早晚会传出去的。思前想后，关木匠就想出了这么一招，因为，相处这么久了，他早看出来金永年对自己的女儿有那种意思，只是关木匠心里知道，嘴上不说罢了。可出了这档子事，他也没办法了，只得把金永年找来，说出了自己的想法。

金永年听罢，心中一时间真是翻江倒海，打翻五味瓶似的，不知如何是好，发自内心地说，他的确喜欢自己的这个小师妹，可现在的问题毕竟有点棘手。过了好久，金永年才抬起头看关木匠，说："师父，这事你让我再好好想想行吗？"

关木匠点点头。

回到自己的房里，金永年脑袋里乱糟糟的，躺在床上翻来覆去地睡不着，瞪着眼睛，一直到窗户纸发白，最终还是不知道怎么办。

关木匠毕竟年纪大了，老人家一辈子安分守己，清清白白地活人，哪经历过这种事啊，一时急火攻心，第二天，便一病不起，并且眼瞅着病情一天天恶化。那天，关木匠把金永年又叫到自个的床边，这个时候的关木匠已经病得很重了，话几乎都说不利索了，可一双眼睛紧紧盯着金永年，眼神里全是哀求和期盼，如果这个时候金永年还犹豫不决，那关木匠真的就要带着悔恨撒手人世了，那他金永年在今后的岁月里什么时候想起老爷子的眼神什么时候就要心生愧疚，不得安心了。最后，实在是不能再犹豫了，金永年扑腾跪在了关木匠的床前，失声痛哭，说："师父，我答应您。"

关木匠听了这话，嘴角顿时泛起了笑意，两滴混浊的眼泪顺着脸颊滑了下来，跟着，脑袋一歪，人不动了。

就这样，关木匠下葬后的第三天，金永年娶了关小慧为妻。几个月后，关小慧生下一个男婴，取名金少宇。后来，金永年和柳修良开始联手做生意，并且生意越做越大，后二人因财失义，兄弟反目，分道扬镳。再后来，金永年的生意越做越大，人开始满世界乱跑，因无暇顾及家庭，就把桂姨请到了家里当保姆。而关小慧也一直因为那段往事对金永年心存愧疚，所以，全心全意帮金永年打理家庭，管好后方，从不给他添乱，即便到了后来自己生病，也一直不让桂姨告诉金永年，以至关小慧病逝那段日子，金永年还带着队伍在国外考察。可这些大人们之间的恩恩怨怨，年幼的金少宇哪会知道，他只知道，自己的父亲是个老板，长年累月地在外边漂泊，只顾生意，不顾家，也很少回家，即便回来，也是只做短暂的停留，仿佛这个家只是他长途跋涉过程中一个小小的驿站，而不是终点，所以，父亲的这个概念在金少宇的脑海里极其淡薄，尤其是眼睁着自己的母亲病重在床，直至那么凄凉无助地离开人世，都看不到父亲的影子，从此，他恨死了自己的父亲，一想到母亲去世时那双孤独凄苦的眼神，他就无论如何也无法原谅自己的父亲。然而，直到桂姨将这段埋藏了二十多年的事情真相讲给他听，金少宇那扇紧闭了二十多年的心门才突然被打开，他也才突然醒悟，原来，这么多年，他错怪了自己的父亲。

桂姨将这段往事讲完，也似乎终于了却了一桩积压多年的心事，人也轻松了很多，可这种好景没有持续多久，情况就发生了急剧性变化，桂姨的表情很放松，人却渐渐像个被扎破了的气球，开始一点点变得软弱无力，最终脑袋一歪，没了气息。

经历了眼睁睁看着母亲病逝的金少宇，现在，又一次目睹抚养自己多年的桂姨去世，那一刻，金少宇整个人都呆了，不哭不喊，只是任眼泪恣意地流淌。

处理完桂姨的后事，林曼鼓励金少宇给父亲打个电话，这段僵持二十多年的父子误会，是该说开的时候了。金少宇拿出了电话，可挣扎了好久，又放下了，事情发生得太过突然，这种几乎戏剧性的逆转，已经超出了他的想象，要他这么唐突而直接地给被他误会了二十多年的父亲打电话道歉，他真的不知道该怎么说，怎么去开这个口。最后，金少宇对林曼说，其实也是在对自己的说："算了，下周是我爸六十岁的生日，到时，我想回趟厦门，给他祝寿。"

林曼说："看来，你心里还是有你爸的，还记得他的生日。"

金少宇脸上泛起愧疚之色，说："可我从来没给他过生日。我真的太对不起我爸了。"

林曼说:"金伯伯如果知道你现在的转变,一定非常开心。哦,对了少宇,我们公司下周要派我出国,估计到时不能陪你去厦门了。"

金少宇说:"没事,你忙你的。"

林曼说:"北京这边的事,你都安排好了?"

金少宇点点头,说:"即便有天大的事,我也得回去了,我是得当面跟老爸说声对不起了,否则,可能这件事真就成了折磨我一生的遗憾了。"

真的是一语成谶,金少宇哪会知道,就在他忙着处理好北京的事情,准备下周飞回厦门当面给金永年祝寿的同时,远在厦门的金永年却突然出事了。

那天,王铁锋一进办公室,沈建军就拎着一张报纸,一脸紧张地冲了进来,告诉王铁锋说:"铁锋,铁锋,出事了,出大事了。"

王铁锋有些丈二和尚——摸不着头脑,说:"出什么大事了?"

沈建军将报纸递了过来,王铁锋接过来一看,当时就傻了。报纸的头版头条,一行黑体大字映入眼帘,上边赫然写着:金氏集团金永年被曝患有严重心脏病,引发股市动荡。

沈建军说:"铁锋,到底怎么回事?这事出得太突然,不早不晚,就在'海上花园'计划竞标前曝出这一则消息,是不是背后藏有什么玄机啊?"

王铁锋将报纸扔到桌子上,说:"大贵他人呢?"

沈建军一愣,说:"找他干吗?"

王铁锋显然已不耐烦了,大声道:"我说他人呢?赶紧把他给我找来。"

沈建军紧张了,马上出去,不一会,把大贵带来了。

王铁锋将报纸扔给大贵,脸色阴沉,说:"你告诉我,这怎么回事?"

刚一开始,大贵不明就里,可拿起报纸一看,立马回过神了,顿时吓得浑身筛糠,大喊冤枉,说:"锋哥,你是不是怀疑这事是我捅出去的?哎呀,那你把我冤枉死了,天地良心,我对天发誓,金永年有病这件事,我就对你一个人说了,包括建军他们我可都没敢说啊,你都交代我了,我更不可能跑报社爆这个料了,我没那么傻,也没那胆啊!"

王铁锋盯着大贵的眼睛,一字一顿地说:"这件事真的跟你没关系?"

大贵坚定地点头:"对天发誓,跟我没半点关系。"

王铁锋似乎明白了做这件事的还另有其人,于是,将沈建军、大贵两个人推开,径直走了出去。

沈建军追了出来:"铁锋,你去哪儿啊?"

王铁锋头都没回,进了电梯。

沈建军想冲上去追他,电梯门却关了。

大贵冲到窗户边,向下看。

楼下,王铁锋已发动了车辆。

半小时后,王铁锋出现在了林炳元的办公室。

看到王铁锋,林炳元脸上泛起片刻的愣怔,可很快就平静了下来,他似乎已经预料到王铁锋此次赶来的目的。

既然彼此心知肚明,王铁锋便不再绕弯,单刀直入,说:"林总,请你告诉我,你为什么这么做?"

林炳元竟异常地平静,和风细雨地劝王铁锋少安毋躁,要他先坐下喝口茶。两个人就那么相对而坐,几分钟的沉默之后,林炳元终于开口了,说:"铁锋,我知道,这件事,你一定对我有些看法,或者说不理解,不过没关系,我不会介意。"

王铁锋却打断了林炳元,说:"但我介意。"

林炳元依然不温不火,顿了顿,说:"铁锋,你还年轻,有些事看得还过于简单,但我要告诉你的是,商场如战场,战场就是厮杀。"

王铁锋想反驳,却被林炳元打断了。

林炳元说:"说实话,我之所以这么做,也实属无奈之举,这次竞标中,金氏集团是我们最强劲的竞争对手,也最有可能胜出。但你知道吗?为了

'海上花园'这个项目,我已经苦苦筹划了五年之久,我不想就这么稀里糊涂地输掉,可话又说回来,你这么年轻,一旦赢得这场竞争,对你本人也是一次千载难逢的机会,凭着这个万人瞩目的工程,你就可以扶摇直上,一战成名,这是多少人梦寐以求的大好机会,你为什么要白白浪费掉?"

王铁锋刚要开口,林炳元摆了摆手,说:"好了,咱们不要再为此争辩了,我的话已经说完了,何去何从,你自个儿考虑吧!"说完,点燃了一支烟,将目光移向窗外,独自抽了起来。

第十五章 为父报仇

金永年患心脏病的消息被曝光后，在社会上，尤其在股民当中引起了轩然大波。为平息此事，金氏集团专门召开了股东大会。金永年亲自主持会议。会议一开始，他便遭到了几个大股东的质疑。一个五十多岁体形很胖的男人用不满的语气质问道："金总，报纸上说的事到底属不属实？希望您现在能给大家一个交代，你患有重病这事，怎么我们事先一点都不知道，你是不是故意对我们隐瞒了什么？"

其他人马上附和道："是啊，是啊。"

金永年身体已经严重不适，可为了顾全大局，他还是强撑着，努力做出身体无恙的表情，笑了笑，说："我可以负责任地告诉各位，昨天报纸上说的消息纯属子虚乌有，一定是有人在背后中伤金氏集团，我决定走法律程序，已经安排律师就这件事向这家报纸提出交涉，相信真相很快就会水落石出。"

对方继续发问道："可就因为这篇报道，现在股票一路下跌，这对我们这次参与'海上花园'的竞投极为不利，如之奈何？"

金永年说："现在看来，股票下跌已成事实，如果我们一味地就事论事，那就是舍本逐末，也正中了对手的诡计，拨开乱象，看其本质。我认为，对方抛出这样一个子虚乌有的事情，其主要目的是中伤金氏集团，以便达到削弱我方实力，好乘虚而入。鉴于此，我的决定是，不为这些乱象所迷惑，全力做好竞标的准备工作。一旦我们拿下了'海上花园'这个项目，所有的问题都将迎刃而解，到那时，我们的股票将会水涨船高，一路飙升。"

有了金永年上述一番话打气，参加会议的股东们一个个又重拾起信心。会议结束，等众人散去，再看金永年，人却虚脱了一般，脸色蜡黄。

胡玉春发现了异常，于是急忙跑了上来："金总，您没事吧！"

金永年强打精神，咬着牙，吃力地挥挥手。胡玉春会意，慌忙从桌子一侧的包里拿出来一盒救心丸，给他服下。

金永年静静地坐了好久，神色似乎才有所好转，转脸问胡玉春道："竞标的方案做得怎样了？"

胡玉春点头，说："都准备妥当了，您放心吧。"

三天后，在市会展大厅，"海上花园"计划的竞标大会正式拉开序幕。偌大的会场，座无虚席。

王铁锋开着车沿着环岛路，向会场赶去。出发之前，他曾被林炳元叫到办公室。

林炳元交代王铁锋："谋而后动，动必有成。这次竞投，只有一个原则，只需成功，不许失败。"

王铁锋走进会场，甫一落座，竞拍就开始了。

主持人宣读完相关事项，场下在座的竞投人纷纷举牌，而这些举牌人当中，有真心实意想拿下这个计划运作权的，也有纯粹是来看热闹见世面的。几轮下来，价格已飙到了一般小公司不敢再举牌吱声的地步了。再往下，场面就有些白热化，开始血拼了。

柳小贝坐在第三排中间的位置，举牌的过程中，她一直拿眼睛的余光瞟坐在墙角里的王铁锋，柳小贝发现所有人都抡胳膊上阵争得焦头烂额了，王铁锋却一副气定神闲的模样，柳小贝的心里不由得狐疑起来。按理说，这个王铁锋今天肯定不是来看热闹的，可他为什么一直默不出声，坐山观虎斗，俯桥看水流呢？

王铁锋拨拉了一下手里的竞标牌，似乎感觉到了异常，抬头，逆着柳小贝的目光望了过来。柳小贝想将自己的眼神抽回，却来不及了，于是两个人的目光就那样不偏不倚地相遇了。

王铁锋冲柳小贝咧了咧嘴角,笑了笑,算是打招呼。

柳小贝却没有任何表情,转过脸,又开始注视台上的情况。

竞投仍在继续。

坐在另一侧墙角外,一直没有发声的金氏集团的副总胡玉春举起了手中的牌:"三千万。"

主持人马上大声喊道:"三十八号,报价三千万,三千万一次,三千万两次,还有没有其他叫价的?"

胡玉春出的这个价已经是天价了,台下一片寂静。

主持人见台下无人应答,便举起了锤子,可刚要往下敲,柳小贝却突然举起手里的牌子:"三千五百万。"

主持人的声音一下提高了好几倍:"六十二号,报价三千五百万。"

"哇!"人群里立时出现了骚动。

所有人的目光投向了柳小贝。

胡玉春也愣了一下,他没想到金氏集团都出到这个价格了,竟还有人再追加。

主持人的声音还在继续:"三千五百万第一次,三千五百万第二次。"

这时,王铁锋的眼睛盯向了胡玉春。

胡玉春犹豫了一下,旋即又举起了牌子:"四千万。"

这下,场上的气氛就有点要燃爆的意思了。

主持人的情绪似乎也被这场惨烈的竞争给引燃了,扯着嗓子喊:"三十八号,报价四千万。"

王铁锋的眼睛一直紧紧地盯着胡玉春,观察他的神情。

主持人又喊:"四千万,第二次。"

柳小贝想再举牌,可牌到半空,又停住了。她犹豫了。谁都知道,按照胡玉春现在给出的这个拍卖价格计算,楼面价格已经高于周边地块的住宅平均价格了，这个基础上再追价，即便拿下这个项目，也是赔本赚吆喝，如果再继续追加，那对于一个商人来说，无疑是一场丧失理性的自杀游戏。

台下，没有人回答主持人的提问。

主持人的目光再次扫视了全场之后，举起了锤子，刚要往下敲，王铁锋突然举起了手里的牌子："我出五千万。"

他这一突然举动实在是太具有冲击力了，一下把所有在场的人都震蒙了。整个竞拍过程中，王铁锋一直处于守势，隔岸观火，没想到就在这个节骨眼上，他突然发力，这大大出乎了胡玉春的意测，所以，一时有些措手不及。要知道，胡玉春刚刚给出的这个价，已是金氏集团所能承受的最高价格，也是出发前，金永年和胡玉春两个人所能估测到的最高价格，以金永年的猜测，没谁再会给出高过这个数字的价格了，否则，这就超出了商业竞争的游戏规则，没有什么深仇大恨，谁会跟钱开玩笑呢！

就在胡玉春愣怔的瞬间，主持人已喊出了："五千万，第一次。"

这个时候，胡玉春无论如何是不敢自作主张的，于是，马上拨通了金永年的电话，而此时的金永年正坐在家里的沙发上，同样在焦急地等着胡玉春的消息。桌子上的电话一响，金永年一把抓起了电话，没想到胡玉春报告给他的情况竟大大出乎他的意料。

电话里，胡玉春声音低沉却语速急促地跟金永年请示："金总，怎么办？"

金永年犹豫了一下，说："谁出的这个价格。"

胡玉春说："'九鼎'公司的王铁锋。"

金永年心中顿时感到了事情的蹊跷，这怎么可能？以这个王铁锋的实力，他不可能给出这个天价来，其间必定另有隐情，不行，不能让他得逞。然而，就在金永年稍一沉吟的当口，事情已发生了不可逆转的变化，还没等他的命令出口，拍卖场上，主持人的锤子咣的一声就砸了下来。

一切都晚了，一切皆成定局。

那一刻，场上有几秒钟出奇的静，紧接着，响起了雷鸣般的掌声。

此时此刻,胡玉春已无回天之力,于是很沮丧地跟金永年报告,说:"金总,王铁锋他们竞标成功了。"

听到这句话时,金永年胸口处突然一悸,身子不由得一颤,脸色立时变得煞白,跟着手脚便不听使唤,他的心脏病发作了。

电话这头的胡玉春预感到不妙,慌忙喊:"金总,金总。"而此时的金永年痛苦地扶着桌子,电话从他的手里滑落,他的身体也越来越支撑不住,最终,扑通一声,瘫倒在地,不省人事。

金少宇接到胡玉春电话的时候,整个人顿时就傻了。这怎么可能呢?他刚刚处理完手头的事,机票都订好了,明天他就要飞回厦门,给被他一直误会了二十多年的父亲过六十岁的生日,他甚至都能想象得到,那时父子重归于好,金永年开心幸福的样子。可怎么会在这个节骨眼上发生了这样一件令人意想不到的事情呢?对金少宇来说,这简直是晴天霹雳,一时半刻,他无论如何接受不了这个现实,然而,直到几个小时后,下了飞机,由胡玉春派来的小车将他接到医院,眼前的情景彻底使他惊呆了。一切都是真的,被自己误会了二十多年的父亲的确已经不能再开口说话了。

在金永年的床前,金少宇长跪不起,痛哭流涕。

"树欲静而风不止,子欲养而亲不待。"世上还有比这更让人痛心的吗?金少宇抱着父亲的遗体,一时间,天旋地转,肝肠寸断。

一连三天,金少宇就那么守在金永年的灵前,不吃不喝,人已明显地瘦了一圈。

胡玉春看在眼里,急在心里。那天黄昏时分,胡玉春又走了进来,劝慰金少宇。

胡玉春说:"少宇,老话说,人死不能复生,金总人已经走了,逝者安息,生者坚强,何况偌大一个金氏集团还得有人撑起来,这个时候需要你尽快从悲伤中走出来。"

金少宇抹了一把眼泪,没有说话。

胡玉春继续说道:"虽然这次'海上花园'计划的竞标我们失败了,但对于我们来说也只是失去一个战场,并没有失去整个战争,如果你爸泉下有知的话,他也一定希望你尽早振作起来,接替他的位子,带领大家继续前进,去完成他生前未竟的事业。"

金少宇抹了眼角的泪,抬起了头,终于说话了。

金少宇说:"胡叔,你告诉我,这一切到底是怎么回事?我爸本来好好的,怎么会突然就暴病身亡了呢?他是不是受了什么刺激?"

胡玉春叹了口气,于是把这次"海上花园"项目及金氏集团跟王铁锋的"九鼎"公司之间的瓜葛纠缠,前前后后,一五一十地说了一遍。

金少宇的脸色变得越来越阴郁!

第十六章　错综复杂的家族恩怨

得知金永年去世的消息，王铁锋的心里也咯噔了一下，他隐隐觉得金永年的死跟这次"海上花园"计划的竞标有着直接关系，思前想后，觉得有必要跟林炳元做一次深入的交谈，他想听听林炳元对于这件事的看法。王铁锋甚至有一种预感，金永年和林炳元两个人之间肯定有什么不为人知的深仇大恨，否则，这其中发生的很多事情都没办法用正常的逻辑和情理来解释！

王铁锋正思索着，林炳元的电话却打了过来。电话里，林炳元告诉王铁锋，他已经派人在酒店订好了位置，到时一起吃饭聊聊天。

那天的晚宴很丰盛，眼前尽是山珍海味，林炳元的兴致也很高，可王铁锋却吃得没滋没味，他心里装着事，推杯换盏，一晚上都在勉强应付着，直到其他人相继离去，就剩下他和林炳元两个人了，王铁锋依然坐着没动。

林炳元点了一支烟，看了看王铁锋，说："铁锋，我看你一晚上心事重重的，一定有话问我吧。"

王铁锋点点头。

林炳元说："和金永年有关？"

"对。"

林炳元说："你一定想问，我和金永年之间是不是有什么恩怨，否则为何非要置对方于死地？"

"对。"

王铁锋还想再继续追问，没想到，林炳元却叹了一口气，突然哭了起来，说："好吧，既然这样，我就给你讲一段关于我和金永年之间的二十年前的往事吧。"

听完林炳元下面的这段叙述，一直如坠云里雾里的王铁锋才如梦方醒。原来，桂姨去世前给金少宇讲起的那段往事，只是故事的其中一部分，或者说，桂姨对整件事情的来龙去脉也是只知其一，不知其二。其实，事情的整个过程是，金永年和柳修良当年跟关木匠学手艺，那时的金永年年轻好学，人也聪明，只一年，就已经出师了。关木匠平日里主要接镇上的活儿，数量毕竟有限，于是，便把柳修良留在身旁帮工，把金永年介绍到镇里一家木器厂去干活，而这个木器厂的厂长就是林炳元。

林炳元有个妹妹叫林若兰，人长得非常漂亮，方圆十里八乡一打听没有不知道的。所以，在当地的年轻人当中盛传着一句话叫，"国花有牡丹，美女林若兰"。在林炳元的印象中，那时候上门给他妹妹提亲的人都快把家里的门槛挤破了。这些人当中有当官的，有经商的，还有部队的，可都被林若兰一律回绝了。一次回绝，两次回绝，次数多了，林炳元慢慢感觉事情有些蹊跷，心中便暗自嘀咕，心说我的这个妹妹是不是有什么毛病啊？怎么来一个拒一个，来一个拒一个？难道这么多人当中就没一个入她眼的吗？于是便开始暗中观察，结果一观察不当紧，发现出事了。原来，林若兰心里早已有人了，而这个人就是金永年。林炳元不由得气不打一处来，心中暗骂，看来这个金永年也是那种"面憨心里猴，假装老实头"的主儿，来厂里这么久了，一天到晚不显山不露水的，没想到竟背着我，对我妹妹下手了，这还了得！

其实，林炳元错怪了金永年，因为那时在金永年的心里只有自己的师妹关小慧，没有林若兰。林若兰人虽然漂亮，可金永年对她却提不起兴趣，也就是说，林若兰纵然漂亮，却不是他喜欢的那种类型。可感情这东西就是这么奇怪，说不清道不明，令人费解，他不喜欢林若兰，林若兰却喜欢他，按林若兰的话，她尤其喜欢金永年干活时的样子，总是低着头，心无旁骛，那股专注劲特别迷人。

　　林炳元发现情况后，对妹妹的这段恋情坚决不同意，他要棒打鸳鸯，在他的意识里，以妹妹的条件什么模样的男的找不着？脑袋叫驴踢了，非得找个金永年这样的土包子？然而，萝卜白菜，各有所爱。林炳元看不上金永年，但在林若兰眼里，她就是觉得金永年人好。于是兄妹二人就杠上了。但在妹妹这边，林炳元狠不下心，于是只得警告金永年："不能欺负我妹妹，否则，老子弄死你。"直到后来，金永年发现关小慧跟她那个男朋友眼瞅着要结婚了，他也就慢慢死心了，心说认命吧，于是，就开始一点点接受了林若兰。然而，天有不测风云，就在金永年和林若兰两个人共坠爱河的时候，却出现了关小慧被抛弃的这档子事。念于师徒情分，金永年一番痛苦的挣扎之后，最终选择了跟林若兰分手。再后来，他就带着关小慧母子去了新加坡。然而，金永年哪曾想到，此时的林若兰竟怀了他的孩子。自己的亲妹妹竟未婚先孕，出了这种事，在林炳元看来，这简直是林家的奇耻大辱，于是坚决要妹妹把这个孩子打掉，可林若兰死活不愿意，铁了心要生下这个孩子，于是趁着一个黑夜，从家逃走，到了几百里外的乡下躲了起来。几个月后，林若兰生下一个女孩，又过了几个月，林炳元终于打探到妹妹的下落，便去乡下找她，结果林若兰拒不相见。没办法，林炳元只得让人带话给林若兰，劝林若兰把孩子送人吧，然后她可以回家，再重新找个人家好好过日子。没想到，林炳元这番苦口婆心的劝说却被林若兰一口回绝了。林炳元再恨再气，毕竟是自己的亲妹妹，思前想后，不忍心抛下她不管，于是一次次地来找她。最后，把林若兰惹急了，便跟林炳元摊牌说："哥，如果你心里还有我这个妹妹，还心疼我，就别再逼我了，你要再逼我，我就抱孩子跳河，即便我们娘俩一起死了，我也不嫁人。"

　　林炳元以为妹妹说的是气话，没当真，后来，还是给林若兰找了一个男的，然后一起去见林若兰。林炳元怎么也没想到，悲剧就此发生。林若兰真的就跳河了，等林炳元带人赶到河边的时候，只看见林若兰的一只绣花鞋，她的尸体三天后被下游的一个渔民打捞到，可找遍方圆百里也没找到孩子的尸体。抱着妹妹的遗体，林炳元哭得死去活来，他把妹妹的死因完全归罪于金永年，从此，在他的心里就种下了仇恨的种子，发誓有朝一日，一定要让金永年身败名裂，给妹妹报这个血海深仇。

故事讲完了，林炳元放声痛哭，这个仇恨的种子在他心中积蓄了二十多年，生根，发芽，然后长成参天大树，终于有一天，在他的处心积虑下，金永年败了生意，丢了性命，妹妹的这个仇总算给报了，可林炳元心里却突然感到空落落的，竟完全没有从前想象的那种复完仇后的快感。相反，随之而来的却是深深的不安和愧疚，他开始怀疑自己所作所为的意义，如果他的妹妹真的泉下有知，或许，她想给林炳元说的不是感谢，不是感谢他为她和孩子报了这个仇，而是彻底地对他的绝望和痛恨，作为局中人，或许她自始至终也没有埋怨过金永年半句，或许金永年在她心里依然完美无瑕，爱之如初。而他林炳元却做了最无聊、最自以为是的蠢事，自以为帮了自己的妹妹，实事上却彻彻底底地伤了她的心。

听完林炳元的叙述，王铁锋呆呆地坐着，久久无语。他怎么也没想到，金永年和林炳元两人之间竟隐藏着这样的一段恩怨，而他本人作为一个局外人却又稀里糊涂地被卷了进来，一时间，他不知道该如何和林炳元继续谈这话题。

林炳元抹了一把泪，像是终于下定了决心要与一段悲伤的往事告别。最后，抬起头，看了看王铁锋，开口说道："铁锋，这是我们这辈人的恩怨，跟你没关系，你是年轻人，我把这段往事讲给你听，只是想告诉你，这个世界上没有无缘无故的爱，也没有缘无故的恨，我这么对金永年，并不是我林炳元是个恶人，种下什么因就要收什么样的果，他金永年有今天，其实是罪有应得。说实话，现在出现了这个局面，我不后悔，如果真有什么天道轮回，因果报应，那到时就让他金永年找我的麻烦好了，我不怕，真的。可话又说来，我也真的没想到，会因为竞标这件事，把他的命给要了。

二十多年了，我一直在寻找一个为我妹妹报仇雪恨的时机，我是想整他金永年，可真的没想要他的命啊，现在出了这么一档事，是谁也不愿意看见的，可它就发生了，咱们已经无力回天，如果非要负什么责的话，那天塌下来，由我一个人顶着，跟你没关系，你放心吧，接下来，你唯一要做的就是好好把握机会，把这个'海上花园'计划干好。"

林炳元虽然这么说，可王铁锋还是为金永年去世这事耿耿于怀，总感觉心里堵得慌。但正如林炳元所说，事到如今，不管你愿不愿意接受，它已经发生了，何况，他王铁锋自始至终真的对金永年和林炳元二人之间的这段恩怨一无所知呢！

最后，王铁锋狠了狠心，安慰自己："哎！算了，明天的太阳还会照样升起，接下来的路还得继续走。听林炳元的，过去的就让它过去，还是好好干好接下来的事情吧！"

第十七章　顺势而为

随着市场经济体制的初步建立和逐步完善，中国的经济发展一路高歌，突飞猛进。全国范围的建筑市场也呈现井喷式增长，作为改革开放最前沿的窗口城市，厦门的建筑行业发展更是生机蓬勃，蒸蒸日上。

赶上了好时代的王铁锋，如鱼得水，意气风发。"海上花园"计划进展顺利，一年没出，又接连承建了两个大项目。随着在商场上不断地历练，王铁锋与众不同的战略眼光和管理才能也越发地展露出来。在他的带领下，"九鼎"公司的发展战略得以明确：以建筑为主营业务，继续扩大经营范围，开始涉及茶叶、服装等产业领域。

那天，王铁锋正在办公室看文件，苏迪却带着一个人走了过来，王铁锋抬头一看，来人竟是牛百岁，顿时喜出望外，拉了牛百岁，说："老牛，你怎么来了？快坐快坐。"

寒暄过后，切入正题。

牛百岁告诉王铁锋今年他们村的茶叶长势喜人，村民们都想乘着改革开放的春风，再上一层楼。以前都是各家各户单干，消耗成本较高不说，茶叶的产品质量还得不到保证，经济效益较低。现在，茶农们有了新的经营理念，开始由原来的粗放型生产向集约型转变，想建设茶叶生产基地。

牛百岁说："铁锋老弟，我敢保证，生产基地一旦建成，肯定能赚大钱，这么好的机会，我第一个想到的就是你，所以就马上来厦门找你。"但牛百岁马上又补充了一句，说："可是有一个前提，这个基地的基础设施建设需要有前期投入。"

一听又得先期投资，一旁的沈建军马上不干了，说："老牛，你还记得前些年咱们签的那份合同先付定金的事吗？这怎么又来了？"

牛百岁说："建军老弟，我以我的年龄跟你保证，现在跟那个时候不可同日而语了，说实话，那个时候，我也是摸着石头过河，但经过这几年的摸爬滚打，我已经积累了相当多的经验，这次建设茶叶生产基地的事，如果没有十分的把握，我根本不敢来见你和铁锋。"

众人都看王铁锋。

王铁锋想了想，说："老牛，咱这样吧，先让建军跟你回去做下实地考察，回来如果觉得可以，我再想办法给你筹钱投资，你看行不行？"

牛百岁马上点头，说："行。"

就这样，沈建军跟牛百岁当天就买了车票，连夜去了武夷山。几天后，沈建军回来了，整个人态度大变，说："铁锋，投吧，没问题，真是眼见为实，那里的茶叶真多，真的是满山遍野的绿啊，天时地利人和，全齐了，只要咱们好好经营，不赚钱都没有天理。"

听了沈建军的报告，王铁锋马上拍板，让苏迪转账给牛百岁，对建设茶叶生产基地进行先期投资，而生产基地的具体事务交由牛百岁打理，他只负责听取牛百岁每个季度呈上来的收支报告。按王铁锋的话说，"九鼎"公司未来的发展战略目标不仅要在建筑行业领域中做到最优秀，还要把"九鼎"做成一个品牌，这个品牌除了以建筑为主营业务外，还将涵盖到其他各个领域，多元化发展，实现经济效益最大化。并且"九鼎"这个品牌不仅要在国内叫得响，有一天还要代表中国走向国际。可话又说回来，王铁锋毕竟年轻气盛，财一大，气一粗，整个人也变了，大背头，穿名牌，戴墨镜，出入轿车，在海边还买了大别墅。弄到最后，连"大哥大"都不亲自拿了，由大贵拎着，一来电话，大贵先把关，能接的，就赶紧追上王铁锋，递上去；不能接的，大贵直接就给摁了。多年后，王铁锋再回首往事时，连他自个儿都检讨自己：那时候，乍一富起来，整个人都有些飘了！

对于王铁锋的变化，丁国庆看在眼里，有心想提醒王铁锋不要忘记了初心，可他又不敢跟王铁锋直说，于是只得跟苏迪讲，说："苏迪，铁锋，这人可变了啊！"

这还用说吗？苏迪当然也看在了眼里。

丁国庆说："苏迪，什么时候，你可得劝劝铁锋，富时不忘穷时苦，难道不记得曾经在老家喝地瓜粥的日子了？难道不记得当年我们三个人刚来厦门时蹬着三轮车起早贪黑地卖水果的日子了？"

苏迪笑了，说："的确是，哎，国庆，你怎么不自己跟他说啊？"

丁国庆吓得连连摆手，说："我就是不敢跟他说，才找你的嘛！"

那天，苏迪走进了王铁锋的办公室。

王铁锋正在处理文件。苏迪一声不响地在对面坐下，就那么静静地看着他。

王铁锋感觉到了动静，于是抬起头，发现是苏迪，有些意外："苏迪？"

苏迪说："你工作时那副专注的样子的确很迷人，怪不得公司的小姑娘们都在私下里议论你。"

王铁锋突然意识到苏迪好久没跟自己开玩笑了，于是，笑了起来，说："以我的经验，你哪次要夸我了，一定是我做错了什么事。"

苏迪咯咯地笑了起，说："别紧张，不过，真有件重要的事跟你谈。"

"什么事？"

"今天是你的生日。"

王铁锋一愣，这个话题太让他意外了，不由得一惊："哟，我真给忘了。"

苏迪说："晚上你没事吧？"

王铁锋合上文件夹，说："如果干，永远干不完。如果不干，现在咱们就可以下班。"

苏迪说:"那咱们今晚就好好庆祝一下。"

王铁锋说:"好,我让大贵给酒店打电话。"

苏迪说:"不要,晚上去我那儿吧。"

这话令王铁锋有些意外,怔了一下,旋即又笑道:"行,把大家都叫上。"

"不,就咱俩。"苏迪很认真地纠正道。

王铁锋又是一怔,可看苏迪一脸的认真,犹豫了片刻,还是点了点头。

那天晚上,所有的菜都是苏迪亲自做的。王铁锋给她打下手。苏迪在厨房与客厅间不停地穿梭,看得出,她人很累,但很幸福。一番忙碌,烛光晚餐被苏迪布置好了。苏迪和王铁锋两个人隔着桌子,相对而坐。王铁锋突然感觉有些莫明其妙地不自在起来,明明他和苏迪已认识多年,两个人熟得不能再熟,可真的单独坐在一起共用晚餐,尤其是这样独处一室,空气中似乎也多了一份说不清道不明的味道。相较而言,苏迪却显得格外的落落大方,从容不迫。

苏迪说:"怎么样,我做的这菜还算丰盛吧?"

王铁锋笑着点点头。

苏迪从酒柜拿出一瓶红酒,打开,将两只高脚杯满上,自己端起一只,另一只给了王铁锋,然后,一双水汪汪的眼睛看着他,说:"生日快乐。"

"谢谢。"王铁锋也端起了酒杯。

二人推杯换盏,不觉间,几杯下肚,借着烛光,王铁锋发现苏迪的脸有些微红起来,都说灯下观美女,无姿也三分。何况是苏迪本来就这么漂亮的江南女孩。望着苏迪,王铁锋的神情突然有了片刻的恍惚,可旋即又收回了眼神。

苏迪给王铁锋舀了一勺汤,说:"还记得这个汤吗?"

王铁锋点点头,说:"记得,当初的'再回首'餐馆就是靠它撑起来的。"

苏迪说:"来,喝一口,看还能不能找到那时的味道,我记得,当时你可喜欢喝这汤了,天天缠着我给你做呢!"

这话一下把王铁锋的回忆给勾了起来，心里也顿时一酸，往事如烟，历历在目，虽已遥远，却又恍若昨日。然而，自从干了公司，天天山珍海味的，他有时真的就把这汤给忘了。

两个人越聊越多，苏迪发现王铁锋已顺着她的引导慢慢把自己的心扉打开了，于是话锋一转，说："铁锋，有些话我说了，你可别不高兴，好吗？"

"不会。"王铁锋放下手中的酒杯，开始正襟危坐。他知道，苏迪心里一定有好多的话要跟他说，他也突然发现，他的确已好久没好好聆听苏迪的谆谆教诲了。

苏迪说："铁锋，你知道吗？一个男人有了金钱和地位以后，往往就会不知不觉间迷失自我，这或许是人的本性吧，而不是哪个人的错，同样，你发现了吗？现在，你身上也出现了这样的问题。"苏迪的话说得直接，但看王铁锋的眼神却充满着柔情。

王铁锋感觉自己的脸忽地有些发烫，但还是很认真地点点头："是。"沉默了好一会，才端起酒杯，说："苏迪，谢谢你的晚餐，更谢谢今晚你的这些话。"

苏迪说："铁锋，我说这些真的是为了你好。"

王铁锋不停地点头，说："我知道，我知道。苏迪，你知道吗？这么多年，在我心里，一直把你当成人生路上的指明灯。"

听了王铁锋的话，苏迪咯咯地笑了起来，说："我这么了不起啊？"

"是的。"王铁锋一副认真的神情。

苏迪有些受宠若惊了，端起酒杯，含情脉脉地看着王铁锋，说："铁锋，我的话，你还能听，我真的很高兴。"

王铁锋说："你放心吧苏迪，你的话，我永远会听。"

"真的吗？"

"真的。我一直把你当成我的人生导师。"

"那你敬自己人生导师一杯呗!"苏迪突然歪了脑袋,做出撒娇的表情。

"好,我敬我人生导师一杯。"

王铁锋的话又引得苏迪咯咯地笑了起来。两个人举起酒杯,一干而尽。一来二往,不觉间,一瓶红酒已经喝完,两个人的兴致却越喝越浓。苏迪又从柜里拿出一瓶红酒,转眼,又没了。这时的两个人喝得已经有点大了。苏迪起身又要去拿酒,然而,刚一起身,没有站稳,一个趔趄,险些摔倒,王铁锋下意识地就去搂她,哪知道,他自己也喝得差不多了,脚一滑,扑腾,两个人一起倒在了地上,就那么拥抱在了一起,鼻尖对着鼻尖,彼此深情注视。

苏迪呼出的气息犹如轻柔的晚风,撩得王铁锋脸上一阵阵发痒,一股莫名的热流在他体内瞬间涌起。就在王铁锋不知所措的当口儿,苏迪一下将嘴巴贴了上来。这下,王铁锋再也不能自控,在苏迪的进攻下,不由自主地回应了起来。就这样,两个人开始了激烈的狂吻。那一刻,苏迪犹如一只发疯的小兽,已没了白天里的那份恬静和矜持,取而代之的是激情和疯狂,她的主动越发刺激了王铁锋,眨眼工夫,两个人的衣服已经褪去。然而,就在苏迪引导着王铁锋马上进入她体内的瞬间,王铁锋却突然停住了。他的突然清醒,导致了接下来的所有动作也戛然而止。

王铁锋努力地甩了甩脑袋,然后,喘着粗气把苏迪的胳膊从脖子上拿开。

苏迪被王铁锋这一意外弄得有些不知所措,眼睛里充满了不解和疑惑,低语道:"怎么了?"

王铁锋一脸的愧色,说:"对不起,苏迪,对不起,我不想这样,这对你不公平,对不起,苏迪,我不想欺负你,不想伤害你。"

苏迪听得一头雾水,说:"我没觉得这不公平啊,我没要你负责,我不觉得你欺负我,也不觉得你伤害我啊!今晚发生的所有一切,都是我自愿的。"

然而，还没等苏迪的话说完，王铁锋却已迅速穿好了衣服，转身冲进了卫生间。

第十八章　鹬蚌相争

那天，叶小倩突然找到沈建军说："你能不能帮我跟王铁锋借点钱。"

沈建军说："她借钱干吗？"

叶小倩说："我想接手马老板的美容院。"

前段时间，由于叶小倩的穿针引线，那个马老板将手头的楼盘卖给了王铁锋，可卖楼盘的钱对马老板来说依然不能从根本上补齐他账面上的窟窿。不得已，马老板那天又把叶小倩叫到了办公室，说："你在厦门待的时间长，认识的人多，你再帮我问问，看看有没有人接手我的这个美容院。"

叶小倩吃了一惊，说："马老板，这可是你最后的一点家底了，卖掉它，接下来，你喝西北风啊？"

马老板挠了挠头，说："顾不了那么多了，走哪儿天黑哪儿歇，我现在是真遇到坎了，但凡有一点辙，我也不会转手这个美容院。"

叶小倩说："你想卖多少钱？"

马老板跟叶小倩说了一个价位。

叶小倩说："马老板，你要实在想转手，不如干脆就卖给我吧。"

马老板说："那好啊，省得我再折腾着找人。"

叶小倩说："可我手头没这么多钱。"

马老板先是一愣，接着便是对叶小倩发出了赞叹之声，说："小叶，看来这么多年，我没看错你，你的确有魄力，如果你真的想接手这个美容院，那我就把价格再往下降点，谁叫咱们认识这么多年了。看在相处这么多年的感情上，你说个价格我听听，差不多的话，我肯定给你了。"

叶小倩说了个价。

马老板听了，犹豫了片刻，最后，还是点了点头，说："行。"

就是这样，叶小倩开始东拼西凑地借钱。

听了叶小倩把事情说完，沈建军说："说实话叶小倩，我现在一听到你要借钱，心里就哆嗦，感觉你啥时候借钱，啥时候就要出事。"

叶小倩说："你瞎说什么呢？"

沈建军说："什么瞎说啊，你还记得上次借钱开理发店的事吗？不是你开理发店，我能蹲看守所吗？"

叶小倩说："此一时，彼一时。我前段时间都找相面的先生看过了，人家都说了，我长着一副旺夫相，等我盘下了马老板的美容院，你就跟着我天天发财，天天数钱吧！"

沈建军说："你快拉倒吧，指望你发财，估计我这辈子都没戏。"

叶小倩说："你看你，指望你帮个忙怎么这么难呢？一句话，这个忙你到底帮还是不帮吧？"

沈建军叹了一口气："我能不帮吗？"

送走了叶小倩，沈建军马上打电话给王铁锋。听沈建军把话说完，王铁锋想了想，说："叶小倩这人其实不错，挺仗义的，上次要不是她及时相助，估计公司现在早倒闭了，后来，让你跟她提付她报酬的事，她拒绝了，这事弄得我心里一直过意不去，现在她既然需要帮忙，那于情于理，都得帮她一把。"

沈建军说："叶小倩说了，这钱不白借，她会付利息。"

王铁锋摆了摆手，说："净扯淡，要付利息，你替她付吧。"

就这样，有了王铁锋的支持，叶小倩很快把马老板的美容院给盘了下了。叶小倩的确有生意头脑，接手后，一番改革，美容院生意比以前红火多了，来店里做美容的人络绎不绝。这些人当中，有一个叫阿红的女客人，三十多岁，来的次数多了，和叶小倩熟了，两个人就成了好朋友。

那天阿红又来做头发，跟叶小倩闲聊，聊着聊着，跟叶小倩建议说："小倩，你这么年轻，又这么能干，如果能把这上下两层的房子也给租下，把这美容院规模扩大，肯定能发大财，这地理位置多好啊！"

叶小倩听完，笑了笑，说："红姐啊，我是有这个心，可没这么能力啊，即便我有这个能力，可我上哪弄这么多钱啊？"

阿红说："很多事关键就看你有没有那个胆识和闯劲，闽南话讲，'爱拼才会赢'。"

叶小倩说："那还用说啊我的姐，做梦我都想把我的美容院做大，做成厦门第一家，我还不做梦都笑醒啊，可就是没钱啊！"

阿红说："行，只要你有这个心，我帮你找钱去，放着赚钱的生意谁不愿意做，咱姐妹俩都这么熟了，这事我铁定得帮你。"

叶小倩当时以为阿红就这么一说，也没上心，所以一笑置之，可没想到三天后，阿红竟打电话给她，说："小倩，愿意给你出钱的投资商我帮你找着了，对方想和你当面谈谈，今天晚上七点半，桥东大酒店，不见不散。"

叶小倩一听，当时就乐蒙了。等到晚上赶到酒店，一看，阿红介绍的人是一男的，很年轻，双方一介绍，叶小倩这才知道男的叫金少宇。

阿红说："小倩，金氏集团听说过吧？"

叶小倩点头。

阿红说："这位就是我们金氏集团的金总。"

叶小倩有些激动，认识这么久了，阿红不说，她也不方便打听，原来，阿红是金氏集团的项目经理，至于说金氏集团的大名，那叶小倩太知道，有金少宇这个财神罩着，还愁她那美容院做不大吗？只是令叶小倩疑惑的是，这么一个赫赫有名的金总为什么要找自己呢？

金少宇似乎早看出叶小倩的心事，于是，笑了笑，说："叶小姐，实不相瞒，来厦门之前，我在北京从事娱乐业，来了厦门，虽然现在公司主要做建筑行业，可我对其他行业也非常感兴趣，只要能赚钱，我都愿意尝试，再说了，我们都还年轻，多一份经历，对我们的人生来说，岂不也算是多一份财富嘛！"说着，金少宇开始招呼着大家入席。

几杯酒下肚，话题就打开了。

叶小倩发现这个金少宇虽然出身豪门，可人很随和，并且说话很中听，几乎是句句都说在对方的心坎上，不用多久，就能让你和他之间的距离感消弭不见。于是等到饭吃完了，大家也达成了合作意向。

几天后，金少宇答应叶小倩的事情果然兑现，美容院的扩建工作如期展开。叶小倩将这一消息第一时间告诉了沈建军。

沈建军起初有些警惕，说："金少宇为什么要投钱给你？你可小心点，你可别让这哥们给坑喽。"

叶小倩说："你别把人都想得那么坏行吗？人家是商人，商人是干什么的，商人就是挣钱的，我这美容院能帮他挣钱，他凭什么不投资我？再说了，他又能坑我什么啊，是他投钱给我，又不是我投钱给他。"

沈建军说："你傻啊？我说的坑，难道光指的钱啊？"

叶小倩说："那你指的啥吗？难不成你还怕金总骗我色啊？"

沈建军没有立刻回答，憋了一会，说："你自个儿琢磨吧。"

叶小倩咯咯地笑了起来，说："哟哟哟，真是没想到啊，你还挺在乎我的。"

沈建军说："你别自作多情了，可没人在乎你哈，你和金少宇俩人就是真的怎么着了，跟我有什么关系啊，我就是提醒提醒你。"

叶小倩收起了笑，说："你看你，说着说着又急眼了，别想那么多了，金总这人不错，哪天我也安排你们见个面，认识认识？"

沈建军慌忙摆了摆手，说："千万别，有些话，我原本不想跟你说的。"

叶小倩一怔，说："什么话不想跟我说，跟我你还有什么不能说的？"

沈建军说："你可知道金少宇的父亲是谁？"

叶小倩摇了摇头。

"金永年。"

"金永年又怎么了?"叶小倩不解。

"什么怎么了,你还记得上次'海上花园'项目的竞投吗?金永年就是在这次竞标中突发心脏病去世的。原本,金家父子二人关系不合,前些年,金少宇留学回国后,宁愿留在北京,也不愿来厦门参与金氏集团的业务管理,现在,他突然回来了,我担心这哥们这次来者不善啊。"叶小倩迟钝的反应令沈建军有些上火。

叶小倩听完,却不以为然,说:"你看你,想那么多干吗呢,人家金少宇是金家的独子,父亲不在了,他不接管集团的生意谁接管?难道你来接管啊?再说了,人家是做生意的,好好地放着生意不做,天天跟你寻的哪门子仇啊!"

沈建军咳了一声,说:"要不说你们女人呀!反正这事你悠着点。行了,我不跟你说了,我这儿忙着呢,手头还有很多要紧的事处理。"

叶小倩说:"什么要紧的事啊,天天说忙,弄得我天天都见不着你人。"沈建军说的是实话,这段时间他的确很忙,因为王铁锋决定在岛外建个服装厂,而主抓此事的正是沈建军。

之所以建这个服装厂也是事出偶然。

那天,沈建军跟一个客户在一家餐馆吃饭。正吃着,邻桌的一个男的端着酒杯走了过来,要给沈建军敬酒,说:"沈总,还记得兄弟吗?"

沈建军闻声抬头,一看,眼前站着这人有几分面熟,似乎之前在哪儿见过,但具体在哪儿,一时半会却又想不起来。

那男的说:"沈总,你真是贵人多忘事,你现在发财了,可不能把咱们这些当年的穷哥们给忘了啊!"

这话把沈建军弄得越发一头雾水。

那人说:"沈总,好好想想,还能记起当年的那两包衣服吗?"

经此提醒,沈建军这才恍然大悟,一拍脑袋,说:"呀,呀,想起来了,想起来了，老郭。"

那人哈哈大笑，伸出手跟沈建军握手，说："我就说嘛，再怎么着，沈总不会把咱们这些穷兄弟给忘了。"

这个老郭就是当年把沈建军的一三轮车水果撞进水沟里的那个司机。

接下来的聊天中，沈建军才知道，这个老郭现在已不再跑车拉货了。老郭告诉沈建军，他现在开了一家服装厂，这家服装厂原本也不是他的，当初他只是负责帮这个服装厂拉货，但后来这个服装厂的老板又找到了新的项目，就想把这个服装厂给卖掉，于是老郭就将它盘了下来。由于工厂人手不够，老郭经常亲自出马跑销售，全国各地都跑，他这次来厦门就是参加一个交易会，在这次交易会上老郭还结识了一些外国客户，收获颇丰。同时，老郭还跟沈建军谈了自己的新设想，说："现在改革开放了，这对做生意的人来说是千载难逢的好机会，而厦门作为经济特区，更是一块做生意的风水宝地，如果能在这儿开家服装厂，那可真是得天独厚，占尽了天时地利人和，想不发财都不行。沈总，你在厦门闯荡多年，各种信息渠道较广，如果有机会，咱们一定要合作啊。"

沈建军说："老郭，咱兄弟一别这么多年没想到又见着了，这本身就是一种缘分，你放心，一有机会，我立马通知你。"

就这样，两个人交换了名片后，又一连干了几杯，方才分手。回到公司后，沈建军就把这事跟王铁锋说了。

没想到，王铁锋对此极有兴趣，说："真的太巧了，前几天我去岛外，在车上看到一个废弃的工厂，工人们一走，整个厂区就荒芜了，到处是一人多高的蒿草。那天，我特意到工厂里边转了一圈，看了看，发现这个水泥厂面积不小，离海不远，地理位置极佳，当时就想着要不要把这片地给买租下来，重新开发下，投资个什么项目。但具体投资什么项目一时半会还没想好。现在看来，将这个水泥厂改造下，建成一个服装厂挺好。"

听了王铁锋的想法，沈建军当场表示同意，二人一拍即合，说干就干。

王铁锋手头的事情太多,服装厂的事暂时就交由沈建军全权负责。沈建军的办事风格一向以快见长。不久,他就把一系列相关手续全部办好了。工厂建成后,沈建军又代表"九鼎"公司和老郭签订了具体合作协议:"九鼎"公司负责提供生产资金、基础设施,而生产技术和专业工人方面则由老郭负责提供。时间就是金钱,经过一段时间马不停蹄地筹备,服装厂正式投入生产。

　　刚开始,服装厂生意的确很红火,为了打开销路,王铁锋亲自上阵,跟沈建军两个人上北京、下广州,跟各地的大商场、代理商进行谈判,果见奇效,那段时间,来自全国各地的订单络绎不绝。再后来,老郭把他之前在广交会上结识的两个老外请来了。

　　老外高鼻梁,蓝眼睛,说话叽里呱啦的,听不懂,王铁锋把苏迪叫了过来,负责翻译,一番交谈,双方确定了合作关系,还隆重地签订了合作协议书。半个月后,一艘载着由"九鼎"服装厂生产的服装远渡重洋,到了法国。很快,捷报传来,衣服在当地不到一个月,便销售已空。沈建军将这个消息告诉王铁锋时,王铁锋正在工地上,机器轰轰隆隆的,特别吵,听不太清,只知道这次运到法国的服装首战告捷,是好事。于是,王铁锋来了兴致,交代沈建军:"听老郭的,加大生产,下次发货,将产品数量再增加一倍。"

　　王铁锋这么潇洒,如此大手笔,除了他的性格使然之外,还有一个重要的原因,那就是,这段时间,他又寻觅到一个更大的发财机会,而这个情报是由大贵提供的。前段时间,大贵受王铁锋派遣,去了趟武夷山,代表公司对茶叶生产基地进行考察,听取牛百岁的汇报。三天后,大贵坐火车回了厦门,可刚走出火车站,迎面开过来一辆轿车,车窗一摇,露出一个脑袋,竟是杜大成。大贵和杜大成俩人有段日子没见了,再见面,大贵没想到这个杜大成几个月前又从金氏集团跳槽,成立了自己的公司,单干了。

杜大成拉着大贵找了一家餐馆喝酒，喝着喝着，杜大成突然话锋一转，问大贵道："你现在手头有钱吗？"

大贵说："干吗？"

杜大成说："大贵，我拿你当自个儿亲弟弟，才把这消息告诉你的，你知道金螺湾吗？"

大贵点点头："知道，怎么了？"

杜大成嘿了一声，说："还怎么了，你难道没看出来金螺湾是块宝地吗？"

大贵摇了摇头，说："什么宝地，金螺湾那不一片沼泽地吗？"

杜大成说："兄弟呀，看来你这头脑也是不太市场经济啊，目前看，这地方一片沼泽，位置有点偏，但价格也便宜，我想把它打造成一个度假村。照目前厦门这种发展速度，凭我的经验，不出三年，这个地方一定会成为全国乃至世界著名的旅游景点。"

杜大成话说得有些绕，大贵听得有点迷糊，说："你的眼光这么独到，各种条件又这么好，那你还不下手，等待何时？"

杜大成放下酒杯，叹了一口气，又挠了挠头，说："可关键是我手头没有足够的资金啊。"又喝了一口酒："这就是我为什么发愁的原因，机会就摆在面前，可手头资金却不到位，我有心想找人合作，可老话说得好，'肥水不流外人田'，咱兄弟这么久了，你这人厚道，我信得过，所以，就把这事跟你说了，你要有意向，这个项目咱兄弟俩合伙来做。"

大贵说："老杜，谢谢你看得起兄弟，说实话，我手头没钱，可我一个哥们很牛逼。"

杜大成眨了眨着眼，说："你这个哥们人咋样？"

大贵伸出大拇指，说："不论能力，还是人品，都绝对是这个。"

杜大成立时来了精神，说："那你安排时间，大家见个面。"

"好。"喝完酒，大贵一路飞奔回公司跟王铁锋报告。

见了王铁锋，大贵将事情一五一十地说了一遍，然后说："锋哥，这事，你有没有兴趣？杜大成这个人不错。何况，我觉得这也是个机会。"

王铁锋点了点头，说："你替我约下这个杜大成，我们哪天见个面聊聊。"

大贵得令，马上打电话给杜大成。

就这样，当天晚上，王铁锋和杜大成在一家茶馆见了一面。简单的寒暄之后，切入主题。接下来，二人就一些很具体的细节一一做了研究。谈话一直持续到后半夜。最后，杜大成说："王总，你放心，只要你手头的资金跟得上，接下来的工作由我来做。"

然而，令王铁锋没想到的是，原来已经将目光盯上金螺湾这个地方的不只是他和杜大成两个人，柳小贝也早就看上了这个地方。听说又要跟王铁锋进行竞争，柳小贝心里顿时生出一股无名怒火，心说，厦门的确是太小了，怎么哪哪都能见到他王铁锋呢。可不喜欢归不喜欢，既然是竞争对手，就得认真对待，何况经过几次交锋，柳小贝发现这个王铁锋其实并非无能之辈。但令柳小贝懊恼的是，这次竞标的结果是，她又输给了王铁锋。

王铁锋之所以能在金螺湾这个项目中胜出，是很多因素共同起作用的结果，其中就包括"九鼎"公司提供的报告书、设计数据及效果图，都极其规范和严谨。但话又说回来，虽然胜出了，王铁锋却面临着一个很棘手的问题。那天，苏迪告诉王铁锋，公司财务几乎要赤字了。几天后，又发生了一件意想不到的事情，彻底让王铁锋头大了起来。

原来，上次由于王铁锋让沈建军按老郭的建议：服装厂要加大生产，工人上班实行三班倒制度。不到一个月，按照要求，服装加工完毕。几天后，两艘装满"九鼎"服装厂生产的服装再度远征法国。然而，这次远征却不再一帆风顺。不久，王铁锋收到了法国传来的消息：两船货船被扣压在海关。至于什么原因，法国商务部给出的答复是来自中国的纺织品的配额已于本月用完。远隔重洋，货船不可能再原封不动地拉回来，只得暂时寄存在当地，令人头痛的是，仅一个六十立方米的集装箱一天的存储费就高达六百欧元。这一意外令刚尝到甜头的"九鼎"公司损失惨重。

那段时间，沈建军天天打远洋电话跟法国方面切磋解决方案。而王铁锋心里却在想着另一件事，那就是，他在酝酿着一个大胆的计划，让自己的公司尽快上市，按他的设想，如果能够上市，成功融资，公司才会尽快走出目前的泥沼，除此之外，他还有着更为宏大的目标，经过多年的商海打拼，雄心勃勃的他已经不单单满足于厦门市场，他决心让"九鼎"在他的带领下，走向全国，乃至世界。

经过一段时间的思索之后，那天，王铁锋把沈建军、丁国庆、苏迪、大贵等一干公司的中层干部召集了起来，就公司上市的事进行讨论。王铁锋将想法刚一说完，便引起了大家的激烈讨论。

沈建军举双手赞成，说："我赞同铁锋的观点，就得这样，既然是做生意，要么不做，要么就照大了做，天天像迈不开步似的，根本没有前途。"

在众人当中，丁国庆向来是个保守派，对王铁锋的提议持反对意见，说："生意做大做小跟上市没有多大关系。生意要想做大，就一定要上市吗？话又说回来，即便上了市，又有哪些好处呢？"

王铁锋说："公司上市可以说是当前市场经济条件下企业要想做大做强的一个发展潮流和趋势。公司上了市，当然会有很多好处。比如说，上市后，公司可以发行股票，通过融资可以改善公司的资本结构，增加公司的运作效率，等等。当然，这个问题并非一句话两句话可以说得清楚，到时咱们可以再召开专门的小组会议进行讨论。"

丁国庆说："铁锋，看问题不能光看一面啊，你上边说的只是公司上市的优点，可缺点呢？据我所知，公司上市的成本和费用都很高。同时，我做过相关调查，大量的数据显示，并非所有的上市公司都能盈利，甚至还会带来巨大的运营风险。"现在的丁国庆经过多年的商海历练，尤其在大学进修之后，已不是当年的那个懵懂少年，说起话来，一套套的，专业极了。

丁国庆是公司的执行董事，他的话在会议表决中当然有着不可轻视的分量。

王铁锋看了看大贵。

大贵尴尬地笑，说："锋哥，我对这种事是抱着擀面杖当笙吹——一窍不通。反正就一句话，我听你的，你说咋办就咋办。"

丁国庆有些生气，说："那你小子干吗来了？"

王铁锋笑着摆了摆手，打断了丁国庆，又看了看苏迪，说："苏迪，你呢，怎么看？"

苏迪说："我觉得你们说的都有道理，不过，依我看，一件事，除非你不去做它，做了，就一定有好或者不好的两个结果。好和不好，关键是要看你如何看它，具体到咱们这次讨论的公司上市的事，也一样，这件事最后要不要做，就需要我们权衡利弊，如果利大于弊，就坚持，如果弊大于利，那就放弃。"

沈建军说："苏迪，那你是支持还是反对？"

苏迪似乎早已经过了一番深思熟虑，于是点了点头："我支持公司上市。"

王铁锋说："好，以少数服从多数的原则，公司上市的决议咱们这就算通过了。国庆，你还有什么要说的吗，别憋着，说出来，跟大家一起讨论。"

丁国庆依然忧心忡忡的样子，可既然多数人赞成，他也没什么好说的，只说："既然都定了，是井是崖，我当然得跟着跳了，但我声明一点，我要保留我之前的意见。"

苏迪跟着提出了一个问题，说："如果依照规定的正常程序，从申请到核准上市周期很长，恐怕是'远水救不了近火'啊。"

此语一出，众人皆看王铁锋。

王铁锋将手里的"大哥大"在桌子上轻轻地敲了敲，说："我准备买壳上市。"

"买壳，买谁的壳？"众人皆感到意外，不约而同地发问道。

王铁锋说："暂时还没确定下来，前段时间我让大贵考察了两家，现在都在谈，今天召开这个会议，如果我们能形成一致意见，那么一旦等到对方开出的价格合适,我们马上就可以办理相关手续,现在这种形势,真的到了时不我待、只争朝夕的关键时刻了。"

这次会议过后的第三天,大贵给王铁锋带来了一个新的消息。

大贵跟王铁锋报告说:"有家叫'星光'的上市公司,这几年效益不好,年年亏损,面临着停牌的危险,如果我们能收购它百分之五十一的股份,取得它的控股权,然后增发股票,进行融资,就可以实现上市的目的。"

王铁锋一下来了精神,说:"大概需要多少钱?"

"三千万。"

王铁锋沉吟了一会,说:"但一下拿出这么多钱,对公司来说的确有难度。"

大贵说:"困难也是咱们的困难,人家可不管咱困难不困难,我已经摸清楚了,现在盯着这家公司的人很多!"

王铁锋交代大贵道,说:"我知道了,这几天,你跟对方继续谈,想办法把价格尽量再往下压压。"

大贵点点头,说:"锋哥,如果想买这个壳,出手必须得快,否则过了这个村就没这个店了,机会稍纵即逝,这可是你一直告诫我的啊!"

王铁锋不知道,就在他为收购"星光"公司的资金短缺而发愁的同时,柳小贝的心情也极度郁闷。那天,金少宇又打电话给她,说,想请她一起吃饭。结果柳小贝想都没想,直接就将金少宇给拒绝了。柳小贝心说,公司的事已经够我烦的了,哪还有心情陪你吃饭啊!尤其前段时间与王铁锋竞争金螺湾项目的再次失利,让柳小贝的情绪几乎坏到了极点。

想起王铁锋,柳小贝的心里便气不打一处来。现在"九鼎"的名号在厦门简直到了如日中天的地步,很多工地都挂着"九鼎"的标牌,王铁锋这个人现在厦门已被很多人誉为建筑界的新秀。想想都好笑,她柳小贝当初在厦门被人前呼后拥的时候,王铁锋他还是一个在走街串巷卖水果的小商贩。她柳小贝一出手动辄便是上千万项目的时候,王铁锋他还是工地上一个拎着瓦刀搞装修的小工。更令柳小贝上火的是，现在两个人竟还成了商业上的竞争对手，而且在和王铁锋一次次的交锋中，她竟还一次次成了他的手下败将。所以每次看着王铁锋西装革履、春风得意地坐在主席台上签单的那一幕，柳小贝心里都有一种说不出来的愤怒，而王铁锋却似乎故意在报多年前被柳小贝羞辱过的那一箭之仇，总是在落笔的刹那，乜斜着眼睛寻找人群中失落的柳小贝，然后，两个人的眼神总是那么不偏不倚地相遇，然后，他就会冲着柳小贝努一下嘴角，似笑非笑，一副玩世不恭、放荡不羁的模样。说实话，王铁锋那个带着笑意的嘴角微微上扬的小样看上去的确很帅，可那种情势下，怎么看，柳小贝心里都感觉不爽，很想上去踹他王铁锋一脚，以解心头之恨。但柳小贝毕竟是个极具理性的女强人，在情绪和生意之间，她不会被个人情绪所左右，她很清醒，目标也极其明确，她是商人，为了追求利润，她可以和自己其实十分不喜欢的人进行合作，包括这个王铁锋。何况，这段时间柳氏集团的发展的确有走下坡路的趋势，这更不允许柳小贝意气用事，她做出的一切决定都要从柳氏集团的整个大局考虑。

段青山似乎看出了柳小贝的心思，于是在一次会议之后，很委婉地跟柳小贝谈了自己的看法。段青山建议柳小贝，如果实在放不下金螺湾那个项目，不妨主动找王铁锋谈一谈，以入股的方式跟他合作，共同开发这个项目。

段青山这段时间也得到了一些关于"九鼎"公司的内部消息：王铁锋的日子其实并不好过，现在的他并非表面看上去那样风光，也正为钱的事发愁呢。

段青山对柳小贝说，金螺湾项目的事，如果柳小贝实在拉不下脸亲自找王铁锋谈，他可以代表柳小贝出马。

柳小贝想了想，便同意了。

就这样，几天后的一个下午，段青山出现在了王铁锋的办公室。

实事求是地说,王铁锋觉得段青山这人不错,儒雅和善,为人低调,不像柳小贝似的那么飞扬跋扈,咄咄逼人。所以,当段青山出现在他的办公室时,王铁锋甚是热情,在听了段青山的来意之后,更没有一口回绝柳小贝向他伸出的这枚橄榄枝。正如段青山所说,现在的王铁锋正为资金的事发愁呢,这个时候,人家柳氏集团主动找上门来谈合作,无论如何没有拒绝的理由。但王铁锋也没有一口应下,因为王铁锋有他王铁锋的个性,按他自己的话说,他王铁锋虽是商人,但他首先是个爷们,有他自己的人格和尊严,他觉得这个柳小贝平时太盛气凌人了,好像世间没有什么东西能使她放下她那高贵的身段表示屈服似的,就现在的金螺湾项目来说,是柳小贝求着我呢,却不见你这个大小姐走出绣楼,只是派个副总来跟我谈,你什么意思嘛?但王铁锋又不好表面发作,只是在心中暗说,那好吧,我也派出副总跟你对接,钱要赚,但面子也是要挣的。于是,在把段青山送出办公室的时候,说:"段先生,请您放心,接下来我会派出我们的副总专门负责此事。"

那天,王铁锋在办公室正忙着,苏迪走了进来,说是有一份合同需要王铁锋签字。王铁锋快速地浏览完合同,在上边签了字,合上文件夹的瞬间,忽地想起了什么事,便问苏迪道:"哦,对了,跟柳氏集团的合同怎么样了?"

苏迪说:"这事一直是由国庆负责跟进的。估计差不多了。怎么了?"

王铁锋说:"刚才大贵又来电话,说'星光'那边他谈得差不多了,等着用钱,你通知国庆,柳氏集团那边的谈判,让他跟紧点。"

苏迪点点头,却又说道:"可即便柳氏集团的钱打过来,我担心跟收购'星光'所需的资金数额相差还是太远呢!"

王铁锋没有说话。这时,桌上的电话响了,又是大贵打来的。电话里,大贵跟王铁锋报告说,他跟"星光"公司这边的谈判又有了新的进展,对方又做了一些让步,但对方提出了非常明确的要求:合同签订后第三天,必须全额把款项打到指定的账户上。

王铁锋说了声知道了,挂了大贵的电话,便马上让苏迪电话丁国庆,催问跟柳氏集团的谈判情况。丁国庆回话说,他现在酒店正陪一个客户吃饭,他昨天跟段青山已经谈好了,今天下午就签合同。

王铁锋抬起手腕,看了看表,已经是中午了,于是跟苏迪说:"走,先吃饭。"

几分钟后,两个人驱车到了一家餐馆。要的菜刚一上来,王铁锋包里的"大哥大"又响了,又是丁国庆打来的。

丁国庆在电话里说:"铁锋,我现在车上,正去柳氏集团的路上。到了地方,就跟柳小贝签合同,没什么问题吧?"

王铁锋说:"没问题。"

半个小时后,丁国庆的车到了柳氏集团的楼下,他将车停好,拿了包,径直就走了进去。

王铁锋这边,他和苏迪二人还在吃着,电话又响了,一接,竟是金氏集团的副总经理胡玉春打来的。听到胡玉春的声音,王铁锋心中不由得泛起了疑惑,一时猜不出胡玉春这时候找他到底有何贵干。两个人在电话里简短地寒暄几句,便切入正题。

胡玉春说:"王总,有件事想和你谈谈。"

王铁锋说:"您请讲。"

胡玉春说:"我们金总想和你谈谈金螺湾项目合作的事。"

王铁锋一愣,旋即哦了一声,说:"不好意思,这个项目我已经有合作方了。"

胡玉春说:"合同已经签了?"

王铁锋支吾了一下。

胡玉春在电话里笑了笑,说:"王总,都是兄弟,我就不绕弯了,据我所知,你们公司最近打算'买壳上市',欲收购'星光'公司,正为资金的事发愁呢！"

听了胡玉春的话，王铁锋心头更是一紧，要知道，公司"买壳上市"这事，他在会议上跟大家再三强调，一定要保密，一定要保密。可胡玉春怎么就知道了呢？王铁锋不会想到，把"九鼎"公司"买壳上市"这件事捅出去的人竟是叶小倩。

自打"九鼎"服装厂成立后，沈建军真的成了大忙人了，天天出差，弄得叶小倩经常是十天半个月地见不着他的身影，每次给沈建军打电话不是占线就是没人接，再打甚至关机。沈建军也的确是累，有时忙到半夜，困得要命，回到酒店，看到了叶小倩的电话，本来想回，可洗了一个热水澡之后，一挨床，人就睡着了。一次这样，两次这样，次数多了，叶小倩就急了。心说，这沈建军不会是又遇上了更好的人把我给甩了吧？后来，叶小倩实在坐不住了，那天，她就找到了服装厂，因为服装厂的人都认识她，叶小倩就径直进了沈建军的办公室。沈建军正好有事出去了，叶小倩发现沈建军的办公桌上放着一本厚厚的文件，低头一看，文件第一页写着"关于收购'星光'公司的评估报告"，叶小倩随手掀开文件扫了一眼，也没往心里去，坐下来继续等沈建军，可左等不见沈建军回来，右等也不见沈建军回来，等到最后，沈建军的秘书进来了，跟叶小倩说："不好意思，我们沈总下午去公司了。"

叶小倩说："那他什么时候回来。"

秘书摇了摇头，说："不知道。"

叶小倩就打沈建军电话，一打，电话里传来了关机的提示。叶小倩就气哼哼地回去了。到了店里，正好碰到金少宇，金少宇看她不高兴的样子，便随口问了一句，说："跟建军吵架了？"

叶小倩强颜道："我是想跟她吵架，可沈建军这个挨千刀的也不跟我吵啊！他太忙了。"

金少宇又若无其事地追问了一句："他现在忙什么呢？"

叶小倩随口回了一句:"他们公司要收购一家公司,在搞什么'买壳上市'。"

金少宇一怔:"收购哪个公司?"

"一家叫什么'星光'的。"

真是说者无心,听者有意。表面上,金少宇虽然漫不经心地哦了一句,可心中一个计划很快就形成了。

胡玉春此时找到王铁锋谈金螺湾项目合作的事,显然是受了金少宇的指派。

王铁锋已听出了胡玉春的意思,于是说了一句,不好意思胡总,这个项目我已有了合作方。

听了王铁锋的回答,胡玉春却没有表现任何的失望,而是纠正道:"王总,这个项目不是咱们双方合作,而是金氏集团全盘接手,您放心,金氏集团愿意出高价,价格之高,高到无人能比。"

姜果然是老的辣,胡玉春句句说在了王铁锋的心坎上,他知道王铁锋现在手头急需用钱。

王铁锋顿了顿,说:"金氏集团愿意出多少?"

胡玉春压着声音说了一个数目。

王铁锋举着酒杯的手突然停在了空中。

胡玉春看不到王铁锋的表情,但以他多年的商海经验,这个时候,王铁锋心里一定开始了思想斗争。于是,胡玉春乘胜追击,接着说道:"王总,至于你跟哪家已经谈好了合作协议,我们不管,但我可以肯定,绝对没有谁能出到这个价格。王总,你是聪明人,这可是真金白银,何况你现在正为资金的事发愁呢,何去何从,三思啊。好了,王总,你先忙着,想好了,随时电话我,我等着你。"说完,胡玉春就把电话挂了。

王铁锋握着电话愣怔了很久。

苏迪说:"怎么了?"

王铁锋好一会儿才回过神，又对着酒杯好一阵发呆。那一刻，他心里真的是翻江倒海了，思想斗争很激烈，这会估计丁国庆已经见到了柳小贝，这个节骨眼上如果让丁国庆撤回合同，一定给柳小贝落下话柄，骂他王铁锋唯利是图，可胡玉春说的也是对的，一个很现实的问题，他王铁锋的确需要资金，如果资金不到位，就不可能收购"星光"公司，那"九鼎""借壳上市"的构想就将成为泡影。这种情况下，金氏集团的这个挂着巨大诱饵的钩子到底咬不咬呢？王铁锋一时间陷入了两难境地。一直思考了好久，王铁锋心中似乎终于有了计较，于是抓起桌子上的酒杯，一仰脖，喝了底朝天。

苏迪吓得大叫："你这干吗啊，不要命了？"

王铁锋没有言语，但看得出来，他终于下定了决心，于是拿起"大哥大"，拨通了丁国庆的电话。

这边，丁国庆和柳小贝他们握手寒暄，分宾主落座，握了笔就要签字。桌子上的电话突然响了。

电话里，王铁锋语气急促地问："签了吗？"

丁国庆说："还没呢？怎么了？"

王铁锋说："不要签了。"

丁国庆听了这话，有些犯愣，说："为什么呢，出什么事了？"

王铁锋说："别问了，你先回来吧！"

丁国庆一时半会有些丈二和尚——摸不着头脑，可听得出来王铁锋语气坚决，于是不敢再多问，只得一脸尴尬地冲柳小贝摊了摊手，说："真的不好意思柳总，实在抱歉，看来咱们的这个合同暂时不能签了。"

柳小贝知道，丁国庆肯定是接到了王铁锋的什么指示才突然中途变卦，但又搞不清楚这个王铁锋到底葫芦里卖的什么药，心里不由得对他又生起了一股怨气，可面上又不便发作，只得强颜把丁国庆送出了办公室。

几天后，根据达成的协议，王铁锋将金螺湾的项目转让给金氏集团。

接手王铁锋这个项目的当天晚上，金少宇兴致勃勃地去找柳小贝，他的意思是，希望柳小贝加入进来，和他一起来经营这个项目。可万万没想到，柳小贝再次委婉地回绝了他。金少宇百思不得其解，同一个项目，王铁锋负责时，柳小贝可以主动提出合作，现在轮到他金少宇负责了，送上门的生意，柳小贝却不要。难道柳小贝就这么讨厌自己？作为一个商人，只为了因为不喜欢对方，就放弃了一次赚钱的合作机会，这首先是不符合商业逻辑的；其次，这也不符合她柳小贝一贯的作风和性格啊！

毫无疑问，柳小贝的做法又一次打击了金少宇，可同时也更加刺激了他体内那股不服输的倔强，他就不信了，以他金少宇的自身条件和能力这辈子就赢不到柳小贝的好感，那好，既然这样，咱们就骑驴看账本——走着瞧吧！

其实，在金螺湾项目这件事上，对王铁锋中途毁约的行为，柳小贝当然心有不爽，但她对金少宇的做法也同样心存不满，她隐隐觉得金少宇这是故意在挑拨她和王铁锋的关系，激化二人的矛盾，是故意让她和王铁锋二人鹬蚌相争，而他金少宇却坐收渔翁之利。

第十九章　再起波澜

那天夜很深了,沈建军被急促的电话铃声给惊醒。电话一接通,里边传来的是老郭的声音。

老郭在电话里大喊:"建军,大事不好了,厂房着火了,你快来。"

听到这个消息,沈建军惊出一身冷汗,当场睡意全无,一骨碌从床上爬了起来,边穿衣服,边提醒老郭,说:"赶紧组织工人扑火!所有人都叫起来。"

老郭说:"我已经在带人救火了,你快点来吧。"

沈建军说:"我这就过去。"挂了电话,抓了外套便冲出家门。可还是太迟了,等他赶到的时候,大火虽然得到了控制,但半个服装厂几乎化为灰烬。眼前的情景惊得沈建军双腿发抖。这时,两个警察走了过来。

警察问沈建军:"你是这个厂的负责人?"

沈建军点点头。

警察说:"那跟我去趟局里吧,有些情况需要你配合下。"

沈建军不再说话,跟警察上了警车。在公安局一直待到第二天下午,沈建军心里装着事,一点食欲都没有,警察让他吃饭,他说不饿,只跟警察要了点水,刚喝了一口,老郭来了。

沈建军说:"现在什么情况?"

老郭说:"已经调查清楚了,火是从你的办公室先起的,引起火灾的是一根烟头。"

沈建军一愣,说:"别扯淡了,这几天我都没在厂里,办公室没人,何况我又不抽烟,哪来的烟头?"

老郭咳了一声,欲言又止。

沈建军说:"老郭,你是不是有什么事瞒着我,有话快说,有屁快放。"

老郭说,"昨天下午,叶小倩来了,在你的办公室待了很久。"

了解了事情的来龙去脉,沈建军顿时怒火中烧,但又不便发作,于是强忍怒火,好一会儿,才对老郭说:"行了老郭,你先出去吧,我想一个人静会儿。"

老郭出去了,此时的沈建军已气得脸色铁青,手哆嗦着掏出电话,找到叶小倩的号,拨了过去。叶小倩正在给手下的员工开会,听到电话响,一看是沈建军打来的,便走出办公室,摁了接听键,嗔怪道:"沈建军,你个没良心的终于想起我了,你是不是把我都忘了,你再不打电话给我,我都快忘了你长什么样了。"

沈建军说:"叶小倩,我现在没工夫跟你打情骂俏,你赶紧给我死过来。"

沈建军的口气让叶小倩一开始以为他在开玩笑,有点不太相信,说:"你现在在哪儿呢?"

沈建军说:"公安局。"

一听是公安局,叶小倩立马紧张了,说:"建军,你别吓我,你没事吧?"

沈建军说:"这辈子我遇上你,我能没事吗?"

叶小倩预感到事情的严重性,挂了电话,直奔公安局,在公安局大门口,正好遇到从里边走出来的沈建军。

叶小倩快步迎上去,关切地问:"建军,建军,到底出什么事了?"

沈建军看见了叶小倩,气得不打一处来,说:"叶小倩,你就是个扫帚星。"

叶小倩被骂得一头雾水,说:"我怎么就是扫帚星了?"

沈建军说:"你说你是不是没有我,一天都不能活了,啊?你说你没什么事天天找我要干什么啊?难道我天天什么事不干,天天守在你身边,天天在你眼前晃，你才开心，你才幸福是吗？"

叶小倩说："我都被你骂晕了，你别骂，先说事行吗？"

沈建军说："我问你，前段时间你是不是去了我的办公室？"

叶小倩不置可否，点了点，说："是啊。"

沈建军说："你是不是看到我桌子上那份收购'星光'公司的评估报告书了？"

叶小倩再次点头。

"你是不是跟金少宇说了这事？"

叶小倩不明就里，又点了点，说："是，我的确是说了，可我也是随口一说，那又怎么了？"

沈建军火冒三丈，说："废话，你说怎么了，这是我们公司的商业机密你知道不知道？"

叶小倩不说话了。

"我再问你，昨天下午你是不是又来厂里找我了？"

叶小倩说："是，我打你电话，可你一直不接，我以为你在厂里，所以就直接找你办公室去了，可门卫说你不在，我在你办公室待了一会儿就回去了啊！"

"你是不是在我办公室抽烟了？"

"是啊。"

沈建军简直要被叶小倩气炸了，说："你知不知道你的一根烟头把我半个服装厂给烧没了？"

"啊！"这一消息大出叶小倩的意料，"真——的？建军，你可别吓唬我啊！"

沈建军越说越生气："叶小倩，咱俩是不是上辈子有仇啊？要不，怎么自打结识你以后，我就没顺过，你自己说说，这些年你给我惹了多少麻烦，你到底是不是故意的？"

沈建军的话让叶小倩感到委屈，鼻子一酸，差点哭出来，说："沈建军，你说什么呢？是，现在看来，的确这两件事都出了麻烦，可我不是故意的，头上三尺有神明，我说半句谎话遭雷劈，我没办法把心掏出来给你看，可我发誓，我对你的感情是真的，我对你的爱，天地可鉴，我这段时间的确是接二连三地找你，但我不是为了害你，而是为了你好，是因为我想你了，是因为我爱你。"

沈建军说："你快拉倒吧，你这叫爱我？这叫想我？这叫为我好？你这叫专门给我惹麻烦啊！你说吧，这一回，让我怎么向铁锋交代，我自个儿都不好意思啊，这个节骨眼上，又捅了这么大个窟窿，铁锋非弄死我不可这回。"

听了这话，叶小倩一时间也不知道怎么办了，瞪着眼睛看着沈建军，小心翼翼地问道："真的有那么严重吗？"说着，要上去抱沈建军，却被沈建军一把甩开。

"滚一边去。"沈建军语气冷漠地骂了一句。

叶小倩一怔："建军，你怎么了？"

沈建军很怨愤地看了她一眼，说："你说我怎么了？我烦你，你马上给我滚吧，从现在，我不想再看见你。"

叶小倩还想再说什么，沈建军又歇斯底里地喊了一声："你给我滚啊！"

这下叶小倩害怕了，退了几步，然后，很生气地一甩头，拦了一辆的士，拉开门，钻进去，真的走了。

半个小时后，沈建军将车开到海边，站在沙滩上，面朝大海，将上衣的扣子解开，任海风吹了一阵，脑子也终于冷静了下来，这才拿出"大哥大"，拨通了王铁锋的电话。电话通了，沈建军努了几次嘴，却不知道如何跟王铁锋解释。

王铁锋在电话里喂喂了半天，不见沈建军说话，催促道："怎么回事？说话。"

沈建军的声音有些发飘，说："铁锋，我对不起你。"

"到底怎么回事？"王铁锋被沈建军的话弄得一头雾水。

沈建军攒了好一阵的劲，终于把事情说了一遍。

听完沈建军的叙述，王铁锋当场也蒙了，脱口说了一句："你这是存心想照死里坑我啊！"

沈建军说："铁锋，你放心吧，这个窟窿是我捅的，就是上刀山下火海，我也会把这个窟窿补上。"

王铁锋说："你上什么刀山下什么火海，我现在把你整个人扔进去，这个窟窿你也补不上。行了，别废话了，天大的事大家一起担着，你现在人在哪儿？"

"在海边。"沈建军理了理被海风吹乱的头发。

"你要跳海吗？"王铁锋挖苦道。

"我……"沈建军支支吾吾，不知如何回答。

王铁锋说："别扯淡了，你赶紧给我回来。"

挂了沈建军的电话，王铁锋坐在沙发上想了很久，一番苦思冥想，似乎终于有了主意，于是拨通了苏迪的电话，让她马上来办公室。不一会儿苏迪走了进来。

王铁锋说："苏迪，我奶奶的那个玉镯在哪儿？"

苏迪一愣，说："怎么突然想起问玉镯了，你要干吗？"

王铁锋说："前段时间我跟一个做古玩生意的朋友聊起过这个玉镯，他说他虽然还没见过这个玉镯，但根据我的描述，可以断定这个玉镯能卖个大价钱，起初说收购'星光'公司时，我曾想把玉镯卖掉应急，但后来还是不忍心，可现在看来，眼前这个坎迈不过去了，我想把这个玉镯卖掉。"

没想到，王铁锋的决定遭到了苏迪坚决的反对。

苏迪说："不行。要知道这个玉镯不是钱，是奶奶给你的护身符，是老人家对你的一个念想，一个心愿，一个期待，公司遇到了困难，咱们就说困难的事，但这个玉镯不能动，钱的事我来想办法。"

王铁锋叹了一口气，说："你能有什么办法？"

苏迪没有说话，打开皮包，从里边掏出一张支票，放在了王铁锋的桌子上。

王铁锋拿起支票一看，登时一脸错愕，说："哪来这么多钱？"

"服装厂着火的事，建军一大早就跟我说了，这些钱是我从银行贷的。"苏迪若无其事地脱下外套，随手搭在了衣帽架上，然后在王铁锋的对面坐下，很安静地看着他。

王铁锋又是一怔，说："你拿什么货的款？"

"拿我的房子。"苏迪云淡风轻地说道。

听了苏迪这句话，王铁锋几乎惊呆了，说："谁让你卖房子的？"

"我自己。"苏迪不以为然地笑了笑。

王铁锋懊恼地将支票拍在桌子上。

苏迪开玩笑道："王总，如果你实在过意不去，这些钱算我的投资，等公司过了这个坎，到时再补偿我个面积更大的别墅。"

不管怎么样，王铁锋总算松了口气，虽然困难重重，钱终于凑够了，可谁曾想，等他带着大贵找到'星光'公司的老总许桂生签合同时，对方却突然变卦了。

许桂生说："王总，对不起，现在看来，合同不能签了。"

王铁锋一愣："为什么？"

许桂生说："不瞒您说，有人出的价比您高。"

大贵当场就火了，说："哥们，出尔反尔，在厦门，可没你这么做生意的啊！"

许桂生说："大贵兄弟，你也不要动怒。做生意嘛，当然是谁给的价格高就跟谁做喽，何况咱们之间不还没签合同吗？我当然可以待价而沽，择优而取了。"

王铁锋说："许总，都兄弟，有话就摆桌面上聊吧，你说的买家到底是谁？"

许桂生犹豫了一下："王总，这个不方便说吧。"

王铁锋说："对方到底给你多少？"

许桂生说："高了你两个百分点。"

王铁锋想了一会，说："好吧，生意不成情意在，来日方长，以后有机会，咱们再合作，那我们先告辞了。"说完，就带着大贵起身走了。

又一天，王铁锋在办公室正忙着，大贵推门走了进来。

王铁锋说："怎么样？"

大贵抹了一把脸上的汗，说："费了老劲了，终于打听到了，跟咱争夺'星光'的果然是金氏集团。"

王铁锋没有说话，若有所思。

大贵说："锋哥，我看这个金少宇来者不善啊，自从他父亲金永年去世之后，这哥们就从北京回到厦门，接手掌管了金氏集团，他不会因为他父亲的事，对你有什么想法吧？"

王铁锋没有说话。

看王铁锋愁眉紧锁，大贵自己心里已有了主意。

第二天，大贵出现在一个叫沙石坝的巷口。大贵四下瞅了瞅，然后沿着小巷往里走了一阵，到了一个小院门口，在门上拍打了几下。门开了，打里边露出个脑袋，男的，四十多岁，人长得黑瘦。那男的一看门外站着的是大贵，脸上立时露出笑容，说："哟，大贵兄弟，哪阵风把你吹来了？"说着，把大贵请进了屋里。

落座后，大贵对那男的说："老朱，这次来找你，有点事想请你帮忙。"

老朱说："什么事？"

大贵说："我听说你现在跟下坝的工地有联系？"

老朱说："是，我每天负责开车给他们送混凝土。"

"这个工地是不是金氏集团下属的一个项目？"大贵喝了一口茶，漫不经心地问了一句。

"是。"老朱点了点头。

大贵说："老朱，下坝工地你有没有熟人？比如有认识的工头啥的，我现在跟几个兄弟干生意赔了，一时找不到合适的活，你帮我在工地上找个活呗。"

老朱说："这太简单了，我一个表弟就在那儿当工头，你打算什么时候过去？"

"越快越好。"

老朱说："那就明天吧，我带你过去。"

就这样第二天，大贵带着几个兄弟坐着老朱的车就去了下坝工地。老朱的那个当工头的表弟手下正缺人手呢，于是马上叫人给大贵几个人发了工具，在工地上干了起来。

又一天晚上。夜都深了，大贵轻轻地推了推左右侧的几个兄弟，几个人都醒了，然后，几个人悄无声息地穿了衣服，蹑手蹑脚出了工棚，借着夜色，摸到墙角一片荒草地，刨出来埋好的东西，在大贵的带领下，一转身，几个人便消失在夜色里。半小时后，工地的东南角，突然燃起了大火，火借风势，越烧越旺，映红了半边天。大贵带着几个人风一样钻进了夜色里，几分钟后，又出现在工棚门口，然后扯着嗓子喊："不好了，不好了，着火了，着火了，赶紧起床救火啊。"

整个工地立时炸了锅，提桶的提桶，拿盆的拿盆，所有人喊叫着赶去救火，大贵却带着几个人躲回了工棚，躺在床上抽起了烟。单靠那些盆盆罐罐，火是救不了的，这时候才有人想起了报警。不一会，消防车呼啸着开了过来。

工地上出了这么大事，项目部经理发现根本捂不住了，于是打电话给胡玉春。胡玉春不敢怠慢，马上向金少宇报告。金少宇接到胡玉春的电话时，还正在床上睡着，听了报告，一时惊得睡意全无。

天一亮，金少宇就接到了消防局的约谈电话。在接待室，消防局的人很严肃地警告金少宇：虽然这次火灾没造成实际损失，但也暴露出了下坝工地的各种防火设施存在巨大隐患，所以整个工地必须马上停工进行整顿，要严格排查各种安全隐患，在没有得到验收合格之前，工地不准开工。

这可把金少宇给难住了，要知道，那么大一个工地，除了材料费，加上工人的工资，一天的开销可是大得惊人啊，这么一停工，损失之大可想而知。但还仅仅是有形损失，出了这么一场安全事故，对于金氏集团来说，声誉损失才是最大的损失，声誉受到损害，对公司的正常运作肯定有很大影响，为消除这种不良影响，使公司的损失降到最低，金氏集团上上下下一时都忙得焦头烂额，而对于那些原本对金氏集团收购"星光"公司就不支持的股东们来说，这个时候，金少宇如果胆敢再谈什么收购"星光"公司的事，那这些人肯定是要造反了。

金少宇也很知趣，开始一门心思地处理起公司的事，收购"星光"公司的事再也绝口不提。一天，两天，好几天过去了，原指望卖个好价钱的那个"星光"公司的老总许桂生发现金少宇方面不再吭声，没下文了，于是再也沉不住气了，便打电话给金少宇。

金少宇在电话里支吾了半天，顾左右而言他，无论如何不做出正面回答。许桂生这才发现，看来是上了金少宇的当了，后悔得肠子都青了，于是挂了金少宇的电话，马上找王铁锋。

得知金少宇工地发生火灾，王铁锋胸中顿生疑窦，感觉事情发生得蹊跷，为此专门把大贵找到了办公室，质问这件事是不是跟他有关系，大贵一口否认。大贵在下坝工地着火的第二天就跟老朱的表弟提出辞职，说不想干了，要回老家养猪。

王铁锋刚把大贵打发走，许桂生就推门走了进来。这次，许桂生说话的语气再也不像前几天那么端着了。

等许桂生说明了来意,王铁锋故意哼哈了一阵,说:"许总,不好意思,我已经联系到了另一家公司,我们和对方都要签合同了,这个时候,如果我撇下对方,转身跟你合作,你让人家怎么看我啊?"

许桂生知道王铁锋这是在含沙射影骂自己呢,心有不快,却又不敢反驳,只是一味地道歉,说:"王总,千错万错,之前的事,错全在我。"

王铁锋说:"这不是谁错谁对的事,我理解你,你也要理解我啊。"

许桂生明白了,王铁锋这是在乘人之危呢,可又没办法,谁让这是他求着王铁锋呢,于是继续妥协道:"王总,你看这样行吗?在原来咱们谈好的价格上,我再给你降两个点,真的,这是我所能接受的底线了,我这么做也是表一下我的诚意和歉意。"

王铁锋知道,这事谈到这个份上,不能再抻了,再抻就崩了,于是便答应了。一个月后,"九鼎"将"星光"公司收购,并成功上市。

第二十章 爱情是个很玄的东西

这段时间,叶小倩的心里郁闷得一塌糊涂。自打上次被沈建军骂跑之后,叶小倩连着两天没有吃饭,刚开始感觉这个沈建军太无情了,这么多年,我对你这么好,就因为这点事,就跟我翻脸。可后来想想,的确也怪自己,这样三番五次地给他瞎支着,让他在王铁锋面前颜面扫地,换成谁,也会跟她急。这么一想就想通了,想通了,就又不怪沈建军了,不怪他了,就又光想他的好了。于是,几天后,叶小倩开始打电话给沈建军。可沈建军一直不接她的电话,一连三天,电话都是空响。后来,叶小倩是真急了,就开车去公司找沈建军,可走到半道,又停住了,想了想,这时候过去,万一见着王铁锋他们,自己怎么解释啊?想想不妥,于是,便又折了回去,继续给沈建军打电话,打到最后,沈建军终于接了,可一张嘴,沈建军就冷冰冰地说了一句:"你有事吗?"

叶小倩被噎得半天没缓过劲。

沈建军说:"叶小倩,咱们以后就别联系了,你放心,之前的事我不会跟你计较,真的,这样挺没劲的,估计你也感觉出来了,其实,我对你根本就没感觉,都老大不小了,咱们谁也别在感情这事上瞎耽搁工夫了,真的。"沈建军说这话时,语气很平静,一下把叶小倩的心给伤着了。

叶小倩的泪一下就出来了,说:"沈建军,你就这么对我?你也太狠了吧?"

沈建军说话的语气依然平静得几近残酷,说:"那我该怎么对你?你想要我怎么对你?行了,该干吗干吗吧,我还忙着呢。"说着,沈建军真就把电话给挂了。

叶小倩一时语塞,对着电话愣怔了半天,再打,沈建军关机了。叶小倩坐在车里,就那么握着方向盘怔怔地呆了很久,眼泪像断了线的珍珠一般,簌簌滑落。回到住处的时候,天已擦黑了,叶小倩神色沮丧地开了门,很颓废地歪在沙发上,呆坐了一会,想起沈建军的话,又趴在沙发上哭了起来,哭着哭着,后来就睡着了,正迷迷糊糊地睡着,却被电话给吵醒了,一接,竟是金少宇打来的。

前段时间,美容城跟法国一家公司联营,业务都做到国外了。金少宇告诉叶小倩,下周有个去法国总部学习的机会,希望叶小倩能代表厦门公司过去,学习期为一年。

叶小倩心里正烦着呢,哪有心情去法国学什么习啊,于是很委婉地回绝了金少宇的提议,说:"金总,这段时间我身体不舒服。"

金少宇也没有再坚持,说:"那算了,我再派别的人去吧。"

挂了金少宇的电话,叶小倩看了看表,都晚上九点多了,肚子有点饿,正想弄点吃的,电话突然又响了,一看,是个陌生的号码,一接通,电话里却传来一个男人的声音。

那男的说:"小倩,你还好吧?"

刚一开始,叶小倩没有听出来是谁,可等对方又说了一句,似乎有些听出来了,但又有些不敢确定,于是试探着问了一句:"林红兵?"

对方笑了,说:"对,是我,一别几年,没想到你还能听出来我的声音!"

叶小倩的语气有些夸张起来,说:"我的天啊,林红兵,真的是你啊!你现在在哪儿呢?"

林红兵说:"就在你楼下。"

叶小倩一愣,旋即又笑:"开什么玩笑。"

林红兵说:"我没开玩笑啊。"

叶小倩这下认真了,握着电话跑到窗户后边,拉开窗帘,朝下一看,楼下果然停着一辆黑色的轿车，车窗摇下，一个男的冲着她招了招手，那人正是林红兵。

这下可把叶小倩真给惊着了。

林红兵和叶小倩是厦门一起读书时的同学，俩人是在学校组织的一场舞会上认识的，初见叶小倩，林红兵便被她的美艳给惊着了，从那以后，便经常以各种理由接近叶小倩，而那时的叶小倩一门心思地想着如何挣钱，根本没把戴着眼镜的林红兵给当回事，尤其是后来遇上了沈建军，叶小倩更加无视林红兵了，直到毕业前夕，林红兵请叶小倩吃饭，借着酒劲向叶小倩表了白，叶小倩却很委婉地拒绝了他。

林红兵虽然看上去弱不禁风，其实，这哥们的内心却十分强大，表白失败之后，他问叶小倩："你是不是嫌我穷？那好，叶小倩，你等我三年，我一定会赚到大钱，到那时，我再来找你，这辈子，我一定要娶你为妻。"

对于林红兵这段话，叶小倩也没当回事，原本想着都是年轻人，冲动热血，只是说说而已。毕业后，林红兵就离开了厦门。具体去哪儿了，不知道。接下来，为了生活，叶小倩天天奔波，时间一久，也就把林红兵这个人给忘了，没想到，几年过去了，这哥们竟真的出现了。

想起往事，叶小倩的意识一下有些恍惚起来，握着电话愣怔了，站在窗前一时不知如何处理。

林红兵又说话了："小倩，下来吧，我想请你吃顿便饭，别多想，这么多年不见了，就是老同学叙叙旧而已。"

叶小倩想了想，就带上门，下楼去了。

林红兵笑着为叶小倩打开车门。

几分钟后，林红兵将车停在了一家餐厅门口。

一晃几年不见，叶小倩发现林红兵真的变样了，仅从着装，就能看得出来这哥们混得不错，不能说浑身上下珠光宝气吧，但装饰打扮也是很有格调。并且，叶小倩还很快发现林红兵人也变得能说会道了，不像原来，当年这哥们整个就是一闷葫芦,现在完全不一样了,不但能说,还很幽默。

几杯小酒下肚,原有的尴尬气氛渐渐散去,话匣子一打开,林红兵的口才优势发挥到了淋漓尽致的地步,句句说得叶小倩心里好不舒坦。

看着林红兵,想起沈建军,叶小倩心中不禁再次泛起委屈,暗想:"瞅瞅人家林红兵对我多好,你沈建军怎么就不懂欣赏我呢?"

林红兵似乎看出了异常,但又不直接点破,而是循循善诱,将话题一点点引到了个人感情上来,又是几杯酒喝下,叶小倩竟哭了起来,跟林红兵掏出了心里话,讲起了沈建军。

林红兵只听不说,不停地给叶小倩续酒夹菜。

说完了,叶小倩也感觉心里的确舒坦了很多,只是酒喝得有点多,头晕,于是跟林红兵摆手,说:"不喝了,时候不早了,咱们走吧!"

就在叶小倩和林红兵共进晚餐的同时,沈建军却独自一个人窝在沙发里抽闷烟。他的苦闷不是因为叶小倩,而是因为苏迪。

今天下午,王铁锋正在办公室处理文件,苏迪却一声不响地走了进来,直到她将一杯水推到王铁锋面前,王铁锋才醒过神,说:"呀,你什么时候进来的?"

苏迪打趣道:"我都进来半天了,话说你这曾经的侦察兵警惕性可越来越低了啊,敌人都摸到你阵地了,你还没感觉呢,多危险啊!"

王铁锋辩解道:"当兵那会儿,我可不这样,那时,我警惕性可高着呢,别说敌人摸到我旁边,八丈开外,我也照样撂翻他!"

苏迪被王铁锋逗得咯咯地笑:"就知道吹!"

"真的。"王铁锋放下手里的文件。

苏迪说:"看来这都是当老板惹的祸,当老板当得你的应急作战能力都减弱了。"

"的确是。"

苏迪在王铁锋脑门弹了他一指头:"是你个头啊,跟你说个正事。"

"什么事？"

苏迪说："今天是我的生日。"

"真的？"苏迪的这句话令王铁锋有些意外。

"嗯。"苏迪很认真地点了点头。

王铁锋猛地一拍脑袋，说："呀呀，对不起，对不起，真是忙晕了，你看我怎么把这么重要的事给忘了，行，我这就让大贵准备。"说着，就要打电话。

没想到，苏迪却一把把他的电话给摁住了。

王铁锋不解，看着苏迪，说："怎么了，还真生气了？"

苏迪摇了摇头，柔声地说："铁锋，这个生日，我想就咱俩一起过。"

王铁锋犹豫了一下，但还是点了点头，说："好吧，听你的！"

苏迪这个生日要和王铁锋单独过的决定可把沈建军给闪了一下。要知道，苏迪的生日，王铁锋虽然不记得，可沈建军却一直记得死死的，所以，提前一星期，他就叫人从花店预订了一大束玫瑰花，原想着，到时苏迪的生日派对上，他亲手送给她，可沈建军怎么也没想到，苏迪竟只邀请了王铁锋两个人悄无声息地享受清净的二人世界去了。

那晚的沈建军显得格外孤独凄苦，他盯着眼前的那束玫瑰花，看了一阵，越想越上火，于是随手抓起来朝墙角扔了过去，孰料，玫瑰花正砸中一个玩具，那个玩具是两个亲嘴的小瓷猪，一公一母，这是沈建军去年过生日时，叶小倩送给他的生日礼物。看到这对小瓷猪，就想到了叶小倩，想起叶小倩，沈建军心中立时升起了一股无名之火，那一刻，他竟莫名其妙地将所有的怨气撒到了叶小倩身上。他觉得都怪这个女人，自打认识她之后，他真的几乎就没过过一天好日子，干什么事都不顺，从卖水果到开餐馆，再到开录像厅，再到开服装厂，只要有她参与，生意是做一回赔一回，更令沈建军来气的是，也是因为叶小倩的搅和，弄得这么多年来，他对苏迪虽然一直心存爱慕，可从不敢向苏迪公开表白，因为在所有人看来，他沈建军和叶小倩俨然已是一对了，这种情况下，他再有乱七八糟的想法，再对其他的女人心存幻想，那就是当代的陈世美了。在沈建军看来，这纯粹是叶小倩对他进行的道德绑架，这么多年他算是上了叶小倩的当了。越想越气，沈建军从沙发上站起来，捡起那个小瓷猪就要隔窗扔出去，可举到半空，又忽地停住了，想了想，便找了一块布将其包好，抱在怀里，然后拉开门下楼。他要去找叶小倩，要将这个东西送给她，并且借着今晚跟她把话说明了，俩人从此再无关系，各忙各的，别再瞎耽误工夫了。几分钟后，沈建军的车到了叶小倩住的小区，找了个空位将车停好，然而刚要推开车门，一抬头，借着昏黄的路灯，发现一辆黑色的轿车缓缓驶来，然后在离沈建军不远的地方停下。车门一开，下来一个男的，那是林红兵。接着，林红兵又将一个女孩从车上搀了下来，那是叶小倩。很明显，叶小倩已经醉了，喝得跟烂泥似的，一拎一扑跌，林红兵只得抱了她的腰，再看叶小倩，人就那么一歪，完全瘫在了林红兵怀里。因为酒精的作用，叶小倩的意识有些模糊，可她嘴里却在低声呼唤着"建军，建军"的名字。但隔得太远，对于叶小倩醉意的呢喃，沈建军当然听不见，他只看见叶小倩那个醉酒的状态，当时心中就泛起了强烈的不满和愤怒，禁不住想脱口骂人，但沈建军还是强忍着胸中的怒火，没有发作。

　　隔着车窗，沈建军看见林红兵将车门关上，抱着叶小倩往楼道口走。叶小倩呼出的气息一阵阵扑在林红兵的腮帮上，撩得林红兵一阵阵心里发痒。一下，两下，次数多了，林红兵的身体就起了反应，一时间胸中感到油烧火燎一般，但刚开始林红兵又不敢越雷池一步，然而，就在他想换换手抱叶小倩的瞬间，叶小倩身子突然一歪，两个人就脸贴着脸了，视线相对的刹那，叶小倩的意识出现了幻觉，眼前显出了沈建军的样子，叶小倩的情绪顿时有些失控，顺势将身体一拱，一下就亲了上去。在与叶小倩嘴唇碰撞的瞬间，林红兵浑身一颤，热血顿时上涌，意识也突然有点飘忽起来，于是和叶小倩疯狂地亲在了一起。这一幕把车里的沈建军给彻底惹火了,嘭地一下,推开了车门,歇斯底里地冲着两人吼道:"叶小倩,你太不要脸了。"

这一声大吼,把叶小倩给吓了一跳,借着车灯,回头一看,发现竟是沈建军,当时就感觉脑袋嗡的一声,酒一下也被吓醒了。清醒过来的叶小倩回头再看,发现眼前站着的人竟是林红兵,于是尴尬万分,一时不知该如何解释应对。

沈建军怒火中烧,将手里的那个小瓷猪狠狠地摔在地上,然后,指着叶小倩,一字一顿地说道:"叶小倩,从此往后,咱们俩桥归桥,路不路,谁也不认识谁。"说完,便决绝地转过身,头也不回地钻进车里,走了。

留下来叶小倩和林红兵两个人,呆若木鸡。

就在沈建军和叶小倩闹得剑拔弩张的时候,王铁锋却和苏迪在一个包间里共享烛光晚餐。

橘黄的灯光里,苏迪显得越发娇媚。

王铁锋冲苏迪举起了酒杯,说:"生日快乐。"

烛影摇曳,苏迪微红的脸上泛着淡淡的害羞,也举起了酒杯,笑着说了声"谢谢"。

一杯红酒见底,王铁锋又将酒重新给满上。

隔着跳动的烛光,苏迪双手托着下巴,盯着王铁锋静静地看。

王铁锋感觉到异常,将酒杯放下,说:"干吗这么看着我?"

苏迪回了一句说:"看你好看。"

王铁锋笑了起来,说:"这话应该我说给你听啊!"

苏迪却答非所问地回了一句,说:"谢谢你今天陪我。"

王铁锋说:"如果要说谢谢的话,说谢谢的应该是我才对,谢谢你让我陪你过这个生日,以后如果有时间,我天天陪你。"

"你不烦啊?"苏迪歪着头问了一句。

王铁锋一脸认真地说:"怎么会?陪一辈子也不会烦。"

"你真的会陪我一辈子吗？"苏迪马上接过话题，问了一句。说这话时，苏迪一脸的认真，眼神柔情似水。

王铁锋一时怔住了，不知如何回答。慌乱失措中，王铁锋随手从眼前的花瓶中折了一条细细的花枝，变戏法似的折了几下，说："苏迪，都怪我，这段时间真的忙晕了，竟把你的生日给忘了，只能现场准备一个礼物送你了。"

苏迪有些惊讶："什么礼物？"

王铁锋说："把手给我。"

苏迪眨了眨眼，听话地把手伸了过去。

王铁锋很小心地将折好的花枝套在了苏迪的手指上，说："送你一枚戒指。"

"戒指啊？"

王铁锋点头。

苏迪说："你送我戒指干吗呀？你要向我求婚吗？"

王铁锋尴尬地笑，说："这是送给你的生日礼物。"

"谢谢你。"苏迪笑了。

王铁锋说："太措手不及了，只得先送你个假的，明天，我让大贵给你买个真的。"

苏迪努了一下嘴，说："是不是什么事都要大贵替你代劳啊？"

王铁锋发现自己说错话了，于是马上更正道："哦，对不起，对不起，说错话了，我亲自给你买。"

苏迪嗔怪道："罚。"

"愿罚。"

苏迪说："罚你吃块鱼头！"说着，夹起一块鱼头放在了王铁锋的碟盘里。

在苏迪的记忆里，那次晚餐，他和王铁锋吃得很开心，很幸福。等两个人从餐厅出来的时候，夜已深了。

王铁锋想送苏迪回家，苏迪却不同意。

苏迪说："我不想这么早回去。"

王铁锋说："那你想干吗？"

苏迪说："去海边，咱们都好久没有坐在沙滩上听海浪的声音了，铁锋，你带我去吧。"

王铁锋马上点头，说："好，今晚我所有的工作就是让我的寿星高兴。"

半个小时后，两个人到了海边，那晚有风，两个人就那样肩并肩坐在沙滩上，一开始，都不说话，只是静静地看海。

遥远的天际，月亮在云中出没，夜色清凉如水。那是一片海湾，对面是一座小岛，岛上有居民，点点灯光倒映水中，犹如朵朵鲜花盛绽，夜色迷人。

王铁锋看了看苏迪："在想什么？"

苏迪说："我在想，有一天，如果把这个海湾打造成一个世外桃源该有多好。"

王铁锋一下来精神，说："唉，这个想法不错，说说看。"

苏迪说："到时把渔民们现在的这些残破的房子拆掉，盖成联排的别墅群，让大家都住上小洋楼，然后再在村子中心修建一个漂亮的公园，再配上各种健身和游玩设施，这样村民们白天出海打鱼，晚上唱歌跳舞，开展各种娱乐活动，使大家的生活变得丰富多彩，而不是像现在这样，一年到头，日出而作，日落而息，一成不变了。"

苏迪看王铁锋听得有些入神，旋即又笑道："我也是那么憧憬一下，或许它只是一个不可能实现的'乌托邦'式的梦想。"

王铁锋却马上更正道："不，你这个梦想真的很美好，很诗意，苏迪，你放心，我向你保证，不需要多久，我一定会将你这个梦想变成现实。"

苏迪一双充满柔情的眼睛盯着王铁锋，很认真地点了点头，说："我相信你。"

转眼又是周末，那天一大早，王铁锋就打电话给苏迪，问她说："你今天有没有事？"

苏迪说："没有。"

王铁锋说："那你在家等我，一会我就到你家楼下了。"

苏迪还想问他什么事，王铁锋的电话却挂了。几分钟，王铁锋再次打电话给苏迪。

王铁锋说："下来吧，我已经在你家楼下了。"

苏迪不知王铁锋这一大早弄的是哪一出，于是快速地收拾一番，跑下了楼。

王铁锋已在楼下等着，冲苏迪挥手："上车。"

苏迪一头雾水："干吗去啊？"

"带你兜风去。"说话间，王铁锋已帮苏迪系好了安全带。

苏迪笑："哟，今天太阳打西边出来了？全厦门最忙的大老板怎么突然想起带我兜风了？"

二十分钟后，中山路到了。

王铁锋找了个车位，将车停好，然后拉着苏迪穿过汹涌的人潮，径直朝对面的"盛世华夏"走了过去。进了门，拉着苏迪径直来到了一家国内知名设计师品牌店。

服务小姐马上迎了上来，冲两个人问好："欢迎光临。"

苏迪对着服务小姐礼貌地笑了笑。

服务小姐说："您想买点什么呢？"

苏迪说："我随便看看。"

服务小姐说"我们公司最近推出一款由总设计师设计的手工定制限量包，要不要我带两位看一下？"

就在苏迪稍一愣怔，王铁锋却抢先说道："好。"

服务小姐便将两个人领到一个柜台前边，跟王铁锋介绍说："先生，就是这款，我们这款包的手工很精细的。"

王铁锋低声问苏迪："怎么样，喜欢吗？"

苏迪还没来得及回答，服务小姐插话道："苏小姐，我感觉这款包跟您的气质特别搭，您要不要看看？"

一看那包就是高档名包，苏迪本想拒绝，孰料，王铁锋再次抢先答道："好的，就这款了。"

服务小姐脸上的表情登时严肃了起来，马上跟王铁锋说道："先生，请您和苏小姐稍候，我这就去请我们经理过来。"说着，一路小跑，去找经理。

苏迪有些紧张了，说："铁锋，你要干吗啊？"

王铁锋说："上次你过生日，没有送你礼物，今天补上，现在全球掀起中国热，时尚界吹起中国风，做这款包的设计师最近在国内外都很火，他的设计融入了很多中国元素，简约大气，精致典雅，很适合你！"

正说着，经理走了过来，跟王铁锋握手，简单地寒暄过后，经理把王铁锋请到了办公室。

服务小姐带着羡慕的语气跟苏迪说："苏小姐，看得出来，你先生真的好爱你哦！"

苏迪的小脸一红，却又不知道如何解释，只得回了服务小姐一个微笑。

第二十一章　义薄云天

自打上次看见叶小倩和林红兵亲嘴之后，沈建军对叶小倩是心灰意懒。其实，酒醒后的叶小倩也因为这件事后悔得要命，连着给沈建军打电话，可沈建军根本不接。后来，实在是把沈建军打烦了，就索性关机。叶小倩知道这个时候如果上赶着解释，反而可能会使事情越描越黑，与其这样，还不如给双方一点空间，彼此冷静冷静，时间一久，或许事情会出现转机，也说不定呢。又想到前段时间，金少宇曾给她说起出国学习的事，于是她便主动跟金少宇申请，说，她愿意代表公司去法国学习。金少宇正为人选的事犯愁，所以当场应允。就这样，几天后，叶小倩踏上了飞往法国的飞机。

叶小倩离开的第三天，苏迪接到她爸爸从老家打来的电话，说，苏迪的妈妈病了，要苏迪无论如何回趟老家。王铁锋本来说陪苏迪一块回她老家的，可苏迪不同意，说，现在年底了，对公司来说，正是个关口，你是公司的主心骨，这个时候你怎么能离开呢？沈建军几个人也表达了类似的意见。没办法，王铁锋只好让苏迪一个人回了老家。

新年的钟声敲响了，一九九七，来了。这一年，对中国来说，发生了两件大事，一个是香港回归，另一个是亚洲金融危机的爆发。这场亚洲金融风暴首先席卷泰国，不久，横扫马来西亚、新加坡、日本和韩国等地，对中国的经济发展也造成了巨大冲击，当然"九鼎"公司也不例外。

那天，王铁锋主持召开了公司大会。面对这场突如其来的金融危机，王铁锋觉得公司必须要有所作为，必须拿出新的对策，现在公司旗下的几个工地皆因为资金问题而停工，再这样下去，"九鼎"公司迟早得宣布破产。

会议一连开了两天,最后,沈建军提到了一件事,引起了王铁锋的兴趣。

原来,去年"九鼎"公司借壳上市后,融到了一笔资金,王铁锋就用这笔资金在一个叫上岩的地方投资了一个项目,这个项目由沈建军负责。上岩这个地方民风彪悍,村民常为一些鸡毛蒜皮的小事而发生械斗。出于安全考虑,当时工地一动工,沈建军就把当地几个有名望的人请了过来,凭着沈建军多年闯荡的经验,一番畅谈,很快就和这几个人成了无话不谈的朋友。这些人当中,有一个叫牛大河的人,为人豪爽仗义,时间一长,跟沈建军成了感情很铁的好朋友。那天,两个人一起吃饭,牛大河跟沈建军透露了一个消息。

牛大河说:"上岩镇东南角有一个废弃的工厂,现在厦门发展这么快,不出三年,上岩这边的地皮价格就得翻倍,手头要是有钱,把这个废工厂的地皮给买下来,到时肯定能赚钱。"

沈建军听了之后,就把这件事记在了心里。所以,借着开会的机会,就跟王铁锋说了。王铁锋马上让沈建国把牛大河给找了过来,大家研究了一下午,最后,王铁锋交代牛大河回去之后好好考察下这个工厂的具体情况,有什么新情况及时沟通。

没想到,第二天一大早,牛大河就跑来跟王铁锋报告,说:"王总,大事不好,咱们下手晚了,我打听到柳氏集团也盯上这个地方了。"

众人皆惊。

王铁锋说:"这几天我仔细研究了下,上岩工厂的这个地方简直是块风水宝地,柳氏集团得到了,柳氏集团翻身,咱们得到了,咱们就有活下来的希望,这个时候就不能再讲什么温良恭俭让了,上岩工厂这场争夺战,一定要和柳氏集团打到底,并且必须胜利。"

牛大河再次被派了过去。

不久,牛大河给王铁锋带来了极其有价值的情报:柳氏集团的确跟当地村委会就开发此项目的事在谈判,但两方还没最终谈拢。

王铁锋于是马上让牛大河出面，安排时间，他要和当地的几个村干部见面。令王铁锋没想到的是，这几个村干部当中有一个叫陈大兴的人竟是他的战友，当初俩人是一个团的，大家越聊越近。

王铁锋对几个村干部说："个人感情是个人感情，你们几个毕竟代表着村里老百姓的利益，既然是做生意，那我不能让老百姓吃亏，我跟在座的各位保证，无论柳氏集团给你们多少，我出的价格一定会高出柳氏集团所给价格的三个百分点。"

几个村干部一听，嚯，普天之下还有这种好事，那于情于理都不能拒绝啊！于是一致同意和王铁锋合作。就这样，双方很快签订了合同。

签了合同的第三天，沈建军出差去了上海。原本上海那边有个项目半个月前就催着沈建军过去考察，但上岩这个项目比较急迫，需要人手，王铁锋就让沈建军把去上海的日程推后了几天，现在上岩这个项目大功告成，沈建军便买了当天晚上的机票，飞往上海。

得到王铁锋将上岩工厂拿下的消息，一开始，柳小贝根本就不相信，在她看来，这怎么可能呢，那些村民和村干部她不是没见过，个个都是谈判高手，她跟这些人刀光剑影谈了那么久，都没有下文，王铁锋一出手，事情就搞定了？他是神啊？简直是天方夜谭嘛！可一个小时后，柳小贝彻底相信了，因为她接到了一个电话，而给柳小贝打来电话的人正是王铁锋的那个战友陈大兴。

陈大兴明白无误地告诉柳小贝，他们已和"九鼎"签订了合同。陈大兴还跟柳小贝表达了歉意，说："柳总，这件事真的太不好意思了。"

柳小贝强撑着跟陈大兴寒暄了几句，整个人都气晕了，以至她都忘记后来是怎么挂的电话了。挂了电话之后，柳小贝对着自己的水杯怔怔地望了好久，那一刻，她气得浑身颤抖，真的是恨死了王铁锋，心中暗道，这个姓王的也太差劲了，我这边还跟对方谈着呢，他背后竟不声不响地下家伙了，再是竞争对手，也不能干出这种事来啊，做人也太不厚道了。越想越生气，弄到最后，柳小贝再也坐不住了，索性拿起外套，出了公司，开车直奔王铁锋的公司。

柳小贝实在咽不下这口气，以往发生了那么多事情，跟这个王铁锋之间也闹过不快，起过风波，可那都是些无关痛痒的小恩小怨，说实话，她真的从来没有把王铁锋放在眼里过，因为两个人真的根本不是一个重量级，也没有可比性。但这次，情况的确不一样了，这场突如其来的亚洲金融危机给作为跨国公司的柳氏集团造成的冲击极大，由于资金链断裂，其在东南亚的业务几乎在一夜之间全部陷入了瘫痪状态。如果上岩这个项目再泡了汤，那么柳氏集团这次真的就前途未卜了。此时，在柳小贝的眼里，和公司的命运相比，什么身份、面子、虚荣和矜持都统统显得不重要了，这次，她无论如何得找王铁锋好好谈谈了，太过分了。孰料，柳小贝刚走进"九鼎"公司，就被前台负责接待的小组给拦住了。可柳小贝脸上的表情冷若冰霜，她这种女孩平时就给人一种冷艳之感，何况现在胸有怒火呢，于是柳小贝只是冷冷地说了一句："我找你们王总。"说完，径直就走了进去。

办公室的门被推开时，王铁锋正俯在桌子上看文件，听到响动，抬头一看，发现眼前站着的人竟是带着一脸兴师问罪神情的柳小贝，不免有些意外。

前台小姐追了进来，跟王铁锋道歉，说："对不起，王总，这位小姐非要见您，我根本拦不住。"

王铁锋知道柳小贝这次是来者不善，于是，对前台小姐说："没事，你先出去吧，我跟柳总有点事要谈。"

前台小姐小心翼翼地将门带上。

柳小贝怒视着王铁锋，她脸上的表情极其复杂，有愤怒，还有不容侵犯的冷傲。

王铁锋站了起来，还没等他说话，柳小贝先开口了："我想和你谈谈。"

王铁锋微微一笑，做出一个请的手势，说："好啊，想跟我谈什么，请坐下来说吧。"

柳小贝在王铁锋的对面坐下。

说是有事要谈，但起初的几分钟里，房间里寂静一片。隔着桌子，两个人就那么对视了好一阵，后来，王铁锋心里忽地感觉有些理亏了，于是，将眼睛移到了窗外，干咳了一下，终于说话了。

王铁锋说："柳总，其实，我知道你这次找我的目的。"

柳小贝瞪着他，依然不说话，她似乎已经想好了，这次倒要看看这个王铁锋到底有什么与众不同的地方，看看他在自己的面前究竟能玩出什么花样。

王铁锋说："柳总，说实话，这件事，仔细想想，我做的的确有些欠妥，实在感觉有点对不起你，冒犯了，请包涵。"

柳小贝却冷冷地哼了一声，看得出来，她根本不吃王铁锋这一套，但沉默了一会，最终还是开口了。

柳小贝说："王铁锋，你少跟我这么假惺惺的，这根本不是对不对得起的事，这是人品问题，放眼厦门，全国，甚至全世界，有你这么办事的吗？背后下手，挖人墙脚，你让我看不起，知道吗？"

王铁锋听柳小贝这么说，心里虽然有些受伤和不悦，但并没有立刻表现出来，而是选择沉默，那意思，他也想听听像柳小贝这样的大家闺秀，真生气来到底能骂出什么更难听的话来。

柳小贝说："王铁锋，我跟你到底有什么深仇大恨？"

王铁锋说："柳小姐，咱们之间没有什么深仇大恨，并且我必须得跟你更正下，这也不叫深仇大恨，这叫竞争，商业竞争。"

"狡辩。"柳小贝语气中充满了不屑。

"这不叫狡辩，这叫真理，叫进化论，叫物竞天择，适者生存。"对于柳小贝的不屑与指责，王铁锋故意装出满不在乎的样子。

柳小贝冷笑道："好一个物竞天择，适者生存。可你的生存是建立在别人的牺牲之上的，是，有了上岩这个项目，你是生存下来了，可别人呢，是死是活，你考虑了吗？"

王铁锋一愣，他似乎觉察到了柳小贝话中有话，于是问了一句："柳总，我没大明白，上岩这个项目，我没考虑别人死活？我不让谁活了？"

"你说呢？"柳小贝强忍怒火。

"这个项目对你真的这么重要吗？"王铁锋终于回过神了，于是小心翼翼地问道。

柳小贝没有说话，而是嘴唇紧咬，双手也紧握在了一起，因为生气得厉害，她的身体微微颤抖。

看到柳小贝这副模样，王铁锋心里忽地一紧，顿时有些不忍起来，片刻的愣怔之后，语气开始变得缓和，语速也有些磕巴起来，说："不，不是柳总，到，到底怎么回事啊？"

柳小贝却似乎已没有心情跟他扯下去了，于是拿了包，起身的瞬间，冲着王铁锋一字一顿说道："我不想和你废话了。"说完，起身就走。

王铁锋马上站了起来，想拦住柳小贝，要她把话说清楚再走，但动作慢了半拍，没拦住。只听嘭的一声，门被带上，柳小贝愤然离去，留下王铁锋一个人呆在原地，一脸茫然。

那天一大早，大贵急匆匆推开了王铁锋的办公室，将刚刚打探得到的消息跟王铁锋做了报告。

王铁锋听罢，不由得呀了一声，说："真这么严重？"

大贵说："可不是嘛，看来柳氏集团这个坎是迈不过去了，唯一一个指望翻身的机会被咱们给抢了过来。"说完，大贵叹了一口气，又安慰起了王铁锋："咳，锋哥，你也别太在意，做生意嘛，本来就是这样，东西就那么多，你抢了，我就抢不到，这也没办法的事，既然选择了江湖，就要接受江湖中的规矩，很残酷，也很无奈，还是那句话，想开点，江湖相忘吧。"

王铁锋摇了摇头，说："江湖相忘重利，相濡以沫重义。干建筑这一行业，我是盖房子，不是拆房子，盖房子不光是为了赚钱，我盖了房子，得有人住进去，看着他们幸福了，温暖了，我才有成就感，如果盖房子换来的结果是我赚钱了，却有人破产了，那这个房子，我宁愿不盖，这单生意我宁愿不做。"

大贵一时没抹过其中的弯弯，说："那，锋哥，你的意思是？"

王铁锋说："找柳小贝去。"

大贵更为不解，说："双方都闹僵成这样了，这个时候你还找她？"

王铁锋叹了一声，说："现在看来，这件事上，咱们得姿态高一点了。"

大贵再想说点什么，却被王铁锋打断了："走吧。"

就这样，半小时后，王铁锋带着大贵走进了柳氏集团，前台小姐要拦两人，说："请问两位找谁？"

大贵说："找你们柳总。"

前台小姐说："两位和我们柳总有预约吗？"

"没有。"

前台小姐说："那对不起，我们柳总正在开会。"

大贵不耐烦了，说："少跟我扯那没用的，赶紧去通报。"

看大贵长得又粗又壮，说起话瓮声瓮气，有些吓人，于是前台小姐不敢再和他说话，只得问王铁锋，说："先生贵姓。"

"王。"

前台小姐继续解释道："对不起，王先生，我们柳总真的在开会，不方便会客。"

王铁锋说："麻烦你跟你们柳总通报下，就说我给她送钱来了，你问她，这钱，她到底要还是不要，如果不要，我可走了。"

前台小姐这下不敢再耽搁了，一路飞奔着上楼，去跟柳小贝报告。

柳小贝一听找她的人姓王，就猜到了是王铁锋，犹豫了一下，然后，跟前台小姐说："让他进来。"

王铁锋走进了柳小贝的办公室，也不等她客气，径直就坐在了对面的椅子上。

柳小贝没好气地看了王铁锋一眼，沉吟了一下，最终开口了："说吧，你找我什么事，我这忙着呢。"柳小贝的语气冷淡，问得直来直去，怼得王铁锋差点没翻车，但又不便发作，只是强忍。

王铁锋说："再忙，还不是为了上岩那个项目吗？"

柳小贝立时警惕了起来，说："王铁锋，你什么意思？"

"没什么意思，"王铁锋抠了一下指甲，云淡风轻地说了一句，"柳小姐，今天我来找你，本来有事要谈，可看你现在这个状态，咳，算了，不说了，既然你忙，那你先忙吧，告辞。"说着，就要起身。

这下换柳小贝着急了，说："哎，王铁锋，我说你这人怎么回事？"

王铁锋一脸的委屈，说："什么怎么回事？我一进来就说了，我是来给你送钱的，现在看来，你不但跟我有仇，你跟钱也有仇，你这么居高临下，站在空中下不来，咱们怎么谈嘛？"

柳小贝扔了手里的笔，说："你这人，真小气。"

王铁锋乐了，说："你说得对。"

柳小贝看王铁锋的确是无事不登三宝殿，何况现在公司处在悬崖边上，为了生存，看来她的确是该放低一下身段了，想到这儿，于是说话的语气也就变得柔和了很多。

柳小贝说："好吧，我承认，刚才的话说得的确不对，我跟你道歉。"

王铁锋再看不惯柳小贝，可柳小贝毕竟是柳小贝，搁在以往，以她的脾气和性格，向谁低过头？跟谁道过歉？王铁锋知道，差不多就行了，别再抻了，再抻，弄不好就抻崩了，于是说话的语气也柔和了起来："其实，说对不起的，应该是我，真的，我真不知道柳氏集团遇上了这么大个坎，更没想到上岩这个项目对你如此重要。"

柳小贝没有说话，她静静地注视着王铁锋，似乎在判断他说话的真假。

王铁锋继续说道:"所以,我想好了,决定和柳氏集团一起来开发这个项目。"

柳小贝一怔,旋即又笑,说:"可怜我?"

"不是可怜,是帮助。"王铁锋很认真地纠正柳小贝。

柳小贝一时半会有些吃不透王铁锋的话,说:"别忘了,咱们可从来都是对手,不是朋友,对手之间相互帮助,我可是第一次听说。"

王铁锋的语气依然平和:"对手之间也不光是竞争,不光是你死我活,对手之间也应该有帮助。"

柳小贝似乎并不为王铁锋的话所动,说:"我一直相信,这个世界上只有永恒的利益,而没有永远的朋友,你帮我,出于什么动机?"

王铁锋说:"坦白地说,我这么做,没有动机,如果非得说有什么动机的话,我觉得是出于道义。对于商人,利固然重要,但义更金贵,所以中国人自古以来都强调,利在两边,义在中间。几天前,你指责我,说我的生存是以别人的牺牲为代价的。其实不是这样的,我也不认为做生意就一定是争凶斗狠,你死我活。我觉得如果我们理性地对待这事,我们完全可以做到和谐发展,共荣共存。所以,我今天才过来找你,你信也好,不信也罢,但这的确是我的心里话。"

柳小贝不说话了。

两个人对望了一阵,王铁锋拿起了包,说:"容我再强调一遍,我这么做,不是可怜谁,要说可怜,我觉得我才是世上最可怜的人,我这么做,是真诚地邀请你,邀请你一起合作。当然,何去何从,还得你自己定夺,想好了,给我回个话,好了柳总,我还有事,先告辞了。"说完,王铁锋真的就带上门离开了。

柳小贝望着王铁锋的背影,怔了很久,表情复杂。

三天后,王铁锋接到柳小贝一个电话。

柳小贝告诉王铁锋,她想好了,接受他的建议,愿意联手开发上岩这个项目。

王铁锋说："这事你能答应，我真的很高兴。"

两个人在电话里就这个项目的其他事情聊了好久，并且气氛很平和，之前的那种一见面就剑拔弩张的情景不知不觉中早已烟消云散。聊到最后，柳小贝对王铁锋说："这件事，真的谢谢你，为表感谢，我想请你晚上吃顿便饭。"

王铁锋说："咳，吃饭就免了吧！"

柳小贝一看王铁锋还跟她装，以她的性格，她可不惯他这个毛病，于是说："晚上七点，海峡酒店，反正位置我都订好了，你爱来不来，不来拉倒。"说完，电话就挂了。

王铁握着电话怔了好一会，喃喃自语道："呀，这姐们脾气可真大，有这么请人吃饭的吗？"可有意见归有意见，王铁锋还得如期赴约，毕竟柳小贝已答应联手开发上岩这个项目，接下来两个人还有很多细节要谈呢。

当天晚上，王铁锋到达海峡酒店的时候，柳小贝早已经在候着了。

王铁锋跟柳小贝道歉，说："真对不起，路上堵车。"

柳小贝却一改往日的高冷，而是很温柔地笑了笑，说："没事，我也刚到。"

饭菜上齐，几杯酒一下肚，话题一打开，气氛就有些活泛起来。

王铁锋又将两人的酒杯满上。

柳小贝的脸有些微红，抬起头看王铁锋，两人的视线不期然地相撞，柳小贝冲着王铁锋浅浅一笑，这一笑，弄得王铁锋心里竟有些莫名紧张，一时间波涛起伏，慌乱中只得将视线移开，假装看窗外。

柳小贝似乎已经看穿了王铁锋的内心，于是安慰性地给王铁锋把酒满上，然后试探性地问道："说实话，你恨我吗？"

王铁锋扶了酒杯，有片刻的愣怔，但马上辩解道："不会！"

"没说真话。"

"真的。"

柳小贝很歉意地笑了笑,说:"记得咱们的第一次相遇就有些误会,我还对你说了些伤人的话,现在想想,真的挺后悔的。"说着,柳小贝轻叹了一口气:"说实话,你是不是觉得我这个人特不近人情?"

王铁锋咳了一声,说:"说实话啊?"

"当然了。"

王铁锋说:"说实话,的确是有点,可我并不因此就恨你,真的,相反我还挺感谢你的。"

柳小贝一愣,脸上泛起了不理解的表情,心说这人有受虐症还是怎么着?

王铁锋说:"你心里一定在骂我有病对不对?"

柳小贝咯咯地笑了起来,慌忙摆手,说:"没有没有。"

王铁锋说:"从当兵到闯荡厦门,这么多年,我悟出一个道理,人都是有惰性的,人的本能就是趋利避害,对很多人来说,一旦日子顺了,生活安逸了,再谈什么奋斗啊拼搏啊,就有点困难了。相反,如果生活把一个人逼到了拐角,那他体内的潜能反而会被激活,他才会自我反思,才会痛定思痛,才会绝地反击。说实话,如果不是当初咱们第一次相遇就闹出误会,可能我到现在都还在卖水果,或者还在挖地基,当然,这么多年过去了,随着技能的提高,我可能也由当初的小工熬成大工了,但绝对不会有今天这个样子。当然了,这么说,并不是说我当初卖水果、当小工就卑微,我现在做老板就高贵,不是这个意思。我的意思是说,正是因为你当初那么对我,某种程度也成为我选择另一种活法,改变我后来生命轨迹的刺激因素,所以,我不但不恨你,还要对你说声谢谢,真的,这是我的心里话。"

柳小贝听得都有些不好意思了,说:"这么说,我真的感觉自己都有点无地自容了。"

没想到,王铁锋却突然将话锋一转,说:"当然了,我不恨你,可我一直挺烦你的。"

"真的?"

"对。"

"烦我什么?"柳小贝似乎来了兴趣。

"烦你不食人间烟火,烦你孤傲高冷,烦你说话直怼,烦你,反正,烦你的地儿挺多的。"

柳小贝都听愣了,说:"你都烦我烦成这样了?"

"你以为呢!"

"谢谢你提醒我。"

"把你当朋友,我才这么直言不讳的,换成其他人,我才这不这么说呢,说这些,多得罪人啊!"

令王铁锋意外的是,听了他前面这些带有半开玩笑性质的话,柳小贝竟态度很真诚地说:"王铁锋,今晚你所有的话,我真的全听进去了,放心吧,以后我一定会改。"

王铁锋说:"是,你的确得改。改了,你这么一漂亮女孩,那就堪称完美了。"

这次,柳小贝咯咯地笑了起来:"这话我喜欢听。"

聊着聊着,两个人间原有的隔膜不知不觉已不复存在,并且,二人越聊越起劲。但聊着聊着,王铁锋突然话锋一转,问柳小贝道:"哦,对了,你有男朋友吗?"

柳小贝马上谨慎了起来,说:"干吗?"

"不干吗?"

"不干吗那干吗突然问这个?"

王铁锋说:"我意思是,我刚才上面说的那些话本来该由你男朋友来说啊,我这么傻乎乎地全说了,那你男朋友干吗的?行了,我不说了,我说了,你改了,完美了,你男朋友美了,我图啥啊?"

柳小贝又咯咯地笑了起来，说："你看，原形毕露了吧，就知道你这人不会这么好，做什么事肯定有所图。放心吧，你今晚说的所有话我都不计较，并且虚心接受。"说完，顿了顿："真的，今晚谢谢你。来，我敬你一杯。"

王铁锋举起了酒杯，喝了一口，说："想再听一句发自我内心的真话？"

"想。"

王铁锋说："你不端着的时候，很迷人，真的。"

"这是在夸我吗？"柳小贝歪着头问王铁锋。

"当然！"

柳小贝没接王铁锋的话茬，而是话锋一转，并且语气极其诚恳地说："我可以求你个事吗？"

"你说。"

"明天晚上，能陪我参加一个活动好吗？"

"什么活动？"

柳小贝叹了一口气，说："我一个大学同学的生日派对，说实话，我现在一接到这样的通知就害怕，你也知道，那种场合，大家聚在一起，从开始到结束都是在谈婚论嫁，她们当中很多人已经结婚了，到时大家都成双结对的，就我一个人还单着，可这次是我最好的闺密，又不能不参加，我几个闺密就跟我出主意，说实在不行就临时找个替补。"

"替补？什么意思？"

柳小贝解释道："就是找人临时充当一下我的男朋友。"

"我啊？"王铁锋用手指自己，一脸意外的表情。

柳小贝有些不好意思了，说："我知道，这种事，突然跟你提出来，是有些不妥，可我也是刚接到我同学的请柬，你说这个时候让我马上去找，我上哪儿找去啊？所以就想请你帮忙。"

王铁锋为难了，柳小贝提出这一要求，真的大出乎他的意料。

柳小贝说："说实话，我发现你这人其实挺不错的，真的，以前，我对你有偏见，希望你能原谅。"

柳小贝使用这种语气说话，王铁锋还真是第一次听到，看柳小贝那副认真中带着可爱的模样，他的心里突然有了怜惜和不忍，何况这本来也是件举手之劳的事，要是拒绝了，那可就彻底把柳小贝给伤着了，于是，略一沉吟，王铁锋就答应了。

其实，柳小贝不说，王铁锋不会知道，柳小贝之所以请他充当自己的男朋友，还有着另外一个原因。那就是，柳小贝已经预料到金少宇到时肯定也会参加这个活动。这个金少宇，对于柳小贝来说，简直成了她的一块心病。严格地讲，两个人认识这么多年了，男才女貌，理应是天造地设的一对，可不知道为什么，柳小贝对金少宇就是不来电，具体原因，她自己也说不清楚，反正就是感觉，感觉金少宇这人身上少了令她喜欢的那种东西，或者说多了她不喜欢的某些东西。其实，自从来了厦门，金少宇没少打电话给柳小贝，可每次都被她以各种理由拒绝了。金少宇也是个一根筋的主儿，柳小贝越是这样对他，越是刺激了他的逆反心理。可上赶着不是买卖，金少宇越主动，柳小贝越感觉他不是自个儿的菜。于是，柳小贝就想着，不如借着这个同学的生日派对，把王铁锋拉上，这样一来，在同学当中，大家都知道她柳小贝有男朋友了，也正好以此让金少宇对她死心，断了念想。

扭脸到了第二天晚上，王铁锋如约来到了柳小贝的楼下。

看得出来，柳小经经过了一番精心打扮，当她款款走来的那一刻，王铁锋竟突然有一刹那的颤抖，他真的让柳小贝的美给惊着了。

柳小贝冲王铁锋莞尔一笑，回过神的王铁锋慌忙为她开门。

半小时后，在柳小贝的指引下，王铁锋将车在一家酒店门前停下，然而，两个人刚一下车，一辆黑色的轿车就紧挨着他们停了下来。车门一开，下来一人，竟是金少宇。三个人视线相对的刹那，都有些僵，幸好柳小贝的同学及时跑了过来，将三个人迎了进去。

那晚的生日会办得很热闹，当柳小贝将王铁锋介绍给大家时，所有人愣了，说："小贝，怪不得这么多年，你这么沉得住气，原来有个大帅哥在手里攥着呢！藏得可够深的啊你！还以为你是独身主义者呢！咳，你说我们以前怎么就没发现呢！"然而，就在大家你一言我一语地夸个不停的时候，唯独金少宇一言不发，绷着脸，看不出任何表情。

那天晚上合着也该出事，柳小贝闺密的男朋友也是嘚瑟，非要借着这个生日搞什么浪漫求婚，晚会弄到最后时，那男的扑腾一下给柳小贝的闺密跪下了，从西装里拿出一个盒子，打开，竟是一枚闪闪发光的戒指，然后，很肉麻地求对方嫁给自己吧！

这一举动直接把晚会推到了高潮，弄得在场的女生们不约而同地发出尖叫。最让人受不了的是，柳小贝的闺密还故意端着，扭扭捏捏的，似乎还在犹豫到底要不要接受这个求婚，在场的人也配合她，一起高喊："在一起，在一起！"

在众人的怂恿下，那个男的就将戒指戴在了柳小贝闺密的手指上，两个人脸上流出幸福的表情，这个画面虽然在电视剧里都被运用得泛滥成灾了，可真正置身其间，看到这一幕就在眼前真实地上演的那一瞬间，柳小贝心里突然就泛起了一股莫名的感动，眼角一热，竟流泪了。

接下来，就是众人为女寿星送礼物。

柳小贝的闺密还沉浸在幸福和感动当中，抹着眼泪一一向众人道谢，也就在这时，意外发生了。

金少宇突然向王铁锋发难，说："王先生，你的礼物呢？"

这句话把王铁锋弄得一愣。

柳小贝却马上接了一句，说："他今晚只是陪我来参加小佳的生日。"

金少宇步步紧逼："作为小贝的男朋友，难道王先生不知道今天其实也是小贝的生日吗？"

这实在超出了王铁锋的意料，他无论如何没有想到今天竟是柳小贝的生日。金少宇说得没错，今天的确是柳小贝的生日，但这段时间面对公司千头万绪的工作，她已经忙得忘了自己生日这件事。于是面对金少宇突然这么一发难，连柳小贝都有些措手不及。柳小贝知道，今天晚上金少宇这是在没事找事，故意想出王铁锋的丑呢，稍微一怔，她刚要说话，却被王铁锋给拦住了。

王铁锋在她的耳边低声安慰了一句，说："没事。"说着，就转身朝门外走。

柳小贝一怔："你干吗去啊？"

王铁锋回身一笑，说："稍等，我马上就来。"

到了门外，王铁锋掏出"大哥大"，拨通了大贵的电话。

大贵正和几个哥们在打牌，一看是王铁锋的电话，立时冲几个人嘘了一声："都别出声啊，"然后，摁下接听键，说："锋哥。"

王铁锋在电话里如此这般这般如此地跟大贵交代了一番，大贵频频点头，挂了电话，不敢怠慢，马上领着几个人就往外跑。

几分钟后，酒店外边来了一帮人，走在中间的正是大贵，手里捧着一个礼盒。

三号房的门被推开。

面对大贵这帮不速之客，所有人都一愣。

柳小贝有些不明就里，看着王铁锋。

王铁锋嘴角挂着淡淡的笑，冲柳小贝点了点头。

大贵快步走到王铁锋跟前，从包里取出一个信封，王铁锋接过信封，转身走向柳小贝的闺密，说："恭喜你们订婚，这是我和小贝的一点心意，请笑纳。"

柳小贝闺密从王铁锋手中接过信封，打开一看，里边竟是两张欧洲十日游的机票。这个意外的礼物让柳小贝的闺密又惊又喜，高兴得一下将王铁锋抱住了："谢谢我锋哥！"

接着，王铁锋捧起礼盒走向柳小贝，说："这是今晚送你的生日礼物。"

"我的？"柳小贝有点意外，一时有些犯愣。

王铁锋笑着点了点头，很明显在鼓励她。

柳小贝接过礼盒，打开，里边正是前段时间王铁锋为苏迪定制的那个由国内知名设计师设计的限量款包。

那一刻，所有人都鼓掌尖叫，向柳小贝投来了羡慕的目光。

那晚，柳小贝都不记得是怎么走出酒店的。整个晚上，她的体内都涌动着一种从未有过的兴奋和幸福。在这种兴奋和幸福的支配下，那晚的柳小贝酒喝得就有点多，以至后来王铁锋将车停在她的楼下，下车的时候，她差点没摔倒。幸亏王铁锋眼疾手快，一把将她扶了。柳小贝还想硬撑，但意识早已模糊的她脚下一软，一下就瘫在了王铁锋的怀里。

王铁锋说："我送你上去吧。"

柳小贝没有拒绝，就那么依偎在王铁锋的怀里，任他抱着往楼上走。两个人身体紧贴，闻到王铁锋身上散发出来的那股独特气息，意识原本就不太清醒的柳小贝，这下彻底迷糊了，于是，在上楼的过程中，她就那么无力抗拒也不想抗拒地闭上了双眼，在王铁锋的怀里悄然睡着了。

王铁锋费了很大力气，才从柳小贝的包里找到钥匙，然而等他推开门，刚将她抱进去，柳小贝就哇地一下吐了，弄得衣服上到处都是。王铁锋只得将柳小贝放在床上，赶紧帮她脱下外套。房间里，灯光迷离，脱着脱着，王铁锋的心就乱了。橘黄的灯光下，他发现柳小贝的确太美了，美得简直摄人心魄。

就在王铁锋愣怔的瞬间，柳小贝突然喊口渴，要喝水。王铁锋慌忙起身倒水，然后，一条胳膊托起柳小贝的脖子，喂她喝下。喝完水，柳小贝似乎感觉热了，开始醉意蒙眬地脱衣服。王铁锋将水杯放回桌子，转过身的刹那，眼前的情景把他一下震住了。此时的柳小贝已经把自己身上最后的一件衣服扯了下来，她一丝不挂的胴体，在柔和的灯光里，散发着令人眩晕的光泽。然而，只是片刻的愣怔，王铁锋便慌乱地抓了被单给柳小贝盖上，但醉意蒙眬的柳小贝显然有些不高兴了，一把将被单扯掉，又露出了雪白的胴体。那一刻，王铁锋的鼻血都要流出来了，但还是强忍着，又帮她把被单给重新盖上。这次，柳小贝似乎不耐烦了，双脚一蹬，被单就被她踢到了床下。王铁锋不得不再次捡起从床上捡起被单，然而，就在他刚弯下腰给她盖好的刹那，柳小贝突然张开双臂，一把搂住王铁锋的脖子，低声呢喃着，嘴巴就堵了上来。刚一开始，王铁锋还能把持，试图将柳小贝推开，可柳小贝温柔的体香扑面而来，这下王铁锋的意识彻底迷糊，心中那道最后的堤防也彻底决口，于是，两个人疯狂地纠缠在了一起。

第二十二章　兄弟分家

苏迪从老家回来了。回来后的苏迪并没发现王铁锋有何变化。王铁锋依然像从前一天到晚地忙，可他的心里的确起了变化，然而，这种变化只是在心里存着，他若不说出来，没人会知道，但王铁锋知道，他和柳小贝之间再也回不到从前那种路人或者竞争对手的状态了。虽然，他依然天天忙得脚不打地，嘴上不说，可他的心里，在那个最隐秘的角落，柳小贝入住了。而柳小贝呢？在公司，她依然扮演着那个现代女强人形象，然而她那颗与生俱来的小女人的心门其实已经为王铁锋打开了，并且一旦打开，就再也关不上了，在公司，她可以一如既往地颐指气使，但一接到王铁锋的电话，或者一旦到了两个人独处的时刻，她的温柔，她的细腻，她的黏人就会暴露得淋漓尽致。令王铁锋感觉有些拧的是，在他的心里，对苏迪有些愧疚，并且苏迪对他越好，这种愧疚感就越强烈，虽然他和苏迪两个人之间并没有过分的亲密，可他不傻，这么多年，他能感觉到苏迪对他的好，那种好绝对超出了普通男女的情感交往，但他又不好主动或者过于直接地跟苏迪说明或者解释，他担心万一弄不好，或许把苏迪伤害得更重，他给不了她想要的爱，可他绝对不允许自己伤害她。

王铁锋主动跟苏迪提起了将那款限量包送给柳小贝的事。苏迪听罢，并没有表现出王铁锋所担心的不高兴，而是淡淡地笑了笑，说："没事，上岩的这个项目，本来就有些对不起人家柳氏集团，这个包就全当补偿人家了，何况柳小姐又那么漂亮，这款包挺配她的。"

几天后，上海出差的沈建军也回到了厦门，回来的当天晚上，就和王铁锋发生了激烈的争吵，这是两个人自打来厦门闯荡的这么多年里第一次真正的冲突，吵得很凶，弄到最后甚至都拍起桌子了。两个人产生冲突的焦点是要不要把上岩的项目分一半股份给柳氏集团。

沈建军认为生意就是生意，商场如战场，既然是战场，就会有胜利者，有失败者，优胜劣汰，物竞天择，这是社会发展的必然法则，她柳小贝也是商人，既然是商人，就要遵守这个法则，既然输了，她就要接受被淘汰出局的结果。在上岩这个项目上我们这次赢了，我们是胜利者，但我们无法保证在激烈的商战中永远胜利，也不可能。我们这次胜出了，下一次可能我们就成了失败者，所以，这次我们作为胜者如果不紧紧抓住胜利的果实，那么，很可能在下次竞争时，我们一旦被淘汰出局，连卷土重来的资本和资格都没有了。这不是个人恩怨，这关系着我们整个公司的生死前途，关系到我们这么多人的生存大计。而转让一半股份给柳氏集团，这个决定对公司领导者来说，不是件儿戏，是个事关重大的战略问题，作为公司董事，沈建军说他必须对关乎公司命运的大政方针进行有效的干预，这是他的权利，更是他的责任。而王铁锋作为公司的主要领导在做出上述大政方针的时候，也有义务和责任向董事会通报并征取意见，但他显然没有做到，这一点，也是令沈建军最不能接受的。除此之外，沈建军对丁国庆、大贵，甚至包括苏迪等人都提出了批评，说，你们作为董事会成员，对公司领导缺乏理性、极具情绪化的决定一味顺从，这是非常愚蠢的，这么做，无疑是把公司当成了一个家庭企业，实行的完全是家长制，这等于默许了将整个公司完全置于某个人的意志之中，任其发展，这个公司离玩完绝对不会太远了。

很明显，沈建军这次是真生气了，把话说得很重，令每个被他骂到的人都感到脸上火辣辣的，但又都发自内心地感到他说的不无道理。可现在的问题是，上岩的这个项目与柳氏集团共同开发的决定已经是生米煮成了熟饭，这时若撕毁合同，于情于理都已不妥。对于王铁锋来说，闯荡厦门这么多年，跟沈建军的确有过很多次争吵和分歧，但这件事上，他第一次感到了理亏。两个人吵完了，会议一度陷入僵局。

最后，王铁锋说："这样吧建军，我接受你所有的批评，但话又说回来，柳小贝她的确不容易，她这次遇到坎了，说一千道一万，咱们不能见死不救。咱们在老家时打小接受的教育就是合群团结、豪爽义气。这个合群团结，豪爽义气，不能仅仅局限于本地乡亲，它应该扩大到全国，全世界，说这些不是为我犯的错误开脱，而是我们要想把生意真正做大做强所必须具有的一种眼界和胸怀。但我保证，从这件事中一定汲取经验和教训，以后决不再犯类似的错误。"

王铁锋和沈建军毕竟是一起光屁股长大的发小，这次争吵虽然一度弄得脸红脖子粗，但两个人的感情基础在那放着呢，等到把憋在心里的话说开了，也就云开雾散了。

散会后，苏迪安慰王铁锋说："建军今晚的话可能语气有点重了，但你们毕竟是多年的兄弟，你别太往心里去，何况建军这段时间心情不好，改天我请他吃个饭，好好跟他聊聊。"

王铁锋知道苏迪说沈建军心情不好指的是他和叶小倩闹掰的事，叶小倩去了法国这么久，杳无音信，嘴上不说，沈建军心中的失落感是可想而知的。

那天下了班，苏迪正要打电话给沈建军，没想到电话却突然响了，一看，正是沈建军打来的。

沈建军说要请苏迪吃饭。

苏迪说："好啊，我正要给你打电话呢。"

就这样，两个人就在公司附近找了一个餐馆。

没想到，两个人一坐下，沈建军就跟苏迪道歉说："苏迪，前几天的会议上，我说的那些话重了，你别往心里去啊。"

苏迪给沈建军夹菜，笑着说："怎么会生你的气呢，何况你说的是对的，是为了公司着想，再说，认识这么多年了，你的性格我还不知道吗？没事，倒是你，和铁锋之间有些小矛盾，要想开点，彼此要懂得包容，男人之间有些小矛盾很正常，但不能影响了兄弟感情。"

沈建军很认真地点头，说："是，你放心吧苏迪，我一定照你说的做。"

苏迪又问这段时间有没有叶小倩的消息。

沈建军说："没有。"

苏迪便劝他说："小倩毕竟是女孩，女孩一般都爱耍些小任性，小脾气，作为男人，你要主动一点，什么时候主动打个电话给她。"

没想到，沈建军这次没有点头，而是喝了一口酒，沉默了一会，然后，抬起头，跟苏迪说了一句："苏迪，你知道吗？这么多年，我和叶小倩之间其实一直就根本没有什么。"

苏迪有些意外，说："不会呀，我看小倩对你挺好的啊，建军，你可别不懂珍惜，辜负了小倩一片好心，人家可是女孩。"

沈建军却不以为然地说："我可没感觉她哪儿对我好，即便是她想对我好，那她也是野地里烤火，一面热。我对她压根就没感觉，更没往男女感情那种事上想。"

听了这话，苏迪更不解了，说："小倩她人多好啊，漂亮，开朗，你可别身在福中不知福，这样的女孩子你都不喜欢，那你喜欢什么样的？"

这时，沈建军已干下了半瓶白酒了，酒壮英雄胆，终于将埋在心底多年的话说了出来，说："苏迪，其实，我，我喜欢你这样的。"

沈建军这句话把苏迪吓了一大跳，但片刻愣怔之后，苏迪旋即又笑了，说："建军你个坏小子胡说什么呢，你是不是喝多了？"

沈建军有些激动，一把抓了苏迪的手。沈建军这举动，把苏迪吓了一跳，于是本能地将手往后一抽，可晚了半拍，手被沈建军一把抓住了。

沈建军抓了苏迪的手就不放了，哀求道："苏迪，我说的都是真的，难道这么多年，你没感觉到吗？我其实一直喜欢你，只是我不敢说给你听，原来有叶小倩在，不管我和她之间是不是爱情，可你们都那么认为我们是恋人，我就那么被绑架了，所以也不敢跟你表白，怕你骂我脚踩两只船，现在好了，叶小倩去了法国，我和她之间该说的都说清楚了，没什么关系了，所以我才鼓起勇气跟你把心里话讲了出来。"说着说着，沈建军竟哭了，哭得跟个孩子似的，弄得苏迪心都软了。

苏迪说："建军，你先松开我好吗？你都弄疼我了。"

沈建军这才松了手，连连跟苏迪道歉。

苏迪掏出纸巾递给沈建军，让他把眼泪擦了，然后，轻声安慰道："建军，我知道，你心里其实挺凄苦的，可感情这种事，你也知道，是说不清的，我理解你，也同情你，可我真的没办法答应你。"

沈建军说："为什么啊？"

苏迪没有说话。

沈建军说："苏迪，你告诉我，是不是因为铁锋，是不是你的心里其实一直装着他，所以其他的男人才走不进你的心里？你才不接受我？"

苏迪依然低头不语。

沈建军说："苏迪，可你都看出来了，铁锋他一天到晚地忙公司的事，这么多年来，你对他的好，连我和国庆、大贵这么多人都看在了眼里，他却装聋作哑，这对你不公平啊苏迪，你到底在等什么啊？又图他什么啊？"

苏迪抹了一把眼泪，苦笑了一下，说："感情这事，本来就没有什么公平可言。"然后，顿了一下，又说："其实，我根本也没想着图他什么。就想一味地对他好，至于他感觉到或者感觉不到，在我看来，都不重要。"

听苏迪这么说，沈建军都蒙了，好一会儿才懊恼地说："苏迪，你真的太傻了。"

苏迪苦笑了一下："或许吧。"

沈建军说："苏迪，听我一句，这样下去不行，人生苦短，就这么几十年，再这么下去，你把一生当中最美的风景都错过了，我不会再让你受这份委屈了，明天，我就找铁锋把这事挑明。"

苏迪紧张了，说："建军，你要干吗啊？听我的，不要耍小孩子脾气好吗？你找铁锋跟他说什么啊？再说了，这种事又怎么说呢？你如果说了，搞不好咱们之间连朋友都没的做了。"

沈建军突然又抓了苏迪的手，语气决绝地说道："苏迪，既然这样，你就嫁给我吧，真的，铁锋给不了你的，我一定加倍给你，让他后悔去吧。"

苏迪真的被沈建军的真诚和勇气感动了，犹豫了一下，可最终还是摇了摇头。

沈建军说："苏迪，看来你还是怀疑我对你的真心，没事，只要你一天不嫁，我就一天不放弃追你。"

苏迪一双水汪汪的眼睛看着沈建军，说："建军，虽然我不能答应你，可我还是要说声谢谢你。"

沈建军沉默了一会，心里似乎已做出了重大决定，于是说："行，不说了，所有的话都在这杯酒里了，苏迪，你就看我的行动吧。"说完，举起酒杯，一饮而尽。

虽然这顿饭吃到最后，苏迪自始至终也没让沈建军因为他的表白遇阻而感到难堪和尴尬，可沈建军心里明白，这是苏迪为人善良，会来事，才将一场换了别的女孩可能会弄得不欢而散的僵局很委婉地化解了。可委婉归委婉，结果还是一样，沈建军的表白还是遭到了拒绝，这是事实，并且，这次表白也是一试金石，让沈建军终于清楚地知道了，在苏迪心里，王铁锋就是第一位的，这也是事实。有王铁锋这座高山在前边挡着，他沈建军要想越过这座高山，最终走进苏迪心里，其困难程度可想而知。沈建军对苏迪的这份感情虽然是真诚的，是严肃的，为追到她，他不会轻易地说放弃，但至于到底如何翻过王铁锋这座高山，成功到达彼岸，于沈建军而言，他心里是没底的，这，同样也是个不争的事实。

那天，牛大河打来电话的时候，沈建军正戴着安全帽在工地上忙着。

今天的公司会议上，王铁锋跟大家做了通报，说，后天建委的刘主任将来工地检查，要沈建军散会后一定要去趟工地，提前做下内部排查，看还没有做得不到位的地方。开完会，沈建军就驱车到了工地，把工地上的各队队长召集了起来，交代了一番，说，这次检查事关重大，各位都要精神点，让所有的工人一定树立自我安全意识，咱们实行连坐法，到时如果有一个部门捅了娄子，大家都受牵连，都得扣工资。正交代着，电话响了，一看是牛大河。

电话里，牛大河说，要请沈建军吃个便饭。

沈建军说："吃啥便饭啊，我现在忙着呢！"

牛大河说："那你先忙，我在餐馆已经订好了今晚的位置，忙完了，你直接过来就行。"

沈建军说："到底什么事，现在不能说吗？"

牛大河说："电话里说不清楚，你先来吧，来了就知道了！"

从工地出来的时候，城市里已经华灯初上。沈建军开车直接去了和牛大河约好的餐馆。见了面，简单地寒暄之后，双方落座，按牛大河的话说，找沈建军来，没什么事，就是好久没一块坐着喝酒了，今天难得有时间，坐一起叙叙旧。

实事求是地说，在沈建军心里，他感觉牛大河人不错，关键是俩人的性格还有点像，跟这样的人聊天没压力，轻松。

话题打开，两个便天南地北地聊，可喝到中间的时候，牛大河却突然话锋一转，说："建军，这段时间你过得怎么样？"

沈建军被牛大河这句没头没脑的话问得有些愣怔，笑了笑说："我啊？就那样，还好！"

牛大河却笑了，说："建军，看来，你没拿我当朋友啊！"

沈建军一愣，说："老牛，这话从何说起啊？"

牛大河说："据我了解，你其实过得并不快乐。"

沈建军又是一愣，手里的筷子也停在了半空中，便拿眼睛看牛大河。

牛大河说："我说这话不是瞎说，而是有根据的，理由有二，第一，事业上，你在'九鼎'干得其实并不顺心，因为有王铁锋他坐着第一把交椅，他是公司的老大，你难免要受其掣肘，所以公司的一些事上，你就干得其实并不顺心。"说着，牛大河看了一眼沈建军，"怎么样建军，这里没外人，你跟我掏个心窝，你说我刚才说的这些话对与不对？"

沈建军没有说话。

牛大河继续说道："建军，以我对你的了解，你是一个很有想法，并且极有能力的人，你完全可以独立地撑起一片天，大刀阔斧地干嘛，何必这么永远寄人篱下，苦了自己？"

沈建军依然没有说话。

牛大河喝了一口酒，继续说道："说实话，我知道你和王铁锋是光屁股一起玩大的好哥们，好兄弟，可兄弟是兄弟，生意是生意，老话说得好，'亲兄弟也得明算账'，何况，你跟王铁锋也不是亲兄弟嘛。建军，我把你当兄弟，一些话才直言不讳，我真的不大明白，一辈子活在王铁锋的树荫下，难道你就真的心甘情愿？真的甘心永远做个得听他调遣、看他脸色行事的第二把交椅？真的情愿做个事事由他拍板决定，而你只能服从执行的配角？我想，以你的性格，你不是一个甘屈人下的人啊，那为什么不自己单干？我敢说，只要你敢闯敢试，到时你一定不会输给王铁锋，甚至做得比他更好，会终成一代商界巨子啊，说实话，兄弟，我对你有这个信心。"

坦白地说，沈建军觉得牛大河这些话说得不无道理，但同时他又对牛大河说的这些话有一种本能的抗拒和警惕。心说，这个牛大河今天晚上莫明其妙地跟我说这些干吗？是真的在为我好，还是在挑拨我和铁锋之间的关系？我和铁锋俩人之间是什么关系？一块光屁股玩大的发小，能是一个外人随便几句话就挑拨离间得了的吗？

想到这儿，沈建军于是呷了一口酒，笑了笑，说："老牛，谢谢你的提醒，我承认，我跟铁锋之间有时的确有些小磕小绊，可话又说回来，牙齿还有打架的时候，何况兄弟之间呢？不过，矛盾归矛盾，我跟铁锋的关系那是没的说，这么多年，我在他手下干得挺顺心的，真的。"

牛大河对沈建军的这段话并没有表现出任何的意外和失望，听完反而笑了笑，说："好，你和王铁锋是兄弟，关系没的说，那我就说说我为什么说你不顺心的第二个理由。建军，据我所知，这么多年，你可一直喜欢着一个叫苏迪的女孩。"

这话可算捅到沈建军的软肋上了，于是脸上的表情立时也有些不自然了，说："老牛，你这话什么意思？"

牛大河说："建军，我这人说话直，你别介意，听我慢慢说。"

沈建军心中暗道，好吧，今晚我倒要看看你牛大河这葫芦里到底卖的什么药，想到这，于是露出似乎对牛大河接下来的话很感兴趣的神情，给牛大河倒了一杯酒，说："好好，你请说，我洗耳恭听。"

牛大河说："如果我没说错的话，你对这个叫苏迪的女孩一见倾心，爱慕有加，可这么多年来，人家对你却一直保持着若即若离的态度，建军，你知道这是为什么吗？"

沈建军故意装傻，摇了摇头，说："我不知道，你说说是为什么？"

牛大河抬头看了一眼沈建军，说："建军啊，不管你是真不知道还是假不知道，反正我把你当成了自己的亲弟弟，今天晚上才跟你说这些话。据我所知，苏迪心里装着另外一个男人，那就是王铁锋。兄弟，恕我直言，我觉得你沈建军无论在哪个方面，都不比他王铁锋差，坦白地说，如果地位持平，你和王铁锋同时竞争苏迪，你不一定就会输给他，可现在的情况是，这个苏迪的爱情天平的确倾向了王铁锋，究其原因，就是因为你屈人之下，以至本身的潜能受到压抑，得不到发挥，得不到施展，原有的光芒被王铁锋给遮蔽了，所以在和他竞争苏迪时，你才显得有点暗淡，但如果你能挣脱这种羁绊，那么，我敢说，未来无论在事业上，还是爱情上，你一定不会输给王铁锋,甚至只会比他更成功,更出色。"

听了牛大河这段话之后,沈建军的心里再也不能平静如水了,沉默了一会儿,抬起头,看了看牛大河,说:"老牛,既然今晚咱兄弟都推心置腹到了这个份上,你有什么话直说就是,有道理的,我接受,没道理的,我也不介意。"

牛大河看沈建军说这话时语气平和,神色淡然,不像是跟他玩虚套的样子,索性就明说了:"建军,我的意思是,要想事业爱情双丰收,你就不能再继续活在王铁锋的阴影下,你得自我壮大,说白了,就得和王铁锋分家单过。"

在牛大河的一番长篇大论,耐心诱导下,沈建军也终于敞开了心扉,说:"老牛,既然咱们把话都说到这个份上了,我沈建军也不掩着藏着了,索性把埋在心里头的苦水也跟老哥你倒一倒。说实话,都是老爷们,都是爹生妈养一场,都是做了一回人,来世上走了一遭,谁不想轰轰烈烈地大干一场呢?可你也知道,我沈建军一介农民,要知识没知识,要文化没文化,承蒙老兄你这么看得起我,把我夸得一朵花似的,其实,我这人几斤几两,我自个儿知道。何况,我现在没发现什么好的项目,这个时候我跟铁锋闹翻,拉出来单干,不出半年,我非睡大街不行。"

牛大河哈哈大笑起来,说:"兄弟,你对自己的实力有个客观认识和评价好不好?何况,好的项目我现在就有一个。"

"什么项目?"

"投资媒体和娱乐行业。"

沈建军有些意外:"媒体和娱乐,这是个什么行业?"

牛大河说:"建军,不是老哥批评你,有时间了你真得出趟国,去国外开开眼界,看看人家那儿都发展到了哪一步,看看人家都流行什么,追求什么?我告诉你,你知道人家现在国外最赚钱的行业是什么吗?"

"什么行业?"沈建军一脸懵圈状。

"媒体和娱乐行业。除此之外，搞其他任何行业，都没啥前途。"

沈建军说："难道搞媒体和娱乐行业就有前途了？"

牛大河说："肯定的啊，不瞒你说，前段时间，我出了趟国，什么事都没干，就光考察这个行业了，我跟很多国外的资深媒体人进行了深入的接触，也请教了，基本可以得出这样一个答案：从未来看，媒体和娱乐行业将有无限美好的发展前景，空间大，利润高。

沈建军显然被牛大河的话已经煽动得热血沸腾了，但还是谨慎地问了一句说："老牛，听你这么一说，我也感觉这个行业大有可为，可别忘记了，天下没有免费的午餐，高利润也意味着高风险啊！"

牛大河对沈建军的话似乎早有准备，于是点了一根烟，淡淡地说了一句："做生意哪有没风险的？要都做一笔稳赚一笔，那这天下可都是商人了。建军，还是咱们民间的那句老话'爱拼才会赢'。不敢拼，机会不会自己找上门，不敢拼，机会即使找你了，你也抓不住。好了，我话就讲这么多，何去何从，你自个掂量吧。"

那晚，沈建军思考了很久，最后，他跟牛大河说："老牛，这样吧，对于你说的这个媒体和娱乐行业，我虽粗人，但在生意场上闯荡这么多年，直觉告诉我，这个行业是一个蓝海市场，值得一试，但我的主业是搞建筑，对这个领域毕竟不是很熟悉，你不如弄个详细的项目策划方案给我，我到时好好琢磨琢磨。"

"行。"

这次聊天后没几天，牛大河便把项目策划书弄好了。

沈建军花了好几天的时候，用心地对这个策划书进行了研究，直到一切胸有成竹，他决定把自己的想法带到公司会议上跟王铁锋聊一下。然而，令沈建军没想到的是，他的提案遭到了王铁锋的反对。为此，俩人再次爆发了激烈的争吵。王铁锋给出的理由是现在公司运行并不景气，光现在手头的项目已有很多迫切的问题亟待解决，资金本来就已紧缺，这个时候如果再拿出一笔钱去投资大家本来就不太熟悉的媒体和娱乐行业，如果运作不好，对公司来说无疑是雪上加霜，风险太大，不如等段时间再说。

沈建军说："呀，商场如战场，瞬息万变，机会稍纵即逝，是机会，你不及时抓住，怎么可能等呢！一等二等，等到别人把牛牵走，你就只有牵牛桩的份了。"

任凭沈建军说得天花乱坠，出于风险考虑，王铁锋依然不同意仓促上马。

沈建军说："铁锋，相处这么久了，别人不了解，你还不了解，我的眼光和能力什么时候掉过链子，你对我要有信心。"

王铁锋说："我不是对你没信心，我是对我自己没信心，如果照你想法来，万一失败，我怕我承受不住，正如你在上岩那个项目上批评我时所说，这公司不是我一个人的，所以，我不能搞一言堂，做出的每一个决定我都要给公司所有人负责。"

沈建军说："铁锋，你要这么说就没意思了，此一时彼一时。何况没有谁从一开始就成心把大家往火坑里带，你想大家好，我现在提出这个方案也是为了大家好。"

王铁锋说："如果你真的为了大家好，听我的，把这个计划再缓一缓，做生意有超前意识固然是好，但不要太超前，太超前就是冒险，太冒险那不是做生意了，那是在赌博。"

沈建军一时语塞，想了想，说："那好吧，铁锋，咱俩做兄弟都三十多年了吧，在此之前，从来没有为什么事真正红过脸，可现在看来不行了，你变了，我也变了，变得咱俩的很多观念和思维越来越统一不到一块去了，这样吧，兄弟还是兄弟，但生意是生意，既然想法不一致，那咱谁也别勉强谁，都别委屈了，拉开单过吧，要不总这样，对谁都没有好处。"

听了这话，王铁锋脸色忽地严肃了起来，说："建军，你这话什么意思？你到底想干什么？"

眼瞅着一场暴风雨就要来临了，苏迪马上劝道，说："你俩别吵了，都消消气，这样吧，时间太晚了，今天就谈到这儿，铁锋，明天一早，你还要去上海。建军，你明天一早还要去工地，都早点休息吧，好吗？"

王铁锋平静了一下自己的情绪，说："建军，我不在的这几天，你也好好想想，等我从上海回来，咱们再聊。"

就这样，这场讨论不欢而散。

王铁锋去了上海的第三天，沈建军又接到牛大河的电话。

牛大河把沈建军约到了一家茶馆。一见面，牛大河就问沈建军考虑得怎么样？沈建军说，还在考虑。

牛大河说："建军，今天我之所以这么急着把你约出来，是因为投资咱俩一直看好的那个项目的机会终于来了。"

接下来，牛大河告诉沈建军，有关投资这个项目前期的工作他已经基本做好了，现在就差资金，资金一到位，马上就可以启动，不出意外，半年后，就可以见利润了。

沈建军这下动了心，说："大概得需要多少钱？"

牛大河做了一下手势。

沈建军一愣，说："这么多啊，这么多钱，我可一下拿不出。"

牛大河说："你放心，这一回，钱不会让你全拿，我出七，你出三，但到时利润，咱们五五分账，够不够意思？"

这话太令沈建军意外了，于是有些疑惑地问道："老牛，恕我直言，我想知道，你为什么要帮我呢？"

牛大河说："说实话，我这不是帮你，我是在帮我自己。我一直很看好你这个人，你人聪明能干，只是有王铁锋这座高山把你的光芒给遮挡了而已，如果你拉出来单干，咱们一起合作，给你提供一个自由广阔的舞台，你一定能干得风生水起，你干得好了，赚钱了，我不一样也跟着你沾光发达吗？所以说，我这不是在帮你，而是在帮我自己。"

沈建军不说话了。

牛大河说:"但有一个前提,我已经跟各个方面承诺过了,这钱必须在三天内到账,否则机会就是别人的了。"

沈建军一怔,说:"三天?那不行。这段时间铁锋不在公司,再怎么说,他是公司的主要领导,即便不需要他拍板,但也得他在场。"

牛大河说:"恰恰相反,就是因为他现在不在公司,你才要当机立断,把这事做了,到时即便他回来了,你也有理由,就说,机会稍纵即逝,情势紧迫,你才先斩后奏,这也是为了公司的大业着想,何况到那时,早已生米煮成熟饭,即便他王铁锋有通天本领,又能奈你何?"

就这样,第二天,一大早,沈建军便组织召开了董事会。

丁国庆、大贵几个人不知发生了什么大事,匆匆赶来,一听又是要投资媒体和娱乐项目这件事,马上全体反对。

丁国庆说:"这事铁锋不是几天前就已经反对过了吗?"

沈建军说:"现在情况不同了,需要我们投入的资金少了两成,可分红比例不变,这个时候还不下手,等待何时?"

丁国庆说:"虽说投资额度变了,但项目没变,现在铁锋不在,谁做得了主?"

沈建军说:"我。"

大贵说:"你?这个主你恐怕做不了。"

这种不被重视的感觉使沈建军很是生气,说:"我怎么就不做不了主,我是公司的执行董事,你两个是在故意跟我叫板是吗?没我沈建军,这个公司能发展到今天这个样子吗?既然有我的功劳,有我的股份,我怎么就做不了主?"

大贵说:"建军,你冷静下,听我一句,这事还是告诉锋哥一下,等他回来了再做定夺也不迟。"

沈建军说:"扯淡,等铁锋来了,黄花菜都凉了。"

就这样，几个人为到底做不做这桩买卖吵了起来，并且越吵越凶，弄得最后差点打起来。一侧的苏迪劝了半天也没用，只得打电话给王铁锋，王铁锋挂了电话，连夜从上海赶了回来。

见了面，王铁锋指着沈建军说："建军，现在已到了悬崖边了，是进是退，我不表态，你自己决定吧，两天时间，想好了，你给我个回话。"

看王铁锋这次也是玩真格的，沈建军一时间有些动摇，便把牛大河约了出来，把情况说了一遍。牛大河的提议是，事情都弄到这个份上了，也没什么好说的了，脸既然都撕破了，现在看来这家是非分不可了，具体哪天分，也只是早一天晚一天的事，既然要分，那晚分不如早分，早分早好。

牛大河还说："建军，还是那句话，我敢保证，以你的实力，如果真拉出来单干，你干得肯定比现在好，而且会好上十倍、百倍、千万倍。兄弟，听我的劝，这个时候你无须再犹豫，当断不断，反受其乱。"

听了牛大河的话，沈建军品味了许久，默不作声，一直抽烟，抽到后半夜，实在不能再抽了，再抽，头疼得都要爆炸了。说实话，这段时间，沈建军心里对王铁锋的确有些不满，但真要让他离开王铁锋，自己单飞，沈建军心里真的有点疼，毕竟这么多年的兄弟了，而那份兄弟情义是局外人无论如何理解不了的，可事情闹到这个份上，再继续搅和在一起，大家都受罪。思前想后，最终还是下定了决心。"与其搅在一起大家都受罪，不如分吧。"想到这儿，沈建军叹了口气，"哎，分就分吧！"

就这样，第三天的上午，隔着一桌办公桌，沈建军和王铁锋坐在了一起。那天，双方都算理性，不吵不闹，有事说事。就这样，一起经营了多年的这个家，悄无声息地分开了。

王铁锋跟沈建军说："公司虽然是大家这么多年共同努力的结果，这当中，它的每一步的成长壮大都离不开你的辛苦付出，走到分家这个份上，是大家都不愿看到的，但既然要分了，亲兄弟明算账，我不能占你一分钱的便宜，你为这个公司付出的每滴汗水都不会被淹没，咱们按劳分配，你应得的部分，一分都不会少，这是其一。其二，我是哥哥，你是弟弟，当哥的我得拿出当哥的样子，何况分家后你还得重打鼓新开锣，难度比我大，所以我从我个人的账户上再拨给你五百万，这个钱算我个人的心意。"

柳小贝听到王铁锋和沈建军分家的消息时，心里猛地一紧，马上打电话把王铁锋约到了一家咖啡厅。见了面，柳小贝跟王铁锋道歉，说："铁锋，真的对不起，你跟建军闹成这样，都怪我，如果不是你在上岩这个项目上帮我，他也不会对你有怨气，更不会闹到你们兄弟俩分家的份上。"

王铁锋说："事情已经这样了，孰是孰非，不说了。"

柳小贝说："大贵告诉我，这次分家，你以个人名义多给了建军一笔资金。这样一来，你公司未来的发展会面临着更多困难。我知道你这人性格要强，不会轻易接受别人的帮助，但我还是要说，如果你实在有困难，需要帮忙，请你一定要跟我说，好吗？"

王铁锋苦笑了一下，说："有困难也是暂时的，相信我自己都能够解决。"

柳小贝说："铁锋，我真的很后悔，也恨自己，这么多年，我总是误会你，我现在才真正地感觉读懂了你，你能原谅我吗？"

王铁锋却嘿嘿地笑了，说："你看，说哪儿去了，我承认我是有埋怨过你，可我从没有恨过你啊，更谈不上原谅不原谅，真的柳小贝，你人挺好的。"

柳小贝握着咖啡杯扑哧笑了。

王铁锋和沈建军分家的当天晚上，牛大河坐在了金少宇的办公室，二人一起喝茶。

牛大河说："金总，你交代的任务我算是完成了。"

金少宇点了点头，说："你放心吧老牛，我承诺你的股份一定会兑现。"说着，金少宇脸上露出了一丝不易觉察的笑。

金少宇对王铁锋实行的和平演变计划，按他预定的方案一步步有条不紊地实现了。金少宇笑了，王铁锋和沈建军却哭了。

无论是王铁锋，还是沈建军，两个人谁都没想到，那么多年的兄弟感情竟以这样的方式结束了。两个人独处在两个不为人知的角落里，整整一夜，哭得稀里哗啦，直到第二天，东方破晓，哭完了，打开窗户，看看天，彼此长叹一声，又都自己宽慰起自己：算了，好与不好，既然都已经发生了，那就认了吧，毕竟生活还得继续。

第二十三章　恋祖爱乡

这次分家，对于本来就困难重重的"九鼎"公司来说，真的是大伤了元气，但王铁锋带着大贵一干人勒紧裤腰带，咬紧牙关，硬是挺了过来。到了来年春天，公司才慢慢显示出复苏的迹象。

等到了公司终于一切都再次进入了井然有序、有条不紊的状态。那天，王铁锋把大贵叫到了办公室。

看王铁锋一脸的疲惫，大贵说："锋哥，自打建军离开，我几乎没见你睡过一个囫囵觉，这么整下去，就是铁人也得累垮了，现在公司的一切工作已步入了正轨，不如你也休息下吧。"

王铁锋点了点头，说："我正有这个想法，我离开的这段时间，公司的事，就辛苦你先帮我盯着吧。"

大贵说："那你接下来有什么打算？"

王铁锋说："我想回趟老家，看看我奶，这么多年一直在厦门漂着，从没挤出时间回去看过老人家，对她老人家，我心里有愧啊！"

知道王铁锋要回家，苏迪当天晚上就找来了。

苏迪对王铁锋说："我想跟你一起回去。"

王铁锋说："你跟着干吗去啊？"

苏迪说："我想想去看看。"

王铁锋一愣："想看什么？"

苏迪说："想看看你们老家到底什么样子？一定特好玩吧？"

王铁锋说："我老家那里可是山沟，穷乡僻壤的，有什么好玩的？"

苏迪说:"山沟我也想去,你就带上我呗。"说着话,眼睛眨也不眨地看着王铁锋:"其实,我跟你回去,最想看的是奶奶,我想看看老人,她一个人含辛茹苦地把你拉扯大,一定吃了不少苦,我有好多好多话想跟老人说。铁锋,你知道我最想跟奶奶说的一句话是什么吗?"

"是什么?"

苏迪说:"最想跟奶奶说声谢谢,谢谢她含辛茹苦把你养大。"

王铁锋不知道如何接话了。他离开家的这么多年,每次打电话回去,他奶最牵挂的就是他的婚事,每次挂电话前,老太太都会问:"锋啊,告诉奶,有花媳妇了没?"

每次到了这个话题,王铁锋就会敷衍老太太,说:"奶,你放心吧,就你孙子这样的,能没花媳妇吗?多了去了,乌泱乌泱的。"

老太太乐了,说:"呦,不要那么多,不要那么多,就一个就成,锋啊,什么时候,你把花媳妇领来让奶瞅瞅啊!"

王铁锋每次都会说:"行行,奶啊,你放心吧,过年就带回家,让她给您磕头。"

话虽这么说,可一年又一年,一晃多年,在离家千里之外的厦门,为了所谓的梦想打拼着,王铁锋对奶奶也一次次地食言着,好多年春节过去了,他从未回过老家看他奶,也从未带着所谓的花媳妇给他奶看。每次想起这件事,王铁锋心里对奶奶就充满了无限的愧疚,他也知道,纵然如此,老太太依然相信着孙子的话,相信着孙子在厦门一定真有一个如花似玉的媳妇,相信着有一天孙子真的会带着花媳妇回老家给她磕个响头。于是,老太太虽然依旧过着清贫的日子,可她心里却是甜的,是有盼头的,她日里夜里在盼着有一天她的孙子带着花媳妇突然出现在老家门口。

关于王铁锋的老家的模样,苏迪在脑海里曾无数次设想过,可真正踏上那个小山寨,她还是一下被它的模样吸引了。村子的四周到处是起伏的山峦,村里的房屋大多是木石混合结构,零星棋布地坐落着,远远望去,整个村子云雾缭绕，犹如仙境。

那天，王满屯开着手扶拖拉机到镇上接的王铁锋和苏迪。等拖拉机到达寨子，已是夕阳西下，村子里炊烟袅袅，牛羊的叫声不绝于耳。王满屯告诉王铁锋，他现在已经不干会计了，买了拖拉机跑运输，按他的话说，一年下来，不少弄，三个儿子娶媳妇用的几间新屋都是这个拖拉机给挣的。

全寨人都知道王铁锋回来了。

几年前，王满屯就在村里宣布，说，铁锋这小子现在厦门发达了，当了大老板了，厦门有一半的高楼都是他盖的。村里的人也弄不清楚王满屯说的真假，只是觉得王满屯是枫树岭的能人，能人都说王铁锋发达了，看来王铁锋估计真发达了。现在王铁锋回来了，那这叫衣锦还乡啊，于是，全村的人几乎都出动了，乌泱乌泱地来王铁锋家里凑热闹，问好。

村支书王继业也来了，拉着王铁锋大加赞赏，说："铁锋，打小我就看你小子不一般啊，咋样，果不其然，现在发达了。"说着，伸出大拇指："行了，了不起，了不起，给咱枫树岭的人长脸了。"

王铁锋笑着拉王继业坐下喝茶。

王继业喝了一口茶，说："铁锋，叔有个事想和你商量商量。"

"您说。"王铁锋给王继业喝空的茶杯再次满上。

王继业说："叔知道你在厦门是个大忙人，难得回来，明天我带着你四周转转，看看到时你能不能在咱老家搞点投资啥的，也好帮乡亲们一起致富。"

王铁锋说："'恋祖爱乡、回馈桑梓'是咱们祖祖辈辈传承的闽商精神。放心吧叔，这个精神我一定会秉承和发扬。"

男人们在屋里说话，苏迪陪着王铁锋他奶，还有几个村里的老娘们在厨房忙活。

王铁锋他奶心疼苏迪，不让她沾手。

苏迪却笑了笑，说："没事的奶奶，我在家里，也经常帮我妈妈做饭的。"

苏迪的确是一个很善良勤快的女孩，可王铁锋他们老家做饭用的是一种地锅，她哪儿见过这玩意啊，风箱一拉，呼的一下，一股大火裹着黑烟就从锅底下蹿了出来，一下把苏迪呛得泪水涟涟，这下可把王铁锋他奶心疼坏了，死活不再让苏迪在伙房待了。

等到苏迪用毛巾揉着眼睛走出了伙房，屋里的几个老娘们开始低声跟王铁锋他奶夸苏迪，说："婶，铁锋这媳妇长得可真俏，果然是大城市来的，漂亮！"

这时有人补充道："关键是有气质啊！"

听了这话，乐得老太太嘴都合不拢了。

王铁锋让王满屯的三个儿子开着拖拉机去镇上卖了两扇猪肉，再加上啤酒白酒，拉了满满一车厢。院子里摆满了桌凳，大宴街访。

酒席一开始，有几个年轻的后生给王铁锋敬酒。

苏迪在一侧劝王铁锋少喝。

几个年轻的后生就跟王铁锋和苏迪开玩笑，说："叔，这酒不喝也行，那你当着大家的面，和俺婶亲个嘴吧！"

这话弄得苏迪脸色通红，胆怯地躲在王铁锋身后，引来了众人哄笑。

在村里一连待了几天，王铁锋每天都带着苏迪跟着他奶去田里转悠，到了晚上，他躺在床上看书，苏迪就陪他奶聊天。

那天晚上，王满屯请王铁锋到他家喝酒，苏迪陪着他奶在家聊天。后来，老太太困了，就上床先睡了，苏迪便独自一个人坐在床上看书，正看着，一低头，发现床头下边有一个小木箱，顿时好奇心起，就顺手拉了出来，小木箱被打开，一张照片赫然入目。照片上是个女兵，长得很漂亮，甜甜地笑着，在她的身后是满山遍野盛绽的杜鹃花。

那一刻，苏迪的心里蓦地一悸。

这时，窗外响起了王铁锋的脚步声，苏迪慌忙将照片放好，刚要把箱子盖上，王铁锋推门走了进来，将眼前一切尽收眼底。

苏迪有些不意思,说:"铁锋,对不起,我真的不是有意的。"

王铁锋一时也不知道如何跟苏迪解释。

苏迪说:"这照片上的女孩很漂亮,她是谁?我可以知道你们的故事吗?"

王铁锋犹豫了一下,说:"真的想听吗?"

苏迪点了点头。

接下来,王铁锋就把他和照片上女兵的故事讲了。

苏迪这才知道,照片上的女兵叫凡雨,当年跟王铁锋一个部队,是军区文工团的,有次文工团来阵地上演出,王铁锋带着一个排负责凡雨她们的保卫工作。一来二往,两个人就这么认识了。后来,凡雨经常给王铁锋写信,再后来,两个人就相爱了。那是一个周末,凡雨又来看王铁锋,在一条小河边给他洗衣服的时候,突然遭到河对岸敌人的炮击,牺牲在了小河边上。凡雨虽然牺牲了,可这么多年,表面看不出来,其实,她一直占据着王铁锋的心。

故事讲完了,苏迪听得有些入神,好久,才抬起头看王铁锋,说:"你爱她吗?"

王铁锋将自己从记忆里拉了出来,点了点头。

苏迪说:"所以,这么多年,你忘不了她,再也没有人能走进你的心里,对吗?"

王铁锋没有说话。

两个人又是好一阵的沉默。

苏迪说:"铁锋,如果凡雨泉下有知,她一定不希望你过得这么凄苦,她一定希望有一个人能替她好好爱你。"

王铁锋沉默着。

"所以,铁锋,我想跟你说,我想替凡雨好好爱你,即便你把我当成她的影子也好,我真的不计较。"说完,苏迪一双水汪汪的大眼睛专注而深情地看着王铁锋。

王铁锋却突然开口了，说："苏迪，千万别这么说，真的，我不想让你受委屈，你这么漂亮，又这么善良，你理应得到更好的爱，得到一份百分之百的爱情，而不是应该成为谁的影子，那样，即便你不埋怨我，我心里也会愧疚，也会不安的。"

王铁锋的话看上去无懈可击，或者说他也是真心替苏迪考虑，为了她好，可在苏迪看来，这话无论如何有些让人心寒，她也终于明白了为什么这么多年，王铁锋总在有意无意地回避着自己，尤其那次她过生日的晚上，她那么主动，却遭到了王铁锋的拒绝，现在看来一切都是有原因的。原来，在王铁锋心里一直有一道坎，而这坎就是那个叫凡雨的女兵，凡雨走了，也把王铁锋的心带走了，这是王铁锋的悲剧，更是苏迪的悲剧，她是如此努力，却又始终打不开一扇已紧锁的心门。

苏迪有些累了，她说："铁锋，我困了，想睡觉了。"

这一夜，有些不平静。

苏迪躺在床上，毫无睡意，就那么睁着双眼，怔怔地望着窗外，外边似乎下雨了，淅淅沥沥的，一滴一滴，犹如敲打在苏迪的心上，声声玉碎，她的眼睛里有泪水在打转，她想努力忍住不哭，可最终只是徒劳，冰凉的泪水顺着眼角缓缓滑落，打湿了头发，浸湿了枕巾。

第二十四章　他一定很爱你

与王铁锋分家后，沈建军的日子过得其实并不舒坦。自打二人闹掰后，苏迪有段时间是劝了王铁锋又劝沈建军，她劝王铁锋要不要再考虑考虑，毕竟这么多年的兄弟了，怎么能说分就分啊！

王铁锋却摆摆手，说："天要下雨，娘要嫁人，随他去吧。"

苏迪又劝沈建军。

沈建军说："苏迪，你别劝了，我去意已决。"

话虽这么说，可真的选择了另立门户，沈建军还是有些不太适应，自由是自由了，但毕竟是以牺牲多年的兄弟情义为代价的。所以，起初的那段日子，他的心里一直抹不开这个弯儿，总感觉空落落的。于是，就天天晚上给苏迪打电话，想跟苏迪诉诉苦，排遣一下离开"九鼎"公司之后的落寞之苦，熟料苏迪的电话却天天关机，再跟其他人一打听，有人告诉他说苏迪跟王铁锋回老家了。听了这个消息，沈建军的心里越发变得不是滋味起来。

十天后，苏迪和王铁锋回到了厦门。

那天晚上，沈建军又给苏迪打电话，原以为还是关机，不承想，电话竟通了。这让沈建军忽地感觉自己的心跳有些加快，有些喜出望外。

沈建军心里虽有些激动，但说话的语气却禁不住有些埋怨，说："苏迪，你离开厦门，怎么也不告诉我一声啊，一走这么多天，还天天关机，你走的这段时间我天天打电话给你，你知道吗？"

苏迪有些不好意思起来，觉得自己做得的确有些失礼，就跟沈建军道歉。沈建军问苏迪在他们老家玩得开心吗？

这话让苏迪一时不知如何回答才好，略微顿了一下，便笑了笑，说："还好。"然后，就问沈建军："你呢，怎么样，这段时间。"

被苏迪这么一问，沈建军心中真的是五味杂陈，禁不住叹了口气，说："苏迪，你说，我这是怎么了？以前跟铁锋一起干的时候，天天想着自由，现在终于自由了，可以自己做主，可以自己赚钱了，人却快乐不起来了，哎，人啊，真是。"

苏迪知道沈建军其实也挺不容易的，别看他表面上看上去大大咧咧没心没肺的，其实他的内心挺凄苦的。自打跟王铁锋闹翻以后，丁国庆和大贵两个人坚定地站在了王铁锋这一边，这对沈建军来说，多年的兄弟情分算是彻底没了，这是友情。爱情呢？叶小倩出国前，两个人也掰了，爱情也没有了，现在就剩下他一个人，孤零零地在厦门漂着。这么想想，苏迪对沈建军便莫名地生出了许多心疼，于是便劝他，要他想开点。

一开始，面对沈建军频频打电话，苏迪其实不太想接，因为她知道沈建军内心的真实想法，何况，上次沈建军已经把话挑明，真真切切地向她表白了，并且她也明确地拒绝了他的表白，这种情况下，再还像没事人似的来来往往，就有点太轻率了。然而，回头又一想，她和沈建军两个人毕竟在一起这么多年的朋友了，明明知道他心里有苦，即便是作为普通朋友，也不能不管不顾，置之不理，思前想后，还是决定接沈建军的电话，隔三岔五地陪他谈谈心，聊聊天。然而，等着时间一天天就这么过去，苏迪渐渐地发现接沈建军的电话几乎成了一种习惯，如果哪天他没打电话来，她心里反而感觉少了些什么似的。

那天是个周末，沈建军又打电话给苏迪，说，他看中了一个别墅，想让苏迪帮忙给参谋参谋。反正闲来无事，苏迪就答应了。几分钟后，沈建军开车过来接她，然后将她带到一个小区，楼上楼下参观了一番，别墅很漂亮，沈建军请苏迪发表一些建议，比如房子如何装修，等等。苏迪就说了自己的想法。

沈建军说:"好,我马上就叫人按你说的样子装修。"

苏迪一愣说:"这是你的房子,干吗按我的想法装修啊?"

沈建军却认真了起来,说:"苏迪,难道你真的不理解我的心吗?"

苏迪这下变得紧张了起来,稍一愣怔的工夫,沈建军却扑腾一下跪在她面前,从怀里掏出一枚戒指,说:"苏迪,嫁给我吧!真的,我发誓,这辈子我一定会对你好的。"

这一幕来得太突然了,苏迪一点心理准备都没有,被弄得有些措手不及,半天才缓过神,说:"建军,别这样,别这样,你突然来这么一下,我真的都不知道怎么好了。"

沈建军说:"苏迪,我这么做不是突然心血来潮的冲动,我想你是知道的,这么多年,我一直喜欢你。"

苏迪拢了拢头发,努力地平复了一下心情,说:"可,我一点心理准备都没有,你先起来,先起来好吗?"

沈建军说:"你不答应,我就不起来。"

苏迪说:"建军,你不要耍孩子脾气,我现在真不能答应你。"

沈建军有些沮丧,说:"苏迪,你心里还装着铁锋,对吗?"

苏迪一时语塞。

沈建军说:"苏迪,你怎么这么傻啊?对一个根本不爱你的人,你这么做,值吗?你心里天天装着他,可他呢,却在爱着另外一个女人。"

这话说得苏迪心里一颤,她的眼前顿时闪出了那个叫凡雨的女孩的模样。然而却没想到沈建军下边的话大出乎她的意料。

沈建军说:"你想着铁锋,可你知道这会儿的他在干什么吗?他在陪着另外一个女人吃饭,在打情骂俏,在卿卿我我,这对你不公平啊苏迪!"

苏迪心里一颤,说:"建军,你在说什么呀?"

沈建军哼了一声,说:"看,苏迪,到现在你都认为王铁锋是最优秀的,最好的,可你知道吗?他现在酒店正陪着那个柳小贝过生日。"

苏迪有些不信。

沈建军呼地一下站了起来,说:"苏迪,看来,不让你亲眼看见,你是不相信王铁锋其实就是一个伪君子。那好吧,我现在就带你去亲眼看看,也好让你对他死了这份心,也让你知道,他其实不值得你这么痴情,他不配。"说着,就拉了苏迪走出了房间。

几分钟后,沈建军将车停在了一家餐厅外边。隔着落地窗,苏迪看见了,王铁锋和柳小贝临窗而坐,正在共进晚餐,两个人谈笑风生,笑着,柳小贝还舀了一勺汤送到王铁锋嘴里。望着眼前的这一幕,那一刻,苏迪的心像被针扎了一般,一阵阵地疼,眼泪也不争气地流了出来,片刻的愣怔之后,便咬着嘴唇,推开沈建军,转身跑开了。沈建军从后边追上,拉苏迪,却被她挣开。沈建军紧追几步,又抱住苏迪,苏迪哭得更凶,抡起拳头打沈建军,沈建军却一动不动,任苏迪的拳头一次次落在身上。

苏迪哭得稀里哗啦,边哭边骂,说:"建军,你为什么要带我来这儿啊?你为什么让我看这些啊?建军,你怎么这么残忍啊?你为什么这么心狠啊?为什么非要朝我最疼的地儿戳啊?"

沈建军说:"苏迪,你打我吧,你骂我吧。我这么做的确是王八蛋,可我真的是为了你好,我不想让你再继续傻下去了,不希望你再这么被蒙在鼓里,委屈自己了。"

"你这种好,我不需要。"苏迪依然边哭边打沈建军。

沈建军便不再说话,只是拼命地抱住她。最后,苏迪似乎累了,也不挣扎了,只是伏在沈建军的怀里一直哭。

经历这件事之后,苏迪心里对王铁锋真的开始起了变化,可她表面上还是努力地装出平静,以便不让自己内心的这种变化表现出来。王铁锋依然一天到晚地忙,他也没觉察到有什么异常,只是感觉苏迪情绪不高,问她是不是病了,苏迪只是摇头。

那天，王铁锋一个人开车去了"天王星"，自打上次把本来送苏迪做生日礼物的限量包送给柳小贝之后，王铁锋心里对苏迪一直很愧疚，本来早答应给她补上的，可不久又出了他和沈建军闹翻、兄弟分家的事，致使答应给苏迪补生日礼物这事一拖再拖，眼瞅着又是春节了，王铁锋觉得不能再拖了，无论如何得把这件事给办了，于是前段时间专门到这家叫"天王星"的珠宝行为苏迪定制了一条项链。

等王铁锋取了项链，从珠宝行出来，天已黄昏，便开车直接去了苏迪家里，结果，上去一看，发现苏迪不在家，打她电话，也无人接听。王铁锋刚挂了电话，柳小贝的电话打了进来，柳小贝说前段时间看了一件衣服，但断货了，要重新进货，销售小姐让她今天再到店里取。柳小贝想让王铁锋陪着她一起去。王铁锋犹豫了一下，还是答应了。

陪柳小贝试衣的过程中，王铁锋一直心神不定，他隐隐约约地觉得，苏迪这段时间一定遇到了什么烦心的事儿，只是没有跟他说。王铁锋不会知道，此时的苏迪正和沈建军在海边一家餐厅吃饭。自打上次苏迪看见王铁锋和柳小贝在一起之后，沈建军给苏迪的电话次数就更多了，理由也更充足了。或许女孩都有渴望被人关心的天性，尤其是在自己情感受到了伤害的时候。苏迪也一样。王铁锋和柳小贝在一起的这件事给她的打击的确太大了，幸亏有沈建军这段时间几乎是全天候的温暖的陪伴，才使她一天天从阴影里走了出来。

下午的时候，沈建军又打电话给苏迪，电话里，沈建军声音沙哑，人显得很憔悴。

沈建军说："苏迪，你知道今天是什么日子吗？"

苏迪想了半天，也没想到是什么特殊的日子。

沈建军说："今天是我的生日，可偌大的厦门，几百万的人口，却没有一个人祝我生日快乐。"

听了这话，苏迪心里蓦地一酸，她能体味到沈建军说这句话时，心里一定是疼的。人活在世上，不就是这样吗？无论你多么腰缠万贯，富甲一方，多么呼风唤雨，威风八面，可生日的时候，却没有一个人送上一句真诚的祝福，那种辛酸，那种凄凉，肯定是透骨的。

苏迪定了定神，说："建军，生日快乐。"

沈建军说："谢谢你苏迪，你知道吗？在厦门，我现在真的就只有你一个亲人了，这个生日，你能陪我过吗？"

对于沈建军的请求，这种情况下，苏迪无论如何不忍心拒绝，便爽快地答应了。

沈建军很高兴，发自内心的高兴。整个晚上，他的兴致极高，跟苏迪不停地碰杯。

喝到后来，苏迪说："我真的不能再喝了。"

沈建军说："这样吧，我喝酒，你就以水代酒，你知道吗苏迪，这个生日，你能陪我过，我真的很高兴，无论如何，咱们今晚不醉不归。"

看沈建军如此高兴，苏迪也不好意思破坏他的兴致，只好陪他一直喝，结果，一喝二喝，沈建军就喝大了，走路都打晃。没办法，苏迪只得开车送他回酒店，沈建军不久前将旧房子卖了，新房子还在装修，这段时间他一直住在酒店。上了车，苏迪才发现手机没电了。

王铁锋陪着柳小贝买了衣服，又一起喝了点东西，又将她送回家，便驱车赶往公司，因为公司还有些文件需要他赶紧处理，但一路上王铁锋都心事重重，整整一个晚上，他一直都在拨打苏迪的电话，可怎么也打不通，所以心就一直提着，按理说，这不是苏迪的风格，她向来是个极其细心的女孩，不会粗枝大叶到出门不带手机，带手机不开机的份上啊！王铁锋越想越不放心，何况项链还要送给她，于是一打方向盘，驱车去了苏迪的住处。几分钟后，到了一个十字路口，正好遇上红灯。王铁锋只得将车停住，不经意地一扭脸，突地感觉眼睛叫什么给刺了一下，定眼再看，就被眼前的一幕给惊着了，只见路一侧的广场上，一辆黑色的轿车缓缓停下，跟着车门一开，下来一人，是苏迪。王铁锋心里当时就是一愣，抬头再看，是家酒店。昏黄的路灯下，苏迪快步绕到车的另一侧，将车门打开，费了很大的劲才将一个人给拽了出来，那是沈建军。

那一刻，王铁锋心里竟突地一悸，脸上的表情一下也变得复杂了起来。沈建军喝得烂泥似的，瘫软在苏迪怀里，苏迪抱着沈建军走进了酒店。那一刻，王铁锋手握项链，不知如何是好，只得愣在了车里。这时，身后传了叫骂声："嘿，哥们，傻看什么呢，绿灯了，走啊！"

第二十五章　共克时艰

新年的钟声敲响了，二〇〇八，来了。

这一年，对中国，对整个世界注定都是不平凡的一年。

这一年，我国成功举办了举世瞩目的第29届夏季奥林匹克运动会，向全世界展示了中国新形象。这一年，我国发生了汶川大地震，举国上下，众志成城，谱写了伟大的抗震精神。这一年，一场发生在美国，因次级抵押贷款机构破产、投资基金被迫关闭、股市剧烈震荡引起的金融风暴开始失控，并很快席卷全球各国主要金融市场。

经济危机突如其来，王铁锋的公司也是在劫难逃。然而，与"九鼎"公司相比，柳氏集团受到的冲击程度显然要大得多得多，以至柳小贝的父亲柳修良苦苦经营了多年的东南亚市场几乎一夜之间再次被撞得支离破碎，彻底瘫痪了。最后实在没辙了，柳修良只得亲自出马，终于争取到一个叫李尔得的华籍美人的扶持，李尔得答应投资柳氏集团，有了一笔数额可观的投资，柳氏集团的东南亚业务总算有了喘息的机会。然而，令人没有想到的是，就在柳修良刚刚感觉可以松口气的时候，一场意外发生了。

那天，一大早，财务总监就赶到柳小贝的办公室，将公司近期的财务报表拿给她看。

柳小贝拿着那些文件，越看，脸上的表情越凝重，很明显，公司的账上几乎要空了。这跟带兵打仗一个道理，兵马未动，粮草先行，而现在的实际情况是，柳氏集团的粮囤眼瞅着要见底了！

看完报表，柳小贝抬头看财务总监，说："现在公司财务面临这么大的压力,你有什么好的办法吗?"

财务总监沉吟了一下,说:"我认为,首先要跟银行商量下近期还贷的问题,其次,要尽快催收外面的账款,只有这样,才能缓解公司目前资金紧张的状况。"

柳小贝点了点头。

财务总监又说:"对了柳总,这个月工人的工资也应该发了,都拖了半个月了,再拖下去,恐怕要后院起火了!"

柳小贝说:"那就赶紧发了吧!"

财务总监面露难色,说:"发完这次工资,公司账面就真的空了。"

柳小贝刚要说话,集团副总段青山火急火燎地闯了进来。

段青山追随柳修良多年,是柳氏集团的元老,柳小贝一直尊称他为段叔。

看到风风火火闯进来的段青山,柳小贝不由得一愣:"怎么了段叔?"

段青山抹了一把额头上的汗,说:"不好了,小贝,出大事了。"

柳小贝一怔,刚说了"出什么……"三个字,旋即又对财务总监说:"你先出去吧,工人工资的事,就按我刚才交代的执行。"

财务总监点点头,带上门出去了。

柳小贝再次转向段青山:"到底怎么回事?"

段青山努力地平静了一下情绪,说:"刚刚传来消息,新加坡分公司的总经理Johnson携款逃跑了。"

听到这个消息,简直是晴天霹雳,柳小贝当场就蒙了,惊得半天才缓过神,说:"这事我爸知道吗?"

段青山说:"你爸还不知道,这事发生得太突然了,你爸身体不好,我没敢跟他说,所以就直接找你来了。"

柳小贝说:"这件事无论如何要暂时保密,先不要让我爸知道,我来想办法。"

段青山有些疑惑地看柳小贝，说："小贝呀，你有什么办法？"

柳小贝没有说话。

段青山脸上充满了忧虑的表情，说："可是，如果这笔钱不能及时补空，那你爸就会被起诉，将会有牢狱之灾啊。"

柳小贝沉默了好一阵，最后说："段叔，你先回出去吧，我想一个人静会儿。"

接到柳小贝电话的时候，王铁锋正召集公司里一干人在开会。这段时间，王铁锋的日子也不好过，愁得要命，自他来厦门打拼，商海沉浮这么多年了，遇到的挫折和困难不可谓不多，可像今年这样一爆发就是全球遭劫的世界性经济危机，他还是头一回遇上，所以一点经验也没有，简直是束手无策。这几天的情况更糟，有报告说，上岩工地的工人都跑光了，就剩下一个看大门的老头了，为此王铁锋闹心得更要命了，头发都挠少了，公司每况愈下，没有办法，只得开会研究对策，可研究来研究去，谁也拿不出来一个好的方案。

大贵和丁国庆都发表了自己的建议和意见，但相互看不上，弄到最后竟吵了起来。

王铁锋被俩人吵得头疼，于是不耐烦地摆摆手，说："行了，都别吵了，公司还没垮呢！怎么就窝里先斗起来了？"说着又看苏迪，"苏迪，你有什么看法？"

苏迪说："我觉得越是这个时候，越要有信心，越要心往一块使。"

几个人都看苏迪。

苏迪说："具体地说，已经停工的项目就暂时让它停工，但剩下还在运转的工地一定尽全力确保其正常运转。否则，公司真的就没有翻盘的资本了。"

这话说到了众人心坎上。

丁国庆说："我赞成苏迪的观点，可问题是，公司现在资金紧张，即便要保住当前运转的这几个工地也是困难重重啊！"

苏迪从包里拿出一个盒子，正是王铁锋前段时间送给她的那条项链。

苏迪说："铁锋，我想好了，把这条项链拍卖了吧，虽然是杯水车薪，但可以先用这些钱把工人们这个月的工资给结了。"

王铁锋立时反对，说："不行，公司再困难，也不能让你卖项链啊！"

苏迪说："别争了，这个时候，公司的稳定比什么都重要，公司在，一切都在，过了这个关口，到时项链可以再买，如果公司垮了，那一切都无从谈起了。"

几个人沉默了。

王铁锋说："公司现在的确面临着困难，但还没有难到这个份上，只要大家心往一块使，别乱了阵脚，相信这个坎一定能迈过去。"

正说着，王铁锋的手机响了，一看是柳小贝打来的，王铁锋就冲众人说："会就开到这儿，回去以后，各部门按我们决议的积极准备。"

众人散去，王铁锋按了接听键。

电话里，柳小贝声音有些颤抖。

直觉告诉王铁锋，这是肯定又出事了，于是安慰柳小贝说："你先别急，慢慢说，究竟出什么事了？"

柳小贝将段青山的话跟王铁锋复述了一遍。

听罢，王铁锋也是一惊，说："那你有什么打算？"

柳小贝叹了一口气，说："我现在真的不知道怎么办。"

王铁锋说："我来想办法！"

挂了电话，王铁锋开车直接去了银行，结果找了几家，连连碰壁。一直跑到天黑，才拖着一身的疲惫回到住处。一无所获，王铁锋很烦恼，洗完澡，打电话给柳小贝，安慰她不要着急，说他这边正在帮她想办法呢！王铁锋嘴上安慰柳小贝没事没事，可他自个心里也没底，现在的他已是泥菩萨过河，自身都难保，又拿什么来拯救柳小贝？

王铁锋还在迷迷糊糊地睡着，急促的电话铃声突然响起。电话是苏迪打来的。王铁锋一接，当场被苏迪的话惊得睡意全无。

苏迪告诉王铁锋，今天早上，韩国那边发来传真说，崔道基的公司宣布破产了。

王铁锋有些不大相信，说："会不会你弄错了？"

苏迪说："这么大的事情，我怎么会弄错？你赶紧来公司吧。"

王铁锋快速起床，风风火火地赶到公司。

白纸黑字的传真就摆在桌子上，苏迪说的一点没错，面对来势凶猛的金融危机，崔道基的公司也没挨过这场浩劫，正式宣告破产。

王铁锋和崔道基的合作始于当初他替牛百岁卖茶叶，后来，牛百岁又找到王铁锋建茶叶生产基地。当时，沈建军跟王铁锋建议说，要干就干大的，就把生意做到国外，让中国的茶叶走出国门，走向国际，咱们也做跨国生意。为此，今年年底王铁锋专门派牛百岁去了一趟韩国进行实地考察，牛百岁回来就跟王铁锋报告说，联合建立新型茶叶生产基地的方案完全可行。那时的王铁锋手头有钱，雄心万丈，于是就找到了崔道基，决计联手，在韩国建一个大型的茶叶加工生产基地。无论如何也没想到，这么大一笔资金刚投进去，就打了水漂。就在这一意外将王铁锋弄得束手无策之时，金少宇却拨通了柳小贝的电话，他告诉柳小贝，有件事想和她谈谈。

柳小贝这段时间都为公司的事愁死了，哪有心情和他闲聊，便一口回绝了。可金少宇的语气中却透着一种举重若轻的从容，说："小贝，我知道你公司现在遇上了麻烦，见个面吧，说不定，我能帮上你的忙呢！"

架不住他的软磨硬泡，柳小贝终于答应了，挂了电话，就驾车来了约定的地点。

落座后，金少宇说："小贝，不是我埋怨你，这么多年了，我对你怎么样，你心里很清楚，你不接受我的追求，我能理解，是因为你一直用一种一成不变的眼光看我，这些我都不怪你，但无论如何，你不该不把我当成朋友，这一点，我对你很有意见。"

柳小贝说："这么多年，我承认我做得不好，伤了你的心，可我一直把你当朋友啊。"

金少宇苦笑了一下，说："真把我当朋友了？"

柳小贝点了点头。

没想到金少宇马上反问了一句："把我当朋友，你公司遇上这么大的事，你不告诉我？"

柳小贝说："都是暂时的，相信很快会好起来的。"

金少宇叹了一口气，说："据我所知，这次你公司遇上的困难并不是暂时的，而是很严重很严重，搞不好，伯父会有牢狱之灾，难道这也叫暂时的困难？"

柳小贝一怔，她没想到自己的事，金少宇竟了解如此清楚。

金少宇说；"我知道，即便遇上这么大的坎，你心里依然有一个依靠，就是王铁锋，是，我承认，你遇到这么大困难，这个时候，王铁锋他一定会挺身而出，可问题是，王铁锋现在也是泥菩萨过河，自身难保啊！这个时候，你指望他，他也想帮你，可问题是，他又拿什么帮你呢？"

柳小贝看金少宇话里有话，于是说话的语气中有些不耐烦的味道，说："你到底想说什么，有话就请直说吧，不用瞒着。"

金少宇笑了笑，说："不是我瞒你，是王铁锋有事瞒着你。"

"他怎么了？"

金少宇有些惊诧，说："你真不知道？"于是，便将崔道基公司破产的事情跟柳小贝讲了。

柳小贝听罢不由大惊："这是什么时候的事？"

"就在今天，小贝，我实话跟你说吧，王铁锋这次摊上大事了，崔道基公司一破产，王铁锋已投资的这笔钱算是彻底打水漂了，而据我所知，当初他投这笔钱，也是拆东墙补西墙凑到的，如果不及时补上，估计要债的很快就会把'九鼎'公司的大门堵个水泄不通。"

柳小贝一时语塞，场面冷了下来，好一会，才开口道："不管怎样，你我认识这么多年，有什么话就直说吧，今晚你把我找来，到底为什么事？"

金少宇喝了一口咖啡，说："我想帮你。"

柳小贝几乎是不假思索地摇了摇头，说："谢谢，我不需要。"

"但伯父需要。"

这话一下戳到了柳小贝的心坎上，公司有再大的困难，她自己吃再大的苦，都所谓，可一想到如果公司这个窟窿不及时补上，父亲将会有牢狱之灾，柳小贝的心就开始隐隐作痛，她打小没见过母亲，是父亲一手将她带大，这么多年，柳修良真的是又当爹又娘，就这么一个宝贝女儿，捧在手里怕飞了，含在嘴里怕化了，商海沉浮多年，他现在年龄大了，好不容易该退休享受享受天伦之乐了，却又要被债务缠身，受灾狱之苦，这对作为女儿的柳小贝来说，是无论如何不能接受的。

柳小贝沉默了好久，最后，抬起头，看了一眼金少宇，说："说吧，你的条件是什么？"

金少宇很优雅地摇了摇杯里的咖啡，看着柳小贝，然后一字一顿地说："嫁给我。"

一大早，王铁锋又接到了一个噩耗：大贵出车祸了。

大贵这段时间跟王铁锋一样，几乎没好好睡过一个囫囵觉，天天早出晚归，四处借钱，他把厦门凡是跟他熟的朋友几乎都找遍了，可一无所获。昨天，大贵去了福州，找一个关系特别好的哥们借钱，多少算是借了一点，但如果用来补"九鼎"公司的缺，只是杯水车薪。大贵有些失落，他哥们让他在福州住一晚，等天亮再回厦门，大贵心里着急待不住，非得连夜开车回厦门。一路上，大贵心情郁闷，再加上这段时间过于劳累，开着车竟睡着了，车失控，一头撞到了路边的护栏上，大贵头部受伤，当场晕了过去，幸亏被交警发现，及时送到医院，才算保住一条命。

等王铁锋赶到医院时，大贵已脱离了危险。

看到床前的王铁锋，大贵一脸的愧疚，说："锋哥，我真没用，公司现在遇到困难，我干着急，却帮不上忙，好不容易借了点钱，现在又交了医疗费。"

王铁锋说："人没事就好，只要人在，一切困难都会过去。"

王铁锋不知道，就在他在医院陪大贵的时候，公司已经乱成一锅粥了。黑压压的人群把"九鼎"公司围了个水泄不通，全是来要账的。外边的人要往里冲，里边的保安不让进，一时间，双方争执不下，最后，讨债的一方便派出几个代表进入大楼，和苏迪等人在办公室都吵翻天了。

一个代表说："王铁锋到底去哪儿了？"

苏迪说："我真的不知道。"

"为什么不打电话给他？"有人追问。

苏迪说："打了，打了很多次了，可他一直处于关机状态。"

另一个剃着光头的代表说："关机就完了吗？他欠我们的钱什么时候还？"说着，指了指楼下沸腾的人群："你看看楼下的这些人，一个个饿狼似的，如果我们拿不到钱，他们非把我们撕了不可。"说这话的人姓尚，丁国庆认识。

丁国庆说："老尚，你跟铁锋共事这么多年了，你应该知道他的为人啊！如果不是公司遇上了意外，王总他是不会这么亏待兄弟的，这个时候，大家都相互体谅下，好吗？"

老尚不为所动，说："体谅个屁啊，我体谅王铁锋，谁体谅我啊？上岩这个项目，我是把全家老小的性命都压上了，现在，王铁锋这么跟我来个不见面，拿不到钱，工人们非刨了我祖坟不可。"

一个个剑拔弩张，大家七嘴八舌地喊，把房顶几乎都要掀翻了。

苏迪大声道："各位先静一下，都不要吵了，听我说两句，行吗？"

人群安静了下来。

苏迪说："我非常理解大家现在的心情和苦衷，可这么吵下去也不是解决问题的办法，这个时候相互指责、埋怨、谩骂，都无济于事，唯一能做的就是一起心平气和地想办法，只有这样，才能共渡难关。"

有人反问道："能想什么办法？唯一的办法就是赶紧给钱，没钱，说再多都是扯淡，识相的就赶紧让王铁锋露面，跟大家当面鼓对面锣地把事情说清楚，给大家个交代。否则，我们可要到法院告他了！"

众人附和："对，再不出来，就去法院告他，孰轻孰重，你们掂量吧！"

苏迪给丁国庆递了个眼色，然后，又转过身安慰众人。

丁国庆会意，说："好好，我这就找他去。"说着，挤出办公室，飞奔下楼。

几分钟后，丁国庆开车到了医院。病房里，王铁锋正给大贵削苹果。房门被丁国庆猛地推开："铁锋，出事了。"

"又出什么事了？"虱子多了不咬，债多了不愁，现在的王铁锋听到"出事了"这三个字已经麻木了。

丁国庆说："要债的逼上门，把公司都给围了。"

王铁锋不慌不忙地将苹果放在桌子上，说："回公司。"

丁国庆却一把拉了他，说："呀，这个时候你怎么能回公司啊？那帮人找你都找疯了，这会儿回去，不是往枪口上撞吗？"

王铁锋说："少废话，回公司。"

到了公司，王铁锋一下车，就被人群给围了，大贵带着人要上来保护，却被王铁锋一把推开，跟着一个箭步就蹿到了办公桌上，对着人群大声道："各位，我是王铁锋，对于现在'九鼎'公司发生的事情，我负全责。解释的话不说了，现在，我只说两句，第一句，在这儿我真诚地向各位说声对不起。第二句，请大家相信我王铁锋，再给我一点时间，不用太久，多则半年，少则三个月，我一定会给大家一个满意的答案。"

听了王铁锋这话，原本骚动的人群立时安静了很多。

大贵对着众人喊道："各位，王总既然都跟大家做出保证了，请相信王总的为人，既然说到，他就一定会做到。各位，请先回吧。"

众人便不再僵持，陆续散去。但接下事情的并没有按王铁锋所预想的那样发展，公司效益每况愈下，为了兑现承诺，王铁锋只得申请公司破产。

第二十六章　北京北京

"九鼎"公司破产的第三天，苏迪接到了她爸爸病重的消息，于是连夜回了老家。苏迪走的第二天，王铁锋决定离开厦门去北京。之所以选择去北京，是因为王铁锋想起了他的一个战友，他的这个战友叫徐大江，两人当年在一个连，后来他们所在的部队赶上了轮战，上了战场的第二天，他们连奉命夺回一个高地，那场战斗打得很惨烈，激战中，徐大江腿部受了伤，要不是王铁锋拼死把他从阵地上救下来，估计徐大江这条命就交待了。一起出生入死过的战友，那种情谊之深不是一般人所能理解的。徐大江家在北京郊区，退伍前，俩人互留了地址，约定回到地方后要多联系，可真一退伍，天南地北的，再加上那时的交通工具不发达，时间一长，两个人就失去了联系。直到去年，王铁锋参加一个厦门召开的建筑行业大会，刚一进会场，听到有人在背后喊他，乍一看，没认出对方，再瞅，吓了一跳，认出来了，那人正是徐大江。这么意外的相逢，两个人都有些不敢相信，醒过神后，抱在一起大哭。后来，王铁锋请徐大江吃饭，才知道徐大江回到老家后，这么多年，什么都干过，不过干啥啥赔，于是就跟一个堂叔学盖房子，徐大江这人的脑子还算活泛，越盖越名气越大，再后来就成立了建筑公司，现在的生意越多越大，开始做起了跨地区业务，他这次来厦门就是考察市场的。徐大江还告诉王铁锋，前段时间他在北京刚启动了一个新的项目，并且动员王铁锋有机会去北京考察下市场，兄弟俩如果能一起合作多好啊！王铁锋当场答应了，可后来生意一忙，这把这茬给搁忘了，而现在，公司遭遇了滑铁卢，王铁锋便想起了北京的徐大江，于是决定去北京找他，看有没有什么好的机会和出路。

广播响起，通知要安检了。

王铁锋看了看前来为他送行的孙大旺和丁国庆两个，说："旺哥、国庆，你俩回去吧。"

分手在即，孙大旺和丁国庆两人心里无限伤感，于丁国庆而言，跟王铁锋是发小，自穿开裆裤起，两个人就玩在一起，丁国庆人老实，每次被人欺负，都是王铁锋替他出气，尤其来了厦门一起打拼的这么多年，那份兄弟情义更是与日俱增，这么多年了，两个人从来没有红过脸，闹过矛盾，即使发生了一些小小的不愉快，也是哪说哪了，一转身，又好得穿一条裤子了。

而于孙大旺而言，跟王铁锋也是多年的感情了，自王铁锋开餐馆起，那时孙大旺就爱占他的便宜，带着手下的人喝他的免费的酸梅汤，后来，又是因为王铁锋，孙大旺才带着兄弟们结束了打一枪换一个地方的游击生活，成立了装修公司，在厦门生了根，发了芽。孙大旺胆小怕事，可他心不坏，人不傻，他知道谁带他亲，谁带他好，他懂得受人点滴之恩，当涌泉相报的古训，所以对王铁锋，他一直心存感恩之心，同时也把他当成自己的亲生弟弟，无话不谈。而现在，就是这么一个在自己的生命中扮演着如此重要角色的人要离开厦门，从此踏上一条漂泊之路了，孙大旺的心里如何能平静，如何能不感伤？

王铁锋接过行李，与丁国庆和孙大旺两个人拥抱。

丁国庆说："铁锋，到了北京，人生地不熟的，一定要保重。"

王铁锋点了点头。

孙大旺说："铁锋，这一走，山高水长，路途遥远，一切得靠你自己了。不过你放心吧兄弟，旺哥就在厦门等你，等你东山再起，再带着兄弟们一起干。"说着说着，鼻子一酸，眼泪就下来了。

飞机起飞，越飞越高，不一会便消失在深邃的夜空里。

王铁锋走出机场的时候，天色还没亮，已是深秋，北京的空气有些冷，给人一种初冬的味道。王铁锋站在广场上，抬头远望，前方灯光点点，那一刻，他突然有了一种做梦的感觉，这种感觉似曾相识，他想起当年带着沈建军和丁国庆离开老家闯荡厦门，刚走出厦门火车站时，就是这种恍若隔世的感觉。不承想，多年以后，在这个漆黑的夜里，他孤零零一人站在北京机场的广场上时，心中又升腾出同样的感受。

王铁锋找了家餐厅，吃了点东西，看看窗外，天色灰蒙蒙有些亮了，于是起身，叫了一辆的士，直接去了东三环。然而，万万没想到，等他终于找到徐大江的公司时，发现大门紧锁。跟保安一打听，才知道徐大江的公司两个月前就已经申请破产，整个公司早已是人去楼空。

王铁锋跟保安打探徐大江的下落。

保安摇摇头，说："不知道。"

听到这话，王铁锋的心都凉了。告别保安，走到一个无人的角落，站住，抬头看天，天空清朗，可王铁锋的心情却阴沉得要命。

找不到徐大江，接下来，这偌大的北京城，哪儿才是自己的栖身之所？想着想着，王铁锋不觉悲从中来。

王铁锋漫不经心地走了一阵，实在是累了，于是找了一棵大柳树，挨着坐下，从口袋里摸出一根烟，正抽着，迎面来了一个蹬着板车的人，四十多岁，平头，肩上搭着一个白毛巾，后边的车厢放着几个青花瓷瓶，用绳捆扎着，估计是怕箍坏了，绳子和瓷瓶中间还垫着纸箱片。眼前是个慢坡，那男的鼓着腮帮子想直接蹬上去，结果车到了半坡，却蹬不动了，这个时候，再想刹车，已经来不及了，借着惯性，板车开始往下倒，并且速度越来越快，那男吓得哇哇大叫，坡下的拐角处是几棵大柳树，万一撞上，这一车的青花瓷转眼就会碎成渣，电光石火的一瞬间，王铁锋扔了烟头，箭步前冲，追上的刹那，一把抓了板车的车把，顺势发力，再看板车，倒退的速度明显减弱，最后，在距大柳树不足半尺的地方缓缓停住。蹬车那男的吓得面如土色，半天才缓过神，跳下车，给王铁锋磕头的心都有了，说："兄弟，多谢哈！"说着，便掏烟。

王铁锋摆了摆手，说："刚抽过，哥们，你这是要干吗去？"

那男的说："往古玩城送货。"

"这是你烧的？"

"是。"

"嘀，真漂亮。"

那男的抹了一把额头上的汗，说："兄弟，你是做什么的？"

王铁锋苦笑了一下，说："我现在没工作。"

"那可不像。"

"真的。"

"刚来北京？"

"对。"

"那你打算做什么？"

"还没想好。"

那男的说："今天要不是你出手相助，我这一车的货估计都碎成渣了。何况人海茫茫，在北京认识也是一种缘分，这样吧兄弟，你要不嫌弃，就跟我干吧。"

"干啥？"

"烧窑。"

王铁锋一愣："烧窑？我以前没烧过，不会啊。"

"不会可以学嘛！"

"好吧。"王铁锋想了想，反正一时无处可去，索性就答应了。

"兄弟贵姓。"

"王铁锋。"

那男的说："我叫张德水，以后叫我水哥就行。你吃饭了吗？"

"吃了。"

"吃了,那跟我送货去。"

就这样,王铁锋纵身跳上板车,扶着那些青花瓷,跟张德水去送货。一直忙到太阳偏西,张德水带着王铁锋在地摊上吃了两碗兰州拉面,然后,二人蹬着板车往回赶。

黄昏的大街,人潮汹涌,车水马龙。

王铁锋发现北京的夜色非常迷人,并且突然意识到自己已有好多年没有这么静静地欣赏过夜色的美景了。之前的岁月里,他天天专注于生意,穿金戴银,衣着光鲜,步履匆匆,却唯独忽略了路边的风景,而现在,商场失意,穷困潦倒,流浪在北京的夜色里,有些心酸的同时,他反而有了一种轻松感。

一路上,王铁锋就那么坐在板车上,眯着眼,什么都不去想,一任夜风吹拂。

再往前走,就要出城了,王铁锋说:"水哥,你歇会,我来蹬。"

张德水坚持让王铁锋坐后边休息,说:"没事,我不累。"

王铁锋说:"水哥,离住的地方还有多远?"

张德水说:"快了。"

二人一路蹬一路聊,越聊越兴奋,后来,张德水来了兴致,放声高唱,唱到忘情处,一不留神,车把一摇晃,三轮车差点把后边驶过来的一辆轿车给刮了。这时就听到有人隔着车窗大骂:"找死啊,傻逼!"然后,绝尘而去。

听到骂声,张德水不唱了,鼓着肚子,回骂:"你才傻呢。"完了,又看王铁锋:"兄弟,别骗水哥,你以前是不是也开名车?"

王铁锋嘿嘿地笑,说:"水哥,说真的,我现在发现哈,开什么名车都不及踩这板车,让人发自内心地感到踏实,接地气。"

张德水一拍大腿,哈哈大笑:"有道理。"

窑场终于到了，这里远离城市，是片山坳，有很多水塘，零零星星住着几家农户，显得杂乱。一条小河绕着山根蜿蜒，一群群的鸭子在陆地和河里穿梭。窑场临山而造，还有一条狗，黄毛，张德水给它起了个名字叫阿黄，阿黄年纪大了，动作有些迟缓，正换季，身上的毛都掉光了，见了王铁锋跟见了熟人似的，不咬不叫，只摇尾巴。

张德水将车放好，推开一间低矮的茅草房，说："铁锋，你以后就住这儿。"

王铁锋发现屋里连个床都没有，只得跟张德水从河边弄来一堆稻草秸秆在地上铺了。张德水又抱来一床被子，王铁锋接过一闻，差点没吐了，那被子估计有一百年没见阳光，都馊了。

夜深了，王铁锋躺在稻草上，毫无睡意，脑子里像放电影似的，这么多年的起起伏伏的往事开始在眼前迭出迭入。已是后半夜，整个世界寂静无声，天边挂着一弯下弦月，月光如水，照得大地一片清冷。反正睡不着，王铁锋索性坐了起来，背靠墙，看着窗外的月光，怔怔发呆，后来，实在累了，便挨着墙迷迷糊糊地睡着了。睡得正香，屋外却传来了鸡叫声，天光透过窗棂照了进来，新的一天就这么开始了。

草餐是咸萝卜干、糊涂粥、馒头。

吃完饭，按照张德水的布置，接下来，王铁锋要做的第一件事就是和泥。

这段时间，柳小贝的日子变得越发艰难。那天，她刚到办公室，就得到一个意外消息：那个叫李尔得的华籍商人已就柳氏集团新加坡分公司总经理 johnson 携款逃跑一事正式向法院起诉柳修良。

这个消息如一枚重磅炸弹，把柳小贝惊得冷汗都出来了，马上打电话把段青山找了过来。

柳小贝说："段叔，你跟我爸一起共事多年，经验丰富，你看这事怎么办？无论如何不能让我爸为这事坐牢。"

段青山说:"小贝,你的心情段叔当然理解,我跟你爸一起打拼这么多年,我当然也不愿意看着他这么大年纪了,还去坐牢,可话又说回来,这件事的确有些棘手啊!"

柳小贝说:"段叔,这么说,只能眼瞅着我爸坐牢,就无能为力了?"

段青山想了好一会,说:"现在唯一的办法就是将这笔钱给补上,并且得快,越快越好,可问题是,一时三刻,咱们上哪儿弄这么多钱啊?"

柳小贝陷入了沉思,过了好一会,才抬起头说:"段叔,你先回去吧。"

段青山离开后,柳小贝站起来,抱着胳膊在房间里来回踱步,一时间,心乱如麻,最后,又回到座位上,似乎终于下了决心,拿起了桌子上的电话。

听到电话响,金少宇很优雅地摁下免提键。

电话里,传来柳小贝的声音。

等这个电话,金少宇似乎已等了很久,于是带着复杂难辨的语气说:"小贝,你终于来电话了。"

柳小贝说:"见个面吧。"

这句话似乎有点超出金少宇的意料,却似乎又在他的预料之中,那一刻,他的脸上荡漾起一丝胜利的笑容,有点感慨地说:"小贝,看来你还是想通了。"

半个小时后,柳小贝和金少宇在一家会咖啡馆见了面。

两个人相视而坐,柳小贝将一份协议书摆在桌子上。

柳小贝说:"一年为限,如果到时这笔钱还不上,我就嫁给你,具体内容,我都在协议里拟好了,你看一下,如果没问题,请在上边签字。"

柳小贝的这一举动,令金少宇顿感意外,愣怔了好一会,才抬起眼看柳小贝,苦笑道:"小贝,你这是干吗?我是金少宇,不是黄世仁,我是喜欢你,是想娶你,可我不是逼你,不是乘人之危,更不是落井下石,你这么一来,我成什么人了?"

柳小贝却显得极其平静,说:"我知道,你的确是想帮我,我也知道,这么多年，你一直对我很好，所有的这一切，我都知道，可我不想欠你，所以，一些事情，咱们还是说清楚了好。"

金少宇强调道："小贝，我希望你明白一点，我喜欢你，这么多年，我是在用心地追求你，这是感情，不是交易，感情没办法量化，更没办法说清楚，如果我的这份心不被理解，对不起，这份协议，我不签。"

柳小贝不为所动，说："如果你坚持不签，那我也没办法，我救不了我父亲，说明我无能，我是这世上最不孝的女儿。"

金少宇傻了，好一会才说："小贝，你这是干吗呢？"

柳小贝没有说话。

金少宇没有辙了，似乎在做最后的争取，又问了一句："非得签？"

"对。"柳小贝语气坚决。

金少宇长叹一声，说："好吧。"于是，拿起笔很无奈地在协议上签了字。

得知王铁锋离开厦门的消息，沈建军的心里真的是五味杂陈，两个人打小光屁股一起玩到大，那份兄弟情是透入骨髓的，这辈子都别想抹掉了，眼看着自己曾经的好兄弟一夜之间一无所有了，他肯定不会无动于衷，坐视不管，可他有心想帮王铁锋，可又怎么帮呢，王铁锋离开厦门都没跟他说一声。这说明，在二人的心里还是有一道鸿沟，一时半会估计这条鸿沟不太容易弥合。这当然是积极的一面，可还有消极的一面，要说沈建军打心里对王铁锋一点意见没有，那也不是事实。正如牛大河所说，王铁锋就是一座高山，只要他在，无论事业，还是爱情，沈建军就别想显出自己的光芒来，这话乍一听有些让人窝火，可它却是事实，这么多年，沈建军对苏迪一直情有独钟，可正是因为有了王铁锋的存在，无论他沈建军做再多努力，到最后也是枉然，怎么也走不进苏迪的心里。但自打他跟王铁锋闹掰，好像一切真的都变了，做生意，他感觉自由，轻松，爱情上呢，好像苏迪也不像从前那么严防死守，一点机会不给他了，沈建军当然无从知道苏迪内心变化的真正原因，但他也不想去追问，反正，只要苏迪不再像以前那样总是拒他于千里之外,他就心满意足了。

不久,苏迪从老家回来了。回到厦门的当天晚上,沈建军便约她吃饭,说在酒店已订了包间。当苏迪推开包间门的时候,发现里边黑灯瞎火的,就在她稍一愣怔的瞬间,房间里的灯突然亮了,沈建军推着一个小车从套间里走了出来,车上摆着蜡烛,还有一个很大的蛋糕。

望着一脸错愕的苏迪,沈建军柔声说道:"生日快乐。"

那一刻,苏迪突地感觉自己被一团很温暖的东西包围了,跟着眼泪就如断了线的珍珠一样,禁不住地流了下来。这段时间接二连三地出了这么多事情,她一直疲于应付,忙得把自己的生日都给忘了,没想到沈建军竟记得她的生日,还搞了这么个突然袭击。女孩大多感性,何况这段时间,知道苏迪心情不好,沈建军便天天打电话,安慰她,鼓励她。人非草木,孰能无情?

望着眼前的情景,苏迪内心挣扎了好久,才破涕为笑,看着沈建军,说:"谢谢你。"

那晚,两个人聊了很多,沈建军喝了很多酒。

后来,苏迪劝沈建军不能再喝了。

沈建军说:"好,你放心吧苏迪,这辈子,我就听你一个人的。"

苏迪望着沈建军,看了好一会,说:"建军,如果你真听我的,就和铁锋和好吧,毕竟你们是多年的兄弟啊。"

沈建军脸色突然有些僵,可旋即又笑了,说:"苏迪,我答应你,只要铁锋他还把我当兄弟,如果有机会,我保证先低这个头。"

苏迪笑了。

沈建军却突然从怀里掏出一个盒子,打开,竟是一枚戒指。

苏迪惊得一愣,说:"建军,你这是干吗呀?"

沈建军语气庄重地说:"苏迪,请你嫁给我吧!"

苏迪愣住了。

沈建军拉了苏迪的手,要把戒指给她戴上,片刻的愣怔之后,苏迪如遭电击似的将手抽了回来。

沈建军一脸的错愕。

苏迪神情慌乱地说:"建军,对不起,我真的一点心理准备都没有,对不起,你再给我点时间好吗?"

沈建军握着戒指的手停在空中,愣怔了半天,终于还是笑了,说:"好,你放心吧苏迪,这么多年我都等了,只要你没想好,我还等,我会等到你想好的那一天。"

第二十七章　你一定要幸福

时光荏苒，岁月如梭，转眼又是半年过去了。

这段时间，沈建军追求苏迪的热情更是有增无减。面对沈建军的疯狂追求，苏迪再也不能像从前那样无动于衷，一笑而过了。久而久之，她开始有些动心了，而接下来发生的一场意外，更是最终促使苏迪下了决心，接受沈建军求婚。

这么多年，苏迪有一个雷打不动的习惯，无论公司工作多忙，每年她都会挤出几天的时间到一座叫"新星"的希望小学，去看看在那里生活和学习的孩子们。这个"新星"小学坐落在我国西部地区一个叫清凉湾的小山村。八年前，苏迪从电视上看到了这个地区的有关报道，报道说，由于当地没有小学，加之地处大山，交通不便，清凉湾地区的孩子们为了上学每天要走上几十里的山路，爬过数十道山坡。无论春夏秋冬，刮风下雨，孩子们每天都是早上四五点钟起床，尤其到了冬天，所要经受的苦更是令常人难以想象，令苏迪尤为难忘的是报道中有这样一个画面，那是一个关于孩子的手的特写镜头，那双小手因为受冻，肿得像个馒头，还有好几处冻疮。看了这个报道，苏迪难过了好几天，王铁锋看她情绪不大对，就问她怎么了，苏迪就把心事说了。王铁锋就在公司的会议上说了自己的想法：以苏迪的名义，由公司出资在清凉湾捐建一所希望小学。

沈建军几个人一致同意，说，这是应该的，咱们这些人就是吃了没有文化的苦，现在不能让孩子们再步我们的后尘。王铁锋一心扑在事业上，除了小学建成后的第一次揭牌仪式他去了，之后的每年校庆，都是苏迪代表公司出席，而每次在这所"新星"小学与孩子相处的日子，也就成了苏迪一年当中最轻松最幸福的时光。

那天，苏迪又接到了新星小学校长李东林打来的电话，李东林代表全校师生邀请苏迪参加今年的校庆，并特别强调，说，孩子们都十分想念她。沈建军得知这一消息后，对苏迪说，今年他要跟她一起去。就这样，三天后，两个人出发了。先坐飞机，又坐汽车，再乘羊皮筏子，终于到达了当地一个叫猴头菇的小镇。李东林校长带着另外一个老师开着一辆烧柴油的机动三轮车在镇上早已等着两人，双方见了面寒暄过后，便发动三轮车向着清凉湾进发。

这里地处高原，天高云淡，机动三轮车行驶在崎岖的山道上，让人顿时感到神清气爽，心情舒畅。黄昏时分，到达了学校。学校门口，全校师长列成两队拉了横幅，敲锣打鼓欢迎苏迪和沈建军。看到苏迪，一些胆大的学生立刻扑了上来，围着苏迪又蹦又跳，场面热烈而感人。

晚饭是在学校食堂吃的，厨房的刘师傅专门给沈建军和苏迪二人做了一道当地的特色美食——手抓羊肉。接下来的两天时间，苏迪和沈建军跟学生和老师们进行了几次座谈，听取大家对学校发展的一些建议和意见，看看学校还有哪些地方需要改进和帮助。第三天是学校的校庆，大家都很高兴，一直忙到很晚才休息。

按沈建军和苏迪二人的行程安排，明天下午他们就要赶到省城坐飞机回厦门。以苏迪的习惯，每天六点钟会准时起床，但这段时间实在是太累了，就想着晚一会起床，反正是晚上的飞机，所以就没定闹钟。

沈建军睡在苏迪的隔壁房间，昨天晚上李东林和其他的老师每人敬了他一杯当地产的青稞酒，以表达全体师生对他和"九鼎"公司这么多年来为学校做出的贡献。盛情难却，所有人敬的酒，沈建军一一全喝了，当时还没感觉怎么着，没想到这种酒后劲很大，喝到后来，终于不胜酒力，一挨床便沉沉睡去。然而，沈建军睡得正香，突然被一阵莫名的响动给摇醒。

一醒来，沈建军感到头疼得厉害，翻了下身，刚要再睡，突然又感到一阵剧烈的摇晃，睁眼的刹那，沈建军发现天花板上有大片的涂料掉落，而床头的台灯在剧烈地抖动了几下之后，啪的一下，滚落在地上，摔得粉碎。眼前这一突如其来的情景，惊得沈建军顿时睡意全无，直觉告诉他，不好，这是地震了，于是下意识地从床上一骨碌爬了起来，根本来不及穿鞋，光着脚冲出房间，转身将苏迪的房间门给撞开，大喊："苏迪，苏迪，苏迪，快起床，地震了。"

听到喊声，苏迪一个激灵，爬了起来，披了外衣，跳下床，双脚刚一着地，伴着又一次剧烈的震动，她的整个人顿时站立不稳，一下摔倒在地上。沈建军就势一个侧滚，到了苏迪身旁，一把将她抱了，跟着又一个侧翻，两个人就到了门口。然后，沈建军一手搂着苏迪，一手扶着栏杆，拼命往楼梯口跑。

此时，整个世界地动山摇，校园里已乱成了一锅粥。楼下，李东林带着一些老师在疏通人流，指挥着学生们往操场上跑，嗓子都喊哑了，操场上，所有的学生被这突如其来的地震吓得抱在一起哇哇大哭。

沈建军抱着苏迪刚冲下楼梯，李东林带着两个老师就跑了上来，从沈建军怀里接过放下苏迪之后，李东林返身又朝楼里冲。

沈建军问他："怎么了李校长？"

李东林说："206宿舍还有一个生病的学生。"

沈建军一把抓了李东林说："你留下，我上去。"说着，便朝楼里跑去。

几分钟后，沈建军找到了那个生病的学生，来不及说话，背着对方就往楼下跑，然而，刚跑到楼梯口，又一波剧烈的震动袭来，沈建军站立不稳，下意识地抓了一侧的栏杆，稍一运气，再次往下跑，然而，此时的整个楼房摇晃得太厉害了，刚迈出两步，一个趔趄，沈建军人就失去了平衡，栽倒在地。

不远处，苏迪将这一幕看得清清楚楚，惊得不由大喊："建军，小心。"

在栽倒的瞬间，沈建军和背上的学生顺着楼梯就滚了下来。与此同时，二人身后的一面墙体开始断裂，沈建军抱着那学生刚想起身，却发现脚崴了，根本站不起来，情急之下，沈建军使出浑身力气，将那学生拼命往外一推，等他自己再准备往前滚动的刹那，身后的那面墙体轰然倒塌，一下砸中了沈建军。

刹那间，天地一片漆黑，沈建军昏了过去。

沈建军后来才知道他是被苏迪、李东林等众人用手从废墟里扒出来的。然后，他被大家用一扇门板抬着跑了几十里山路送到了县医院。几个小时后，几个医生推着浑身是血的沈建军气喘喘地往急诊室跑。

病床一侧的苏迪紧紧地握着沈建军的手，边跑边哭："建军，建军，再坚持一下，咱们已经到医院了。"

病床上，沈建军嘴唇干裂，面如土色。

被推进急诊室之前，沈建军突然嘴唇一动，说话了，声若游丝："苏迪。"

苏迪心里一悸，不由得把沈建军的手握着更紧。

沈建军声音低微，说："苏迪，如果这次我还能活着出来，我一定要娶你，等我好吗？"

那一刻，苏迪的心都碎了，拼命地点头，说："建军，你一定会没事的，我等你，我等你。"

那天，王铁锋和张德水又拉着一车烧好的陶瓷去了古玩城，将货卖给了一个叫詹姆斯的英国人。对王铁锋来说，能做成这笔生意纯粹是一个意外收获。前段时间，王铁锋蹬着三轮车给一家散打馆送两个大号的青花瓷瓶，那家散打馆的经理是个女的，跟王铁锋说，这瓶子要放在三楼，可个头这么大，我扛不动，你能不能帮我扛到三楼去？

王铁锋二话没说，就扛着青花瓷瓶上了二楼，到了二楼，看见大厅里一伙练散打的人正在切磋，其中一个是外国人，个头明显比其他人高出很多，而那些跟他过招的人显然也不是他的对手，最多两三个回合便被那个老外给撂倒了。

王铁锋看着着急，实在憋不住了，就跟另外一个年轻人说："兄弟，懂不懂四两拨千斤的道理？"

那年轻人一脸茫然地摇摇头。

外国人看了看王铁锋，然后一脸鄙夷，用瞥脚的中文说道："你不服，上来较量下。"

王铁锋说："好吧，那我今天就让你长长见识的同时，也长长记性。"

接下来，没有废话，两个人就开打。结果没出半分钟，王铁锋抓住了对方的防守漏洞，一个侧摆腿就干了过去，再看那外国人一声惨叫，平着就飞了出去。

第一局输了，老外不服。

不服再打。

又是两局，全被王铁锋撂翻在地，这下老外彻底服了，问王铁锋是不是专业散打运动员？

王铁锋笑了笑，说："不是，不过需要跟你提醒的是，像我这种水平的在中国到处都是。"

老外对王铁锋产生了深厚兴趣，说："嗨，哥们，请问贵姓？"

"免贵姓王。"王铁锋边弯腰扛起地上的青花瓷瓶，边回答。

老外说："我叫詹姆斯，以后散打这方面还要向王先生多多请教。"

王铁锋说："请教不敢当，不过你要想买陶瓷，我倒可以帮得上忙。"

詹姆斯有些意外："王先生是干吗的？"

王铁锋说："烧陶瓷的。"

詹姆斯脸上顿时浮出吃惊的表情："哦，我的上帝，难道这就是你们中国人说的缘分吗？我在中国做的也是陶瓷生意，以后多多合作。"

就这样，两个人不打不相识，成了朋友不说，还做起了生意。

那天，从古玩城出来，张德水特意买了一只烤鸭，几个小菜，两箱啤酒。

王铁锋说:"水哥,今天是什么好日子?"

张德水说:"自打咱兄弟俩认识的那天起,天天都是好日子,尤其是今天,赚钱了,得好好庆祝庆祝。"

回到住处,两个人就开始喝,天南地北地聊。聊着聊着,张德水突然话锋一转,说:"铁锋,有件事,我想跟你商量商量。"

王铁锋说:"什么事水哥,你说。"

张德水说:"你知道我是哪里人吗?"

王铁锋说:"你不是北京人吗?"

张德水摇了摇头:说,"不是,福建德化,你知道吗?"

王铁锋一愣,说:"德化我怎么会不知道啊,德化的陶瓷非常出名,跟江西景德镇、湖南醴陵并称中国三大近代瓷都嘛!"

张德水点了点头,说:"对,我就是德化人。"

这有点出乎王铁锋的意料。接下来的聊天中,王铁锋这才知道了张德水曲折的人生经历。原来,张德水年轻那会在德化当地的一所学校学习陶瓷技术,也就是那个时候认识了他的爱人,毕业后,两个人就回到了老家创业,那时的张德水年轻气盛,闯劲很大,不久便借钱承包了一家陶瓷厂,但张德水这人从个人气质来说更多的应该算是艺术家,而不是商人,不太擅长做生意。所以工厂没有开多久就倒闭了,没赚到钱不说,还欠了一屁股的债。张德水毕竟是一男的,抗压能力大些,但他的爱人面对这样的打击就有些吃不消了,再加上身体本来就不好,一病不起,不久就去世了。再后来,张德水年迈的父母也相继过世,这下,张德水真的就成了孤家寡人,在还清了所有欠下的债务之后,就投奔了他在北京的一个同学,现在这个烧陶瓷的窑场就是他同学开的,后来,他的同学找了一个外国媳妇,出国了,就把这个窑场转给了张德水。

听了张德水的人生往事,王铁锋唏嘘不已,沉默了好大一会,才端起酒杯,说:"水哥,所谓人生,可能就是一个不断遭遇挫折的过程,但不管怎样，我还是要劝老哥，要振作起来！"

张德水抹了一把泪水，点点头，说："你说得对兄弟，不是有那么句话嘛，太阳明天还会照样升起。其实，我现在也想通了，过去的就让它过去吧，向前看。这也是我为什么刚才跟你说有事和你商量的原因。前几天，我接到了老家政府李镇长的电话，李镇长是我当年的同学，电话里，他跟我聊了很多，他说为挖掘和发展我国的陶瓷文化，现在当地政府相继出台了一系列扶持政策，但千军易得，一将难求，陶瓷文化要得到真正的发扬和传承，重要的还是得有真正懂技术又懂艺术的人，李镇长跟我相识多年，年轻时读书那会儿，他就知道我是我们那批学生当中专业技术最好的。所以，他的意思是我无论如何应回老家去，重操旧业，这往大了说是为了发扬传承中国陶瓷文化，往小了说是为家乡发展尽绵薄之力。这几天我也想了很多，回头看看我这半生，志大才疏，碌碌无为，细细想来，的确惭愧，所以我决定回德化去。铁锋兄弟，你看如何？"

王铁锋说："水哥，你这个决定，我百分之百地支持，都说'穷则独善其身，达则兼济天下'，现在赶上改革开放的大好时机，像你这样在陶瓷行业有如此造诣的人，就应该把自己所学专长发扬光大，这是机遇，也是责任。"

张德水说："铁锋，咱哥俩相处这段时间，我发现你的确是干大事的人，正如你说，人生漫漫，遇些挫折，在所难免，虽然你现在也遇到了暂时的困难，但从你身上我却没看到半点意志消沉，灰心丧气，就这一点，老哥我敬佩你，愿意跟你做一辈子的朋友，所以你如果不嫌弃，就跟我一块回德化去，我相信以兄弟你的这股劲头和实力，不久的将来肯定能干出个名堂。"

王铁锋端起酒杯，说："水哥，不说了，谢谢老哥这么看得起我，都说兄弟同心，其利断金，我愿意陪老哥回德化老家一起干。"

张德水喜上眉梢，也端起了酒杯，说："好，那咱明天就出发。"

就这样，第二天，两个人就收拾了东西，回到了德化。不久，两个人承包了镇上一家陶瓷厂，张德水负责生产管理，王铁锋负责市场营销，在政府的一系列优惠政策的扶持下，生意很快就有了起色。工人的人数由起初的十几个增加到几十个。随着生产规模越来越大，王铁锋跟张德水建议，目光不能光盯着国内市场，应该放远点，得瞄向国际市场。何况，德化瓷一直是中国重要的对外贸易品，千百年来，与丝绸、茶叶一道享誉世界，但受金融危机的影响，当前欧美市场疲软，应该着力开拓东南亚市场。

真是凑巧得很，就在这个时候，王铁锋接到了詹姆斯从马来西亚打来的电话。詹姆斯说，金融危机之后，随着东南亚经济的回暖，在相关政策的大力扶持下，马来西亚的陶瓷市场正在逐步复苏。詹姆斯建议王铁锋应抓住机遇，以马来西亚为战略平台，开拓东南亚的巨大市场。

挂了詹姆斯的电话，王铁锋就跟张德水商量，结果，二人一拍即合，说干就干，第二天就订了机票飞往马来西亚。下午三点，两个见到了前来接机的詹姆斯，草草地吃了点东西，詹姆斯开车将王铁锋和张德水载到一个叫金马莱的地方。那是马来西亚北部的一个小镇，地处沙巴州克罗克山脉东北端，两条主干河流泸溪和涌溪在此交汇，森林茂密，优质瓷矿蕴藏量大，具备了瓷器生产的便利条件。王铁锋和张德水在詹姆斯的带领下围着小镇足足转了一个下午，实地考察一番后，决定与詹姆斯合作，在此设厂。分工如下：詹姆斯负责提供厂房、机器等基础设施；王铁锋和张德水负责生产技术及工人管理。

接下来，就进入了实质性的运作阶段，不久，陶瓷厂正式投产。

那段时间，处在异国他乡的王铁锋忙得一塌糊涂，整个人像只陀螺一样，一天到晚穿行于办公室、码头、工厂之间。所以当苏迪突然出现在眼前的那一刻，王铁锋几乎不敢相信自己的眼睛，他以为是这段时间自己忙晕了，出现幻觉了呢!

原来，在多天以前发生的那场地震中，沈建军为救学生受了伤，幸亏被送医院得及时，人并无大碍，在苏迪的精心照料下，不久就出院了，伤愈后的某一天晚上，沈建军再次向苏迪求婚。

苏迪说:"建军，在我答应你之前，你也答应我一件事好吗?"

沈建军说:"没问题，别说一件，一百件我都答应你。"

苏迪说:"结婚前，我想去看下铁锋，现在他手机都打不通了，走了这么久，也没个音信，我心里真的放不下他，你放心吧建军，我既然答应嫁给你了，这辈子我就是你的人，我这次去，就是看看他，看完，我就回来，只要他好好的，从此往后，我心里再不想他这个人，我们俩就好好地过日子。"

沈建军刚开始的确有些犹豫，可片刻的犹豫之后，还是点了点头。

一别多日，苏迪发现王铁锋整个人都变样了，皮肤黝黑，还瘦了，胡子拉碴的，头发很长，穿着一套极不合身的灰色中山装，大热的天，戴着一双棉布手套，跟原来那个风流倜傥的王铁锋简直判若两人。

看着王铁锋的样子，苏迪的心跟叫人用刀剜了一般疼，哇哇大哭，说:"铁锋，你怎么变成这样了?你在这儿怎么过得这么苦啊?"

王铁锋却嘿嘿地笑，安慰苏迪说:"别哭了，别哭了，这些天，其实我过得挺好的，现在是我的工作时间，才这个打扮，平时我不这样的，真的苏迪。"

为了欢迎苏迪的到来，当天晚上，张德水在镇上的酒店订了位置。吃完饭，回到住处，夜都深了，张德水不胜酒力，先回房睡了。王铁锋跟苏迪在院子当中的石凳上并肩而坐，仰着头，静静地盯着深邃的夜空，彼此都没有说话。

过了好久，王铁锋终于开口了，说："你真的想好了？"

苏迪点了点头。

说实话，得知苏迪要嫁给沈建军，王铁锋的心里一时变得非常复杂，按理说，沈建军是自己多年的兄弟，虽然现在两人有些矛盾，可老话说"兄弟虽有小忿，不废懿亲"。如果沈建军过得好，王铁锋真的打心眼里替他高兴，可问题是，沈建军要娶的人是苏迪，之前的岁月里，虽然王铁锋一心扑在事业上，忽视或者说冷落了苏迪，但他并非草木，他一样有天下男人具有的七情六欲，这么多年，无论在事业上，还是在感情上，苏迪对他的付出，他其实都真真切切地感觉到了，可他之所以不能给苏迪一个明确的交代和说法，是因为有很多东西他还没来得及梳理，或者说，他还有很多东西需要时间去沉淀，但正是他的顾虑太多，却偏偏疏忽了一个重要的环节，那就是苏迪内心的真实感受，她是一个女孩，像天下所有女孩一样，她同样需要爱和被爱。这么多年，王铁锋的确给了苏迪很多，但这当中却偏偏缺少了一种在苏迪看来最为重要的东西，那就是爱情。苏迪可以等他一年，十年，但不能无期限地等，或者说，她怕等到了头发变白，却最终也没等来王铁锋的花轿，那对一个女孩来说，将是一种怎样的悲凉结局？相反，这么多年，沈建军却持之以恒地追求她，坦白地说，她不愿意将沈建军和王铁锋放在一起比较，她没那么浅薄，然而，那种潜在的无形的对比却也客观地存在着，所以，于苏迪而言，现在真的到了必须做出抉择的时候了。

面对苏迪最终做出这样的决定，王铁锋感情上有些复杂，但理智上却能够理解。不是吗？既然你不能承诺给她一个未来，那么就尊重她的选择，是不是也是一种爱的方式？

想通了，也就释怀了，于是王铁锋冲着夜空长长地吐了一口气，然后，冲苏迪伸出手，说："好吧，替你们高兴，祝你们幸福。"

苏迪也伸出手,两个人的手就那么紧紧地握在一起。

那一刻,凄迷的夜色里,王铁锋看见苏迪的眼睛里有晶莹的泪水在打转。

第二十八章　突生意外

王铁锋决定重返厦门。

昨天的聊天过程中，苏迪跟王铁锋提起了月亮湾。苏迪说政府决定开发月亮湾，已将其列为未来三年建设的重点项目。听到这个消息，王铁锋突然意识到，蛰伏了这么久，是他再度出征的时候了。

听说王铁锋要走，张德水万分意外和惋惜，但很快就调整了情绪，说："从内心深处来说，铁锋兄弟，我真的不愿意你走。你我相处了这么久，想起咱兄弟俩相互搀扶走过的日子，我经常感慨万千，热泪盈眶。这辈子如果不是遇上你，我肯定没戏了。当年我离开老家时，真的已彻底地自我放弃了，后来，咱兄弟俩在北京相遇，是你身上的那股永不言败的精神和劲头影响了我，让我突然明白，原来一个男人还可以这么活，所以我才决定从北京回到福建，又从福建走出国门，来到马来西亚，从当初的一无所有，打拼积攒到现在这么大一份家业，实在不容易。可现在你却突然说要离开，我心里的确不是滋味，舍不得你走，但我知道，兄弟你是一条龙，只是一时龙困浅滩，遇到了短暂的挫折，可龙就是龙，一旦有雨，你就会腾空而起，我舍不得兄弟你，但我不能为了一己之私而阻挡了你更大的发展，现在月亮湾这个项目，我相信一定是你卷土重来，东山再起的绝佳机会，既然决定了，那你就走吧，我全力支持你。"

张德水的一席话说得王铁锋心里酸酸的。人生在世，总是这样，在不同的人生阶段和时期会遇到不同的朋友和伙伴，却会在不期然的某年某月的某一天要突然说再见，挥手告别，有些伤感，但又无可奈何。

王铁锋说:"水哥,千言万语凝成一句话,谢谢你的理解和支持。"

张德水说:"铁锋,我可以问你一个问题吗?"

"水哥请讲。"

"你为什么对建筑这个行业这么情有独钟呢?"

王铁锋笑了笑说:"你知道吗水哥,小时候那会我老家很穷,缺吃少穿不说,连住的地方都成问题,家家户户的房子都是用石头和木材混搭着建起来的,房子的空间小不说,还阴暗潮湿,透风漏雨,特别是一到雨季,那日子真是难挨。后来,我读书了,读到杜甫的一首诗《茅屋为秋风所破歌》里面有一句'安得广厦千万间,大庇天下寒士俱欢颜,风雨不动安如山。'对我产生了极大的震撼。从那时起,我就把这句诗刻在了心里,成为我后来打拼闯荡的座右铭。这么多年来,我一直这样告诫自己:尽我所能,盖更多更好的房子让更多的人住有所居,免受漂泊之苦。"

张德水听得动容,说:"铁锋,你是商人,我也是个商人,但论境界和情怀,你让我心生惭愧,无地自容。这次你既然决定回去,以你的能力和魄力,我相信一定会成功,但月亮湾这个项目工程浩大,到时你肯定需要一定的启动资金,这样吧,新加坡那批货款前两天刚到账了,这笔钱你就用来应急。"

王铁锋本来想要说什么,却被张德水摆了摆手打断了。

张德水说:"铁锋,如果你真拿我当兄弟,就别为钱的事跟我客气了,你回到厦门后,别的忙我也帮不上,这些钱也是我的一点心意,何况新加坡这笔生意是你谈成的,拿到这些钱也是你应得的。"

王铁锋沉吟一会,说:"那好吧水哥,谢谢!"

张德水说:"你准备什么时候回厦门。"

王铁锋说:"明天。"

"行,下午我就让会计把钱转到你的户头上。"说着,张德水拿了椅子上的外套,跟王铁锋说:"那你回去收拾收拾,我还得赶到酒店和日本的客户见个面。"

苏迪打来电话跟王铁锋说，订的是明天中午十二点的飞机。接电话时，王铁锋还在办公室忙着，他的手头还有一些事情需要处理，于是跟苏迪说，要她先早点休息，明天一早，他会让司机去接她，然后一起去机场。等处理完所有的事务，王铁锋一看表，已凌晨三点了，又困又累，索性倒在沙发上和衣而睡。结果正睡着，急促的电话铃响起，电话是张德水打来的。

张德水说："铁锋，真的对不起你兄弟，这么早打扰你，可是不打扰你又没有办法。"

王铁锋揉了揉眼睛，说："什么事水哥？"

张德水说："这个日本客户可真难搞，点名道姓非要你今天出面跟他谈，否则就不在合同上签字，我是实在没辙了兄弟，还得请你亲自出马。"

王铁锋看了看表，凌晨六点，时间上的确有点赶，但如果他不去见这个日本客户，眼瞅着煮熟的鸭子就飞了，便答应了张德水。可又担心苏迪久等，于是就打电话给她。

苏迪说："没事，你先去吧，你跟客户见面的那个酒店我知道，对面有家商场，等你的过程中，我正好逛逛商场。"

就这样，两个人约好，一忙完就在酒店的大厅会合，然后赶往机场。

王铁锋出马，与日本客户的谈判进行得很顺利。一个小时后，双方在合同上签了字，然后握手告别。送走日本客户，王铁锋快速地收拾利索，乘电梯下到一楼大厅。这时，苏迪也从对面的商场走了出来，她的手里拎着一个袋子，袋子里是刚刚买的领带，两条，一条给沈建军，另一条给王铁锋。

隔着落地窗，王铁锋冲苏迪挥手。显然，苏迪也看到了王铁锋，于是笑着冲他也挥了挥手，眼前是一条不很宽阔的马路，车辆和行人都不多，苏迪就打算径直穿过去，然后，刚到马路中间，意外发生了。打左侧，一辆轿车呼啸而来，苏迪再想躲避，为时已晚。伴着刺耳的刹车声，苏迪被撞出了好几米远，倒在血泊里。

这突如其来的意外把王铁锋一下给震蒙了，但很快清醒过来的他冲出大厅，朝苏迪奔了过去。轿车的车速太快，撞中了苏迪的腰部，鲜红的血喷泉似的汩汩地往外涌，瞬间就把苏迪的衣服给渗透了。

王铁锋哆嗦着用牙撕下衣角，手忙脚乱地给苏迪包扎，可根本没用，瞬间就被血给渗透。实在不行了，因为失血过多，苏迪的脸色越来越苍白。那一刻，王铁锋的心都碎了。

温热的血从王铁锋的指间渗出，滑落，一滴一滴，似一根一根的刺针扎在他的心上，疼痛难忍，却又无能为力，只得歇斯底里地喊："苏迪，苏迪！你怎么样？"

苏迪艰难地动了动嘴唇，说："铁锋，我恐怕不行了。"

王铁锋泪如雨下，说："苏迪，不会的，不会的，我这就送你去医院，你一定没事的。"说着，就要抱起苏迪。

苏迪气若游丝，说："我真的不行了，铁锋，在我走之前，你能答应我一件事吗？"

王铁锋拼命地点头。

苏迪说："铁锋，原谅建军吧，他纵有千般不对，可他毕竟是你多年来一起闯荡打拼的好兄弟。"

王铁锋心痛如刀绞，再次拼命地点头。

苏迪突然咳了几下，鲜红的血从她的嘴角流出，王铁锋用袖口慌乱地替她擦掉，喘息了一下，苏迪继续说道："铁锋，告诉建军，我对不起他，这辈子我做不成他的新娘了。"

"不会的苏迪，不会的。建军他还在等着你，你一定没事的，一定没事的。"

苏迪的脸色越来越苍白，声音越来越低微，说："铁锋，答应我，以后你要学会与人为善，少结仇怨。记得，把这些话也要带给建军。"

听到苏迪遇难的噩耗，沈建军根本不相信这是真的，直到站在苏迪的灵前，残酷的现实向他证明，这一切都是真的。

那一刻，沈建军如遭雷击，歇斯底里地扑向王铁锋，劈头盖脸好一阵揍。

王铁锋一动不动，眨眼工夫，已被沈建军打得鼻子和嘴巴上全是血。

大贵和丁国庆冲上来想拉沈建军，但根本拽不住，沈建军像疯了似的，又喊又叫，说："王铁锋，几天前我把一个活生生的苏迪交给你，你现在给我带回来一个骨灰盒，你把苏迪还我，王铁锋，我这辈子跟你不共戴天。"喊着，又打出一拳，正中王铁锋腮帮，又一股鲜血顺着王铁锋的嘴角流了出来。

大贵和丁国庆两个人马上又去拉沈建军，将其摁坐在椅子上。沈建军似乎也打累了，抱着头蹲在椅子放声痛哭，哭了好久，哭累了，抹了一把脸，冲众人说："你们都出去，都给我出去，走走。"

大贵和丁国庆两个人不再言语，拖着王铁锋走出房间。

房间门被带上的刹那，几近虚脱的沈建军从椅子上滑了下来，扑腾一下，趴在了苏迪的灵前，说："苏迪，你既然答应了我，为什么又这么对我，你走了，我怎么办啊？"说着，以拳击地，再次号啕大哭。

这期间，叶小倩从国外回来了，她一下飞机就得知了苏迪去世的消息，又听说因为苏迪遇难这事，沈建军连着几天不吃不喝，原来的胃病又犯了，已被送往医院。叶小倩马上赶到了医院。病床上，沈建军脸色蜡黄，一直昏迷。

那段时间，叶小倩几乎天天不分昼夜守在沈建军的病床前，在她的精心呵护下，沈建军总算醒了过来。

那天，换药的间隙，沈建军问医生说："大夫，我现在是不是可以出院了？"

大夫说："还得再观察几天。"

沈建军说:"有这么严重吗?"

大夫说:"你以为呢?如果不是你妻子这么不分昼夜地伺候你,我看你这次真的够呛。"

沈建军转过脸看叶小倩,语气平淡地说一句:"谢谢你。"

叶小倩捋了捋垂落的头发,不好意思地笑了笑。

沈建军便不再搭理她,翻身又睡了过去。

又一天,叶小倩亲手煲了鸡汤,喂沈建军喝,沈建军只喝了两口,便摇头说不喝了,心里难受。

叶小倩给他掖了掖被角,说:"建军,你是不是还在为苏迪的事埋怨王铁锋?"

沈建军情绪有些激动,说:"你别跟我提这三个字行吗?"

叶小倩将鸡汤放在桌子上,说:"建军,本来这是你跟王铁锋两个人之间的事,我不应该插嘴,可我说了你也别生气啊,作为局外人,我觉得这事不能怪王铁锋,一件事发生了,不能掐头去尾孤立地看,它是有前因后果的,谁都不希望苏迪发生这样的事情,可如果真细追究起来,你自己也有责任,我也有责任,金少宇也有责任,这么多年,说良心话,我觉得王铁锋这人不错,他对你更是没的说,人心都是肉长的,你掐指算算,来厦门这么多年,你给他惹了多少祸,可哪次他又记恨过你?说实话,我以前也很自私,可现在我学会反思了,人要想真正地成熟,真正地长大,就不能不学会反思,反思之后,你才能看到自己的缺点,看到别人的优点,这样人和人之间就会少很多仇怨,多一些宽容,苏迪这件事情,如果不是你当初跟王铁锋闹掰,要分家,伤了公司的元气,王铁锋后来也就不会那么措手不及,被逼着离开厦门,也就不会有了后来苏迪去马来西亚的事,这么一细究起来,错还在咱们这儿,人家王铁锋也是一个受害者,这个时候,你再把一股脑儿的仇恨撒在他身上,我感觉对他来说也不公平。"

沈建军不高兴了,说:"你说这些话什么意思?你到底是哪伙的,我和铁锋,你到底向着谁?"

叶小倩说:"我谁也不向,我只是以一个局外人的角度来说一些良心话。"

"我不想听。"沈建军把脸别了过去。

"你不想听,我也要说。"

沈建军火了:"你赶紧给我滚吧。"

"滚就滚。"叶小倩拎了包,起身的瞬间,说:"建军,不管你怎么看我,我没办法把心掏出来给你看,我这么说也是为了你好,为了你和王铁锋这么多年的兄弟情义好,你自个好好想想吧。"说完,就真的带上门出去了。

沈建军生气地将枕头扔了过去。

叶小倩走了,整个房间又静了下来。沈建军抬头,望着天花板,出神了很久,等终于冷静了下来,他不得不承认,叶小倩的话说得不无道理,这么多年,哪一次他惹了事,不是王铁锋给他擦屁股?从卖水果到开餐厅、录像厅、干装修,再到开公司,他给王铁锋招惹了多少麻烦,可王铁锋哪一次又真正弃他于不顾?现在出了苏迪这场意外,难道王铁锋不自责?不心痛吗?往事历历在目,想着想着,沈建军心里原有的怨恨也就被这些充满温情的过往给冲淡了。

第二十九章　我在地球的另一端等你

时间的车轮滚滚向前,新年的钟声敲响了。

厦门市政府重点打造的月亮湾项目开始招标。经过一系列激烈竞争,大多数竞标者被淘汰,最后,只剩下金少宇与王铁锋的两家公司展开厮杀,二人都对此项目志在必得。而此时,与"九鼎"公司长期进行校企合作的侨星大学建筑学院开始展示出它前所未有的光彩。为了能在这次竞标中最后胜出,王铁锋带领由该学院一批八零九零后师生组成的创新设计团队,日夜奋战,讨论研究创意方案。

那天,很晚了,王铁锋突然接到柳小贝的电话。

电话里,柳小贝的声音沙哑,显然哭过。

柳小贝说:"铁锋,我想你了,你能过来吗?"

王铁锋预感到事情不妙,马上驱车赶了过去。

一见面,柳小贝就扑在了王铁锋怀里,呜呜大哭,直到哭累了,才抬起头,说:"铁锋,你爱我吗?"

这话把王铁锋一下给问愣了,怔了好一会,才说:"出什么事了?"

柳小贝不回答,依然问:"你爱我吗?"

王铁锋点点头。

柳小贝说:"那你带我走吧!"

王铁锋又是一怔:"走?去哪儿?"

柳小贝说:"去哪儿都无所谓,只要有你陪着,这么多年的商场厮杀,我累了,真的累了,咱们找一个没有人打扰的地方,过一种与世无争的生活吧，好吗？"

王铁锋被柳小贝这些话弄得一头雾水，说："到底发生什么事了？"

在王铁锋的再三追问下，柳小贝才把事情的来龙去脉一一说了。

当初柳小贝和金少宇签了协议，有了金少宇的解围，柳修良才免遭了一场牢狱之灾，再后来，柳小贝经过一年的苦心经营，柳氏集团终于走出了低谷，转危为安。当柳小贝按照协议要求连本带利将钱还给金少宇时，弄得金少宇接也不是，不接也不是。就这样，他想娶柳小贝为妻的计划泡汤了。然而，一波未平，一波又起，就在柳小贝刚刚可以松口气的时候，又一个意外发生了。柳修良那天突然晕倒在家中，急忙送往医院之后，被查出得了肺癌。听到这个消息，对柳小贝来说简直是晴天霹雳。柳修良的病情迅速恶化，一天不如一天，眼瞅着，离大去之日不远了，医院已经向家属下发了病危通知书。

那天，一直处于昏迷状态的柳修良突然醒了，一醒来就喊柳小贝。

柳小贝立时冲到病房，抓了柳修良的手。

柳小贝语速急切，说："爸，你现在感觉怎么样？"

柳修良说："小贝，看来爸爸是挺不过这一关了。"

柳小贝的眼泪夺眶而出。

柳修良努力地笑了笑，说："小贝，不要难过，人活百年，终有一死，只是爸爸在临走之前，有件事，想讲给你听。"

柳小贝点点头。

柳修良说："小贝，爸爸对不起你，这么多年，有件事一直瞒着你，我，我其实不是你的亲生父亲。"

又是一个晴天霹雳。

柳修良说："你的父亲其实是金永年。"

柳小贝目瞪口呆。

事情还得回到几十年前。当年，柳修良和金永年二人在关木匠手下学艺，后来，关木匠把柳修良留在身旁帮工，把金永年介绍到林炳元的木器厂干活，再后来，金永年和林炳元的妹妹林若兰相爱，当时全镇的人都夸林若兰漂亮，起初柳修良不相信，可有一回，金永年病了，林炳元就把柳修良请来，临时替金永年的班，就是那个时候，柳修良见到了林若兰，只一眼，他就被林若兰的美艳给惊着了，自此以后，柳修良心里就喜欢上了人家，可那时的林若兰正和金永年热恋，而金永年又是自己的朋友兼师弟，没办法，柳修良只好把对林若兰这份爱藏在了心底，直到后来金永年娶了师妹关慧，柳修良高兴了，觉得这个时候，可以光明正大地跟林若兰表白了，却没想到林若兰竟怀孕了。

柳修良跟林若兰说："我不在乎，我爱的是你这个人，把这个孩子生下来吧，你放心，我一定当成自己的孩子养。"

林若兰却没答应。

林若兰说："修良，你是个好人，你这么说，我真的很感动，我真的谢谢你，你的好，我心领了，可我不能答应你，你人这么好，帅气又能干，你理应找一个更清爽更适合你的女孩，我现在这样，配不上你，即便咱们在一起了，我也会一辈子心里不安省，修良，你要真喜欢我，就把我忘了吧。"

柳修良知道林若兰的脾气，她都这么说了，如果再逼她，肯定会适得其反。所以，柳修良后来就在关木匠的帮助下，找了另一个女孩为妻，可柳修良心里却一直没把林若兰放下。后来的某一天，他正在厂里干活，听一个同事说，河边有个女的抱着个孩子，看那阵势要跳河，又听那哥们说了跳河女孩的模样，柳修良的心当时就提了起来，说："你为什么不拦着她们？"然后就赶紧往河边跑。

柳修良猜的没错，他的同事见到的那对母女正是林若兰和她的孩子。然而，等柳修良一阵风似的跑到了河边，还是晚了一步，湍急的河水已把林若兰冲得没了踪影，河中央，有一个黑点在波浪里起起伏伏，柳修良想都没想，一头就扎进了河里，游到那个黑点旁抱起来一看，是个孩子。柳修良扯着嗓子在河里喊了半天林若兰的名字，也没有人回应，他知道，林若兰人肯定叫大水给冲走了。于是柳修良悲从中来，在河边边哭边喊，找了半天，最终也没有找到林若兰。直到天都黑了，没办法，他只得抱着孩子回了家。

这个孩子就是后来的柳小贝。

这么多年，柳修良一直把柳小贝当成亲生闺女养，也一直把这个秘密埋在心里。柳修良把心中的这段秘密讲完，似乎心愿已了，人也似乎累了，慢慢地闭上了眼睛，最后，脑袋一歪，没了呼吸。

故事讲完了，王铁锋听得也有些愣怔。

柳小贝说："铁锋，经历了这么多事，我真的累了，现在我爸爸也走了，厦门我真的不想待了，我想去美国继续读书，你跟我一起走吧，咱们开始一段新的生活。"

王铁锋想了很久，最终还是摇了摇头，说："对不起，小贝，我现在真的不能答应你。"

王铁锋的回答，柳小贝似乎早有预料，她抬起头问王铁锋："你还想着苏迪，对吗？"

王铁锋点点头，说："我这辈子欠苏迪的太多了，无论如何我要把苏迪生前的梦想完成，否则，即便我跑到天涯海角，我的心也不会安省。"

柳小贝知道她一时半会说服不了王铁锋，于是叹了一口气，说："好吧，既然你决定了，我尊重你的选择。"

三天后，厦门国际机场。

王铁锋为柳小贝送行。

就要说分手了，彼此才发现是如此不舍。

柳小贝踮着脚尖，与王铁锋在风中相拥而吻。直到通知登机的广播响起，两个人才依依不舍地分开。

柳小贝说："铁锋，真的要走了，到了美国，我会在地球的另一端为你祈福，如果哪天你累了，就去找我，我会一直等你。"

王铁锋点了点头。

柳小贝拉着行李走向安检口，一步三回头地冲王铁锋挥手。

几分钟后，飞机呼啸着冲向蓝天，越飞越高。

王铁锋站在原地，久久未动，怅然若失。

半个月后，王铁锋和他带领的侨星大学建筑学院创新团队提出"人·大地·世界"的设计理念获得与会专家们的一致好评，以绝对性的优势击败金氏集团，成功胜出。

结果一出，真是几家欢喜几家愁。经此一战，王铁锋和"九鼎"公司的名气直线飙升。金少宇却在此次竞标中折翼，直接导致金氏集团股票大跌。然而更令金少宇坐立不安的是，他的秘书向他报告：这次，王铁锋似乎铁了心要将金氏集团赶尽杀绝，因为在竞标会结束的第二天，王铁锋便命公司的财务人员拟出金氏集团的利润和现金流动预算。与此同时，他还命大贵整理出曾经与金氏集团合作的人员名单，并将这些退出者列为未来与"九鼎"公司率先合作的候选人，一旦时机成熟，必以摧枯拉朽之势将金氏集团彻底打垮。

王铁锋这种合纵连横的作战策略令金少宇每天过得如履薄冰。除了事业上的不顺心之外，在感情方面，金少宇心中也有着无处诉说的烦恼。前段时间，林曼从北京回来了，她跟金少宇提起了结婚的事，金少宇犹豫了很久，可最后还是点了点头。这么多年，林曼对金少宇的好，金少宇再不上心，也是能感觉到的。之前的年月里，他从不以同样的热情回报林曼，林曼也从来没向他说过一句报怨。因为林曼知道，金少宇的心里有着柳小贝，可现在柳小贝已经走了，去了美国，这也让金少宇彻底断了念想，他对柳小贝的心也死了。同时，金少宇似乎也一下想通了：既然再努力再辛苦也得不到你爱的人，那何不转过身去接受爱你的人呢？

这么多年的坚持，终于换来了满意的结果，林曼很高兴，跟金少宇说："那你什么时候跟我去见我爸呢？"

金少宇说："这件事，你最好先跟你爸提前说声，听听他的意见。"

林曼说："没问题，我爸最疼我了，我想干的事，我爸一定会支持的。"

然而，林曼怎么也没想到，当她跟林炳元说出要和金少宇结婚时，还没等她把话说完呢，林炳元就急忙打断了她。

林炳元说："谁？"

林曼说："金少宇啊。"

"就那个金永年的儿子？"林炳元追问道。

"对呀！"

"不行。"林炳元一口回绝了。

"为什么啊爸？"林曼有些意外。

"没有为什么，总之，你和金少宇结婚这件事我不同意。"林炳元语气坚决，一点商量的余地都没有。

眼瞅着自己苦苦等待多年的爱情终于修成正果，这个节骨眼上父亲竟然反对，林曼的大小姐脾气一下就上来了，说："爸，结婚是我自个儿的事，我来也就是通知你一声，你同不同意，我都会和少宇结婚的。"说完，拎了包就要走。

林炳元气得差点没背过气去，说："你，你要敢跟金少宇结婚，你就永远别再进这个家门。"

"不进就不进。"

林炳元被女儿这句噎得够呛："你俩要结婚，我就不认你这个女儿。"

"不认就不认。"说着，林曼摔门而去。

林炳元气得直哆嗦，站起来，指着林曼的背影，说："呀呀，你这是要气死我啊。"说着，突地感到胸部一阵绞痛，跟着就歪倒在了沙发上。

林曼得知道林炳元昏倒的消息，疯了般冲向医院。

病床上，林炳元面如土色，不省人事。

医生将林曼带到另一个房间。

林曼问："医生，我爸怎么样了？"

医生说："你父亲得的是胃癌。"

听到这句话，林曼立时浑身瘫软，幸亏一侧的金少宇及时将她扶住，才没摔倒。

那段时间，金少宇几乎天天陪着林曼照顾病床上的林炳元，可林炳元的身体却一天不如一天。

那天，一直昏迷了多日的林炳元突然醒了。床边的林曼又惊又喜。

林炳元气若游丝，说："小曼，看来爸以后不能再照顾你了。"

林曼呜呜地哭，说："爸，你一定会没事的。"

林炳元说："爸活到这个年纪，生死早已看淡，去，把少宇也叫来，爸爸有件事要跟你们交代。"

金少宇跑了进来，在床头坐下。

林炳元说："这么多年，我心里一直埋着一些事没有说出来，现在看来，是该讲出来的时候了。"

于是，接下来，林炳元把他和金永年这么多年的恩恩怨怨一一讲了。

林炳元说："少宇，当年你爸去世的事其实不怪王铁锋，我才真正应该对这件事负责，那时我也是老糊涂了，一心想着给自己的妹妹报仇，才导致了这场悲剧，现在，哎，我悔不当初啊！这么多年过去了，这件事一直折磨着我，可一直没有机会解释给你们听，老话说，人之将死，其言也善。我现在要死了，我不想带着这个遗憾离开人世，更不想让我们上辈人的恩怨，在你们这一辈年轻人身上延续。"说着，林炳元开始咳嗽，林曼马上轻轻地给他拍背。

林炳元休息了一会，继续说道："少宇，以前我之所以不同意你和小曼结婚，是因为和你爸的恩怨，可现在我想通了，尤其这段时间，我也感觉到了你对小曼的真心,所以我现在把小曼交给你,希望你好好对她,我在另一个世界也就放心了,你能答应我吗?"

金少宇的眼泪流下来了,说:"伯父,我答应你。"

林炳元说:"少宇,我最后求你一件事,跟铁锋和好吧,这个误会是我一手造成的,如果你们彼此一直仇恨下去,即便死了,我也死不瞑目啊。"

金少宇握着林炳元的手,重重地点头。

林炳元笑了,似乎也说累了,于是慢慢地闭上了双眼。

此时,床头的心电监护仪上的波动线也越来越弱,最后变成了直线。

病房里,传出林曼撕心裂肺的哭声。

第三十章 重归于好

那天下午,大贵在办公室正忙着,电话突然响了,一接竟是杜大成打来的。

杜大成说:"大贵,我听说你昨天找过牛建设?"

大贵愣了一下,但跟着点头说是。

杜大成说:"牛建设把事情跟我都说了,你我多年的兄弟,既然是兄弟,咱们就不绕弯子了,我愿意卖掉手头金氏集团的股份。"

大贵又是一愣。

杜大成说:"我知道你对我这个决定有疑惑,我也不想过多地解释,对于金少宇和王铁锋二人之间的恩怨,他们之间孰是孰非,我不做评价,我之所以这个时间卖掉手头的股份,是事出有因,我的事业遇到坎儿了,急需用钱,所以请你转告王铁锋,如果他有兴趣,请尽快联系我。"

大贵不敢怠慢,马上向王铁锋报告。

大贵说:"锋哥,这么多年,这个金少宇天天变着法儿地想弄咱们,这一回,终于轮到咱们雪耻的时候了,现在杜大成答应将他百分之十的股份卖给我们,这样金氏集团百分之五十一的股权就被我们所控制。就这一招,足以让金少宇一败涂地。"

说实话,回想起这么多年跟金少宇之间的恩恩怨怨,王铁锋心里的确对这哥们有怨言,如果依大贵建议,打出这么一记重拳,的确够金少宇喝上一壶的。想到这儿,王铁锋心里甚至有那么一瞬间的确泛起了一雪前仇的快感,但这种快感马上就被他的理智替代了,他想起了苏迪去世前的嘱托，想起了这么多年闯荡世界所经历的起起伏伏，想起了金少宇这么多年对柳小贝的痴心不改，想起金少宇不幸的家世，换位思考，他能感觉到金少宇其实挺不容易的。

大贵看王铁锋有些犹豫，便劝道："锋哥！好不容易逮着这么一个机会，这个时候，你可不能心慈手软啊！对待兄弟你如春风化雨，可对待敌人，你要秋风扫落叶。要'以直报怨，以德报德'啊！"

王铁锋似乎下了决心，说："算了，冤冤相报何时了？"

大贵说："那就这么放过金少宇了？"

王铁锋说："苏迪曾经跟我说过，她说这个世界上最大的敌人其实是我们自己，如果你用一颗仁爱之心对人，那么普天之下都是朋友，如果我们用一颗自私狭隘的心对待别人，那么连最亲近的人也会变成敌人，所以咱们还是得饶人处且饶人吧！"

大贵伸出了大拇指，说："锋哥，你真的太伟大了。"

王铁锋笑了笑，说："若说伟大，现在的确有一个伟大的事业等待着我们去做。"

大贵一愣："什么伟大的事业？"

王铁锋说："别急，到时你就知道了。"

就在王铁锋带着大贵走出办公室的当口，金少宇的秘书却慌里慌张地闯进了金少宇的办公室。

秘书将杜大成准备将手里百分之十股份卖给王铁锋的事跟金少宇说了一遍。

金少宇听罢，当场惊出一身冷汗："杜大成现在人呢？"

秘书说："不知道，打了他好多电话，却一直关机，联系不上。"

金少宇眉头紧锁，说："王铁锋那边什么动静？"

"暂时没有什么明显动作。"

"继续观察，有什么情况第一时间跟我报告。"

"是。"秘书出去了。

金少宇神色紧张，马上拨杜大成的电话，电话里依然传来关机的提示。金少宇意识到问题的严重性，眉头紧锁。

那天，王铁锋正在办公室看两位专家提供的项目策划书，丁国庆火急火燎地跑了进来，向王铁锋报告了一个意外的消息。

丁国庆说："铁锋，你知道建军现在干吗吗？"

王铁锋说："前两天大贵还跟我提起他，说他这段时间不是在泰国考察市场吗？"

丁国庆咳了一声，说："他考察个毛线市场啊，他现在在卖水果呢！"

这句话惊得王铁锋手里的文件差点没掉到地上，怔了好一会才说："怎么可能？"

丁国庆说："千真万确，我亲眼所见，他就在咱们当年卖水果的那个隧道口摆地摊。"

"到底怎么回事？"王铁锋有点不相信自己的耳朵。

等丁国庆把打探的消息一一讲了，王铁锋才知道了事情的来龙去脉。丁国庆告诉王铁锋，沈建军另立门户后不久，就跟之前合作过的几个客户合资干起了文化传媒公司。六个月前，他曾想出资买断合伙人牛大河百分之十的股权，但后来由于资金紧张，计划搁浅。屋漏偏逢连夜雨，三个月前，和沈建军本来已草签了一份合作协议的法国一家公司突然撤资，这使沈建军的公司雪上加霜，很快陷入了空前的财政赤字。公司遭遇这一连串的挫折，导致沈建军的金融投资人认为他已经不是一名高效的管理者，于是反过来将沈建军百分之五十的股权给买断了。沈建军因此被迫辞职，离开了公司。深受打击的沈建军将手头余下的资金赌徒似的买了期货，不幸的是，再次失败，所有的钱打了水漂，就这样，沈建军几乎一夜之间变得一无所有，虽然已身无分文，可碍于面子的他又不愿去找王铁锋，不想让王铁锋看到自己现在这副失魂落魄的样子。走投无路之际，穷困潦倒的他想起了几十年前刚来厦门时干的第一份工作。似乎是轮回，似乎是注定，在人生绕了一大圈之后，他决定重操旧业，开始蹬着三轮车卖水果。

那天一大早，秘书再次风风火火地跑进金少宇的办公室，跟金少宇报告打探到的最新消息。

秘书说："金总，我已派人打探了，人家王铁锋根本没有吞并咱们的意思。"

金少宇有点不相信地看秘书："消息可靠吗？"

"绝对可靠。"秘书回答得斩钉截铁。

金少宇有些糊涂了，按常理，这么多年，他给王铁锋使了这么多的绊儿，眼下有这么一个反击的机会，换成别人早"反攻倒算"了啊！难道他王铁锋真的是宰相肚里能撑船吗？

秘书说："王铁锋现在把所有的精力都花在马来西亚的一个新项目上。"

"什么项目？"

秘书说："现在我们国家实行'一带一路'发展战略，鼓励国内企业走出去，以此为契机，'九鼎'集团和马来西亚当地政府签订了一份合作协议，决定联手打造一座国际化的马来西亚西海岸商贸城。"

听了这话，金少宇先是一愣，旋即推了手里的文件，说："走。"

"去哪儿金总？"秘书不解地问。

"找王铁锋。"

秘书一愣："王铁锋？金总，咱们找他干吗去啊？"

"负荆请罪。"

此时，王铁锋正在市政府向张副市长汇报中马合作项目的推进情况。

听完王铁锋的汇报，张副市长起身握着王铁锋的手，说："恭喜你们公司与马方共同打造的西海岸商贸城项目成功签约，希望你和你的团队再接再厉，为我们国家海外事业的发展再添新彩。"

王铁锋有些激动，给张副市长当场敬了一个礼，说："请首长放心，一定不辱使命。"

谈话结束之后,王铁锋走出政府大楼,驱车回到公司,刚一出电梯,前台小姐说:"王总,有位先生在大厅等您。"

王铁锋说:"为什么不把客人请到我办公室?"

前台小姐说:"客人坚持在大厅等您。"

这时,金少宇从大厅一侧走了过来。

看到金少宇,王铁锋猛地一怔,但旋即伸出了手。两只大手就那样紧紧地握在了一起。

金少宇说:"铁锋兄,以前兄弟任性,不懂退让,不懂包容,请原谅。"

王铁锋说:"我也有诸多不对,所谓不打不相识,以前我做得不对的地方,也请你多多包涵。"

金少宇语气真诚地说:"铁锋兄,你真的有大海一样的胸怀,这辈子能交上你这样的朋友,我很荣幸。"

王铁锋拍了拍金少宇的肩膀,说:"既然都是兄弟,就不要客气了,少宇,说实话,你不来找我,过段时间我也会找你去。"

金少宇吓得一愣。

王铁锋哈哈大笑起来,说:"别想歪了,不是找你算账,想必你一定听说了,我们公司现在跟马来西亚联合打造了一个新的项目,如果你有兴趣,联手做吧。"

金少宇万分激动,说:"只要铁锋兄不嫌弃,我求之不得啊!"

话音未落,大厅里,突然传来嘭的一声脆响,就在王铁锋和金少宇两个人愣怔的瞬间,大贵带着一干人举着香槟围了上来。

大贵高喊:"兄弟们,为王总和金总二人今天的化干戈为玉帛,干杯。"

"干杯!"众人高呼。

那天晚上,沈建军又骑着三轮车到了隧道口,刚刚把水果摊摆开,一辆银色的轿车开了过来。沈建军以为是有人来买水果,刚要招呼,但一抬头，发现打车门里下来的人竟是大贵和丁国庆。那一刻，场面稍显尴尬，但短短几秒钟之后，双方便喊叫着抱在了一起。松开大贵和丁国庆之后，沈建军左右瞅了瞅，发现没有王铁锋的身影，脸上蓦地泛起悲伤的表情，低声问："铁锋没来？"

大贵和丁国庆对望了一眼，没有答话。

沈建军说："看来，他还是不肯原谅我啊！不肯原谅我，还让你们过来找我？得了，反正我也想好了，我刚来厦门时就在这儿卖水果，这么多年过去了，转了一圈，我又回到原地卖水果，其实，挺好。"说着，心中蓦地泛起一股难言的酸楚，跟着眼睛一热，眼泪差点掉出来。

大贵说："实话告诉你吧，锋哥有更重要的事在做。"

沈建军一怔："重要的事，什么重要的事？说来听听。"

"马上你就知道了。"说着，大贵从水果摊上拿了一个苹果，在衣服上蹭了蹭，咬了一口，旋即又吐了，"呀，你这苹果怎么有虫啊！"

正说着，王铁锋的车出现了。

那一刻，沈建军真的是思绪纷飞，心情复杂得无以描述，他都不知道，这个时候应该跟王铁锋说什么好了，说对不起吗？太酸了，两个人都这么多年的兄弟了；不说吗？可仔细想想，自己又做了多少令王铁锋心寒的事啊！

就在沈建军迷怔之际，王铁锋已走到他的跟前，二人四目相对的那一刻，似乎所有的言语都显得多余，于是两个人一言不发，紧紧地抱在了一起。

沈建军哭了，是真的发自内心的那种感动。一时间，泪流满面。

沈建军说："铁锋，卖水果的这段日子，我真的想通了很多事，你放心吧，以后，我一定好好做人，好好做事，再不会像以前那样不着四六了。"

王铁锋说："'渡尽劫波兄弟在，相逢一笑泯恩仇。'过去的事就让它过去吧，向前看。"

这时，金少宇从车里走了出来，带头鼓掌。

王铁锋对沈建军说："我现在在做一个马来西亚的项目，少宇已加入进来，如果你愿意，一起做吧！"

沈建军心中顿时升出一股暖意，说："只要你还认我这个兄弟，我当然愿意啊！"

"来，为我们辉煌的明天，加油！"王铁锋率先伸出手。

几双大手握在了一起。

三个月后，马来西亚西海岸商贸城项目正式启动。一年后，该项目取得了巨大成功，轰动整个东南亚，乃至世界，鲜花与掌声及各种赞誉铺天盖地而来。

那天，王铁锋让秘书推掉了所有的活动和应酬，他说他想一个人去看看苏迪。

山风袭来，王铁锋坐在苏迪的坟前，思绪万千。他想起了和苏迪曾经一起走过的日子，一起经历过的点点滴滴，想起那些有苏迪的日子里，他所有的心思都会跟她倾诉，不管遇到了怎样的困难与风浪，苏迪都会义无反顾地陪在他的身旁，与他一起面对。打拼的岁月，虽艰苦，但有了苏迪的陪伴，却又温馨而浪漫。现在苏迪不在了，王铁锋才彻底体会到了什么叫彻骨的悲凉与孤独。想着想着，王铁锋再次悲从中来，又一次抑制不住地流出泪来，趴在苏迪的坟前放声痛哭，他觉得这辈子欠苏迪真的太多太多了。

天色向晚，倦鸟归林。王铁锋起身，在心中默默地跟苏迪道别，就在转身的刹那，看见一个女孩手捧着鲜花缓缓地从山坡下走上来，那是柳小贝。